붉은 등, 닫힌 문, 출구 없음

김비 장편소설

산지니

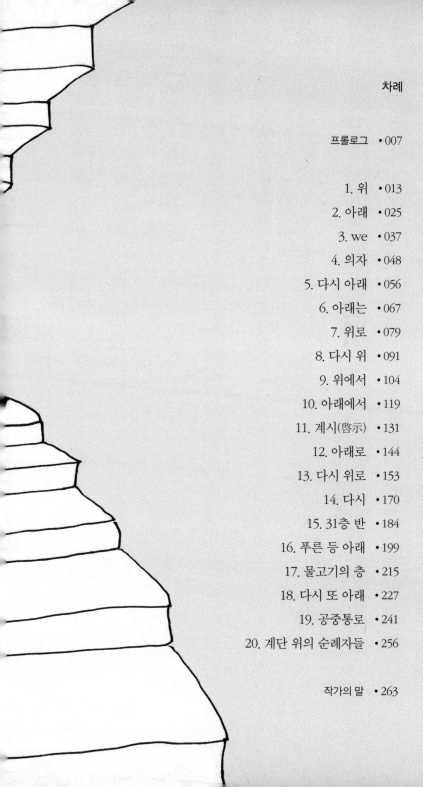

차례

벌레

문이 닫히자, 세 사람이 섰던 좁은 공간은 순식간에 어둠 속으로 사라졌다. 진흙 같은 빛이었고 이상한 암흑이었다. 그들을 뒤덮은 묵직한 어둠은 지독히도 끈적거렸다. 늪에 몸을 빠트린 듯 버둥거리기라도 하면, 살아 있는 것들은 모두 더욱 깊은 곳으로 침잠할 듯했다. 그런데 검은 허공 속에 움직이는 것이 있었다. 벌레였다. 환형(環形)의 기다란 몸통을 지닌.

남수는 아무것도 보이지 않는 암흑 속으로 이리저리 목을 뺐다. 살집이 없어 기다랗기만 한 그의 목덜미엔 힘줄조차 보이지 않았다. 퀭한 눈을 크게 뜨고 그는 더욱 다급하게 주위를 둘러보았다. 태초의 빛깔로 뒤덮인 세계 속에 미끄러지듯 꿈틀거리고 있는 그것을 눈으로만 쫓았다. 그가 벌레를 쫓고 있는 것이 아니었다. 벌레가 그를 쫓고 있었다.

“여보?”

“가만히 있어.”

“뭐야, 이거? 이거 뭐야, 여보?”

겁에 질린 그녀가 어둠 속에서 남수의 팔뚝을 더듬었다.

“가만히 있어보라니까!”

그의 외침을 신호로, 멀리서 육중한 소리가 들려왔다. 거대한 두 개의 덩어리가 낙하해, 단단한 면에 부딪히는 소리였다. 질식할 것만 같은 암흑을 뚫고 집요하게 파고드는 울림이었다. 순간 어둠에 갇힌 사방이 몸을 떠는가 싶더니, 그들의 머리 위에서 파팍 불꽃이 튀었다. 비상등이었다. 그런데 이상하게도 붉은 빛이었다. 침이 고이는 주홍색 불빛은 순식간에 작은 공간을 삼켜버렸다. 두려움에 떨고 있던 세 사람은 이제 빛의 피를 뒤집어썼다. 시뻘건 불빛 아래 겁에 질린 아내의 모습이 어쩐지 사자(使者)를 닮았다고 남수는 생각했다.

“환이 아빠?”

“조용히 좀 해보라고!”

두려웠던 것은 그도 마찬가지였다. 그의 눈앞엔 여전히 벌레들이 어른거렸다. 이제는 타오르는 듯 주홍빛 허물을 지닌 벌레였다.

“환이 아빠!”

“알았다고, 알았어!”

허공을 더듬거리며 남수는 닫힌 문으로 다가섰다. 붉게 물들어 낯설게만 보이는 문 앞에 서니, 그의 발밑에 와작 깨진 플라

스틱 조각이 밟혔다. 좀 전에 그가 내던졌던 아내의 휴대폰이었다. 여러 번 바닥을 튕기며 뒹굴었던 덩어리는 검붉은 뱃속을 토해놓고 동강 나 있었다. 그는 천천히 껍데기뿐인 기계의 시체를 집어 들었다. 시커먼 화면 속 유리의 흉터 위로, 붉은 피라도 흐르는 듯했다. 어쩐지 그것은 그의 손바닥까지 흘러 시뻘겋게 물들이고 있는 것 같았다.

남수는 황급히 철문의 손잡이를 움켜쥐었다. 있는 힘을 다해 이리저리 비틀었다. 두 손으로 부여잡고 다시 또 돌렸지만, 소용없었다. 비상시에는 저절로 닫히는 문이었는지, 아니면 처음부터 바깥에서는 열리지 않는 문이었는지 차갑게 잠긴 동그란 손잡이는 찔끔 돌아가고는 그만이었다. 다시 팔을 들어 온 힘을 다해 두드리고 발길질을 하며 다시 또 더듬거리다가, 그는 더욱 차가워진 그것을 손바닥으로 후려쳤다. 넋을 잃은 사람이라도 깨우려는 듯 그의 손길은 다급했다.

"여보세요, 여보세요! 거기 누구 없어요? 여기 사람 있어요, 여기 사람 있다고요!"

환이를 끌어안은 채 떨고만 있던 지애가 그의 곁으로 다가와 문을 두드렸다. 그러나 힘없이 몇 번 팔을 들어 올리고는 그만이었다. 무엇이든 쉽게 포기하고 마는 그녀답다고 남수는 생각했다. 그리고 보면 불치와 만성이라는 핑계는 유일하게 아내를 살게 했던 것이었다. 치열하고 지독하지 않으면 살아남을 수 없을 이 전장 같은 시대에, 그녀는 언제나 그렇게 이불 속에서 하루 대부분의 시간을 허비하곤 했다.

"그게 들릴 것 같냐?"

야유라도 하듯 남수의 입가가 찌그러졌다.

"그럼 어떡해?"

울음을 입에 문 지애가 그의 손에 있던 휴대폰을 황급히 낚아챘다. 차가워진 전원 버튼을 다급하게 눌렀지만, 기계는 이미 회생불능이었다. 그녀의 것이었으니, 그녀를 닮아 회생불능. 그녀를 등진 채, 남수는 이제 아예 문 앞에 주저앉아버렸다.

"이거 어떡할 거야, 당신이 내던지는 바람에 다 망가졌잖아? 이게 없으면 이제 우리 여기서 어떻게 나가냐고!"

그는 아내에게도 의지가 있다는 사실이 놀라웠다. 언제나 생(生)은 그녀의 것이 아니었다. 새벽 출근길에 그를 배웅했던 것도 시체처럼 침대 위에 모로 누운 그녀의 등이었고, 무거워진 몸을 끌며 간신히 집에 돌아온 그를 맞이한 것노 텅 빈 집에 홀로 켜진 낡은 등(燈)이었다. 방이 부엌이고 부엌이 거실이며 화장실이 세탁실이고 세탁실이 욕실인 지하 월세집도 좁았지만, 그녀는 잔뜩 쪼그라든 세상을 더욱 웅크린 채 버텨내고 있었다.

"불이 난 건가? 설마 전쟁이 난 건 아니겠지?"

그녀에게 살아 있는 것은 언제나 망상뿐이었다.

"그 뭐야, 핵발전소가 터진 건 아니겠지? 중국에서 말이야, 여보. 미세 먼지가 날아오듯 방사능 분진이 바람을 타고 순식간에 한반도를 뒤덮는다잖아? 그런 건 아니겠지, 여보?"

망상 속에 들어앉아, 그렇게 그녀는 무수히도 많은 종말을 꿈꾸었다. 종말의 공포로 인해 몸을 떨며 눈을 떴다가, 다시 종말을 꿈꾸며 잠이 드는 그녀의 일상.

"우리 이제 어떡해, 어떻게 하냐고! 흑흑."

허물어지듯 그녀가 얼굴을 파묻었다. 침이라도 뱉듯 남수는 고개를 외로 틀고 입술을 죽 내밀었다.

어느 누군가는 처연하게도 집주인에게 지폐 몇 장을 남겨놓고 갔는지 모르지만, 나는 최초이자 마지막인 나 자신만의 의식(儀式)으로 이 생을 끝내고 싶었다. 하지만, 여기까지 와서는 안 되는 일이었다. 이미 묘지꼴이었던 지하 월셋방에 나란히 누워 조용히 끝내면 되는 일이었는데. 애초에 계획했던 대로 모두들 수면제를 나누어 먹고 연탄불을 피워놓으면 지리하고 거추장스러운 이 따위 삶들은 자연스레 소멸하고 말았을 텐데.

지나간 시간이 혓바닥처럼 늘어졌다. 생전 연락도 않던 친구들에게 전화를 걸어 훌쩍거리던 아내의 목소리가 자꾸 날름댔다.

"뭘 좀 해보란 말이야! 어떻게 해야 하는지 생각을 좀 해보라고! 맨날 이렇게 무기력하게 앉아 있지만 말고, 뭘 좀 해! 하라고!"

지애가 그의 무릎을 잡고 흔들었다. 그러나 그는 눈앞에 둥둥 떠다니는 벌레만 보고 있었다. 핏빛 허물을 벗으며 다시 태어난 벌레, 쫓을 필요도 없이 언제든 그를 쫓게 될 무명의 벌레. 무릎을 마구 흔들고 있는 그녀의 손짓에 떠밀려, 남수는 아예 바닥에 드러누웠다. 차가운 바닥에 누워서도 그는 두 눈을 질끈 감아버렸다.

어차피 인생이란 고작 이 따위 것이 아닌가? 저 문 밖으로 나
간다고 하더라도, 우리를 기다리고 있는 것은 벼랑 끝에 몰린
생이 아닌가?

뜨끈한 장판 위에라도 누운 듯 그는 아예 팔짱을 꼈다. 무릎
을 붙이고 두 다리를 잔뜩 잡아당겨, 태초의 몸짓을 흉내 냈다.
언제나 그러했듯 어떤 놈은 죽고 어떤 놈은 살아남겠지. 어떤
놈은 탈출하고 어떤 놈은 평생 이렇게 갇혀만 있겠지.

목청껏 소리치는 그녀의 몸짓은 작은 공간을 흔들며 울고 있
었지만, 오히려 남수는 슬그머니 웃음이 났다. 참으로 오랜만이
었다. 원치도 않은 고민이나 생존의 중압감으로부터 벗어나, 이
렇게 편히 누워 있을 수 있다니 어쩐지 절로 신이 났다. 그는 움
츠린 몸을 더욱 동그랗게 말아 몸을 굴렸다. 벽 쪽으로 돌아누
워 고개를 한껏 숙이고는 어깻죽지로 귀를 막았다. 깨질 듯한
그녀의 비명을 등지고 있으니, 붉은 벽 앞에 고요가 참으로 달
콤했다.

기다렸다는 듯 그의 입꼬리가 치켜 올랐고, 그의 등 뒤에서 그
의 아내는 벌레를 잡듯 쓰러진 그의 몸통을 계속해서 두들기고
있었다.

1

위

　붉은 빛이 뭉쳐진 구석에 등을 기대고 앉아, 이제 여섯 살이
된 환이는 허리춤에 작은 가방을 만지작거렸다. 남수는 허리를
굽혀 아이가 뒤적거리고 있는 것을 잡아당겼다. 작은 가방에 끌
려 아이의 몸이 쑤욱 딸려 올라왔다. 옷이나 책가방에 장식품처
럼 매달린 것인 줄 알았는데, 가방에는 Camino De Santiago라
고 적혀 있었다.　아이는 그 속에서 무언가를 꺼내 입에 넣고 오
물거렸다. 가방의 지퍼를 열려고 그가 손을 뻗자, 아이는 작은
몸을 꿈틀거리며 그의 손을 밀쳤다.

　"아… 아냐, 아냐!"

　잔뜩 몸을 웅크리며 환이는 엉덩이를 움직여 돌아앉았다. 바
싹 말라 나뭇가지처럼 앙상한 아이의 팔이 가방을 제대로 쥐지
도 못한 채, 허공 속에 부르르 떨었다. 가지런하지 못하고 한쪽

으로 기울어진 아이의 입속엔 야속한 아비를 바라보는 적대감
이 그득했다.

그를 동반 자살이라는 결심까지 밀어올린 것은, 그 아이도 한
축이었다. 온전한 삶을 부여받지 못한 채 태어난 아이, 축복이
아니라 연민을 뒤집어쓴 채 토해진 삶. 남수는 아이가 태어나던
순간을 그렇게 기억했다.

환이는 32주 만에 태어난 미숙아였다. 처음 아이가 세상에 나
왔을 때, 아이는 1.4킬로그램의 작은 덩어리였다. 그는 아이에
게 지워진 숙명이 자신을 향한 형벌처럼 느껴졌다. 그의 삶을
옭아매기 위해 운명이 내던진 결정적인 한 수. 이래도 네가 버
틸 수 있을 테냐, 가장 아름답고 축복받아야 할 시간을 찢으며
그의 눈앞에 내던진 환멸의 몸체.

그러나 의사에게서 아이가 뇌손상으로 평생 장애를 가지게 될
가능성이 높다는 이야기를 들으면서, 남수는 이상하게도 담담
했다. 산모가 경도의 근무력증을 반복적으로 앓은 경력이 있기
도 했고, 여러 가지 약물에 대한 부작용일 수도 있다는 이야기
를 들으면서, 그는 그저 문 밑으로 던져진 체납 고지서를 들여
다보는 기분이었다. 앞으로 아이를 어떻게 치료해야 하는지, 조
산아 지원 프로그램에는 어떤 것들이 있는지 의사가 무수히 많
은 절차와 방법들을 나열했지만, 남수는 결백하고 순수하기만
했던 자신의 과거를 곱씹었을 뿐이었다. 주어진 생에 순응하며
치열하고 성실하게 살아온 삶에 대한 또 다른 형벌을 목격하면
서, 그는 그저 소독약 냄새가 나는 벽을 힘없이 몇 번 걷어찬 것

이 전부였다.

"아빠… 미어."

환이의 헐거운 말이 차인 돌처럼 굴러왔다. 그나마 아이가 혼자서 걸을 수 있게 되고 말을 배워가면서 누군가 불행 중 다행이라고 말했을 때, 남수의 두 손엔 자신도 모르는 살의가 그득했다. 주민센터의 사회 복지사가 놓고 간 자세 교정용 의자에 구겨진 채 틀어박혀 있는 아이를 보면서, 그는 희망이란 것의 비틀린 몸체를 상상하고 있었다. 아이 너머로 등을 돌린 채 이불 속에 숨어 있는 아내를 보면서, 그는 손 안에 끈적거리는 것을 연신 바지춤에 문질러 닦았다. 그러고 보니 차곡차곡 쌓아 올리게 된 이 결심의 시초는 역설적이게도 절망이나 불운이 아니었다.

"정말 계속 이렇게 앉아만 있을 거야?"

지애는 벌레처럼 엉금엉금 기었다. 기어서 위층 계단으로 오르는가 싶더니, 다시 더듬거리며 아래로 내려왔다. 소리를 지르는 것만으로 해결되지 않는 세계를 이제야 알겠는지, 그녀는 더 이상 비명을 지르지도 않았다.

"여기… 이상해."

본래 기이하고 납득할 수 없는 것이 우리들의 현실이었다, 몰랐던 거냐고 남수는 호통이라도 치고 싶었다.

"문도 다 닫혀 있고… 층수가 없어. 몇 층인지 적혀 있어야 하는데, 아무리 둘러봐도 숫자가 보이질 않아."

시간의 벽 위엔 원래 그 어떤 숫자나 이름도 없는 법이지 않느냐고, 책망이라도 하려는 듯 남수는 슬쩍 고개를 들었다. 그녀의 말대로 사방 벽은 비상등 불빛으로 붉게 물들어 있을 뿐, 층수를 나타내는 숫자나 표식 같은 것은 보이지 않았다.

"아직 다 완성이 안 되어서 그렇지. 못 들었냐? 공사 기간을 단축했네, 개장 일정을 앞당겼네, 말들이 많았잖아? 그래서 막 아냈던 거겠지."

남수는 자신을 가로막았던 빨간색의 띠를 생각했다. 손을 대면 핏물이라도 밸 것처럼 생생한 붉은색이었다. 훌쩍이며 여기저기 사람들에게 전화를 걸던 아내의 팔목을 비틀어, 그는 비상구를 찾아 뛰었다. 미로를 지나듯 좁은 통로 안으로 들어서니, 빨간 띠로 가로막힌 문이 보였다. 허리까지 오는 두 개의 작은 기둥에서 혀처럼 길게 뽑아져 나온 빨간 띠는, 거대한 철문의 앞을 어설프게 가로막고 있었다.

"우리 들어올 때 여기가 막혀 있었다고?"

"두 눈도 안 보이냐? 그리고 집에만 틀어박혀 있으니 두 눈도 어떻게 된 거야?"

날이 선 그의 말이 섭섭했는지, 지애가 눈을 흘겼다.

"당신은 내가 집에만 있는 게 그렇게 싫었어? 누가 집에만 있고 싶어서 있어? 내가 말했잖아? 난 태어날 때부터 몸이 허약해서… 제때 치료를 하지 못해서 그럴 수밖에 없었다고. 우리 연애할 때에도 다 알던 거잖아? 그 때에는 다 이해해주고 받아줄 것처럼 그러더니, 자꾸 왜 그래? 왜 모든 걸 내 탓으로만 몰아?"

남수는 그것이 이해가 아니라, 알량한 인정이었다고 기억했다. 고작 그것이 전부였던 현실에 순응하고자 하는, 또 다른 결심의 고리였다.

"당신만 죽을 만큼 힘들었던 거 아냐. 나도 힘들었어. 이렇게 사는 게 무슨 소용인가 싶었고… 그래서 당신 결정에 수긍했던 거고. 왜 당신은 언제나 자기 생각만 해? 나랑 말 한 마디 하지 않으려고 했던 건 당신이었잖아? 어차피 나라는 인간과는 말도 통하지 않는다, 그렇게 혼자서 모든 걸 결정해놓고 맨날 등을 돌리고 있는 게 당신이란 사람이잖아? 아냐?"

남수는 대답하지 않았다. 내가 왜 말을 잃었는지 헤아리지도 않은 채, 깨우침은 언제나 자신의 것이고 뉘우침은 항상 타인의 것이어야 하는 이기적인 인간들. 굳어버린 혀를 씹으며, 그는 토하지 못한 말들을 집어삼켰다. 그러고 나니 쓴물처럼 폐부 깊숙한 곳에서 뜨거운 한 마디가 게워졌다.

억울하다.

온통 역설로 뒤덮인 여기 이 삶이 억울해, 나는 도저히 견딜 수가 없었다. 절박해진 꿈이란 결국 횡재를 바라는 요행수가 되어버렸고, 최초의 결심은 거꾸로 뒤집혀 이렇게 최후의 결심이 되어버리고 말았다. 그토록 지독했던 생의 마지막 순간마저 여기 이렇게 남루한 곳에 갇혀 맞이해야 하다니.

남수는 도저히 이 현실을 받아들일 수가 없어 치가 떨렸다. 시멘트 바닥을 차며 그는 벌떡 일어섰다. 발갛게 달아오른 거대한 문을 노려보며 어깨를 활짝 폈다. 이곳에 자신을 가두어버린 시간의 뜻을 어쩐지 알 수 있을 듯했다. 삶도 너의 것이지 않았으니, 죽음 또한 너의 손에 허락할 수 없다는 시간의 고집. 끝까지 너를 지배하고 통제하여, 미물에 어울리는 하찮은 죽음을 할당하고야 말겠다는 간략한 제의(提議).

시커멓게 끈적거리기만 했던 생각의 늪 속에서, 남수는 한 가지 확신이 생겼다. 남루하기만 했던 생을 빼앗기지 않기 위해, 반드시 해야 하는 것이 떠올랐다. 무슨 짓을 해서라도 이 잔혹한 시간의 종언을 거부하는 것, 기필코 여기에서 탈출하는 것. 그리하여 나를 억압했던 생을 농락하며, 망설임 없이 내 손으로 내 삶의 마지막을 선택하는 것.

전에 없던 의지가 쑥쑥 자랐다. 낯선 것이어서 그런지, 더욱 뜨끈했다. 흔들림 없이 죽음을 향해 나아가고자 하는 순수한 생의 의지. 다시 한 번 뒤집힌, 또 다른 역설이었다.

그런데, 그곳은 몇 층이었을까? 남수는 제일 먼저 이 건물에 들어섰던 때의 기억을 더듬었다. 까마득히 하늘로 치솟은 건물은 지상의 의지라기보다는 하늘의 의지 같았다. 지상으로부터 쌓아올린 몸체가 아니라, 천상에서 지상으로 찔러넣은 시간의 표식.

그를 여기까지 이끌었던 것은 '마지막'이라는 지애의 간청이었다. 최후의 결심을 이행하기 전에, 자신에게도 환이에게도 근사하고 기억에 남을 만한 마지막 추억을 남겨주고 싶다며 그녀는 애원했었다. 죽음을 꿈꾸며 위장을 채워가는 이율배반은 지독히도 역겹겠지만, 남수는 그러자고 했다. 만찬의 시간으로 삶을 마무리하고자 하는 그녀의 바람과, 자신만의 의식으로 이 삶에 종언을 고하고자 했던 그의 의지는 어차피 비스듬히 맞닿아 있었다.

그러나 지애는 세계에서 두 번째로 높다는 이 건물의 지하철역에 도착해, 입구로 들어서지 않고 오히려 건물 바깥쪽으로 발길을 돌렸다. 어디론가 가야 할 사람처럼 정류장 근처를 서성거렸고, 버스를 기다리고 있는 사람들 뒤로 자꾸 숨어들었다. 그녀의 머리 위에서 시시각각 바뀌어가는 버스 도착 안내판은, 복잡하게 뒤엉킨 그녀의 심사를 고스란히 드러내고 있었다.

대비가 필요할지도 모른다고 남수는 생각했다. 언제나 그녀의 다짐이란, 종이 한 장의 두께만도 못한 얄팍한 것이었다고 기억하면서.

그때, 정류장에서 얼마 떨어지지 않은 가로수 아래에 큰 가방을 펼쳐놓고 앉은 한 남자가 눈에 들어왔다. 작은 접이식 낚시의자에 앉은 그는 검은 중절모 아래 선글라스 너머로 날카로운 눈매를 숨기고 있었다. 희끗희끗한 턱 밑이 너그럽고 사람 좋은 인상을 풍겼지만, 단단한 입매는 세상의 이치를 모두 꿰고 있는 듯했다.

남수는 멀찌감치 서서 그의 가방을 들여다보았다. 호기심 어린 아이들을 꾀는 친근한 노인의 미소를 짓고 있었지만, 그는 아무도 모르게 남수의 망설임을 흘끔거리고 있었다.

그의 앞에 놓인 낡은 가방 안에는 잡다한 물건들이 가득했다. 저마다의 쓸모를 자랑하듯 애써 가지런했지만, 막상 들고 보면 집 안 서랍 속에 이미 한두 개쯤 담겨 있을 물건들이었다. 남수는 그중에 반으로 몸을 접은 검은 손잡이에서 눈을 떼지 못했다. 사마귀처럼 은색 돌기를 단 그것이 어떤 몸통을 감추고 있는지, 그는 알 것 같았다. 남자는 한 손으로 사람들의 눈을 가리며 남수 앞에 칼날을 펼쳐 보여주었다. 러시아제라고 속삭이며, 그는 손가락 몇 개를 펼쳤다. '멋지죠?' 하며 칼을 내밀었는데, 남수는 자신도 모르게 흠칫 물러섰다. 그가 위협을 한 것도 아니었는데, 순간 심장이 덜컥 내려앉았다. 생소한 박동이 그의 온몸에서 벌떡이고 있었다. 목이 탔다. 황급히 그에게 돈을 지불하고 칼을 받아 들어 주머니에 넣었는데도, 이상하게도 낯선 심장 박동은 멈추지 않았다. 온몸에 조금씩 열이 올랐고, 그의 명치 아래서 또 다른 심장이 깨어난 것만 같았다.

다른 이유는 없었다. 만약의 경우를 대비할 뿐이라고 남수는 거듭 되뇌었다. 언제나 그랬듯 원하는 대로 흘러가지 않던 삶을 알고 있기에, 그래서 더 이상 시간에게 배신당하지 않도록. 간신히 그러모은 최후의 결심을 끝까지 지켜낼 수 있도록.

까마득히 치솟은 건물로 향하는 계단을 오르며, 그는 온통 제 멋대로 뛰고 있는 심장 한 덩이였다.

그런데, 그곳이 몇 층이었을까? 남수는 도무지 기억이 나지 않았다. 다시 주머니에 손을 집어넣었다. 몸통을 숨기고 있는 차가운 돌기를 만지작거렸다. 또다시 낯선 심장이 뛰었고, 목덜미 아래가 점점 달아오르고 있었다. 분명히 지상의 정문으로 향하는 것이 아닌, 몇 층 위의 상층부로 연결된 육교의 계단이었다. 하지만 생소한 심장 박동에 온통 마음을 빼앗겨, 얼마나 많은 계단을 올랐던 건지 기억할 수는 없었다.

남수는 계단 난간을 붙들고 아래쪽을 넘겨봤다. 다시 고개를 들어 머리 위를 올려봤다. 나선형으로 꼬인 계단은 아래위로 끝도 없이 뻗어 있었다. 그에게는 쏘아올린 조롱이었고, 곤두박질친 결심 같았다. 분명히 계단을 올라올 때 중간에 한 번 더 꺾여 올라가는 공간이 있었으니, 충분히 3층이거나 4층일 가능성도 배제할 수는 없었다. 그렇다면 1층의 입구는 기껏해야 서너 층만 내려가면 된다는 이야기인데.

다시 허리를 길게 빼, 그는 아래쪽을 꼼꼼히 살폈다. 그러나 어디에도 1층을 가리키는 표식은 보이지 않았다. 하다못해 희미한 인기척조차 없었다. 뱅글뱅글 돌고 있는 계단은 몇 층이 아니라, 수십 층 깊이까지 뻗어 있는 듯했다.

이성적으로 생각해야 한다. 세계에서 두 번째로 높은 최고층이라고 자랑을 하던 건물이니만큼, 그에 걸맞은 상상을 뛰어넘는 규모일 것이다. 머리 위에 쌓인 계단은 쉽게 가늠할 수 없는 높이일 테고, 지하로도 수십 층 깊이까지 주차장이 마련되어 있는지도 모를 일이다.

남수는 다시 위를 올려봤다. 하지만 160층이라고 하더라도, 계단의 거리만으로 따지자면 고작 몇 킬로 남짓 아닌가? 그는 또다시 아래로 목을 뺐다. 지금으로서는 출구를 찾기 위해 아래로 가는 것이 현명하겠지만, 몸이 불편한 환이까지 모두 다 함께 아래로 내려가야 하는 걸까? 내려갔다가 문이 모두 잠겨 있다면 고스란히 되짚어 올라와야 할지도 모르는데? 그는 다시 위쪽으로 머리를 들이밀었다. 아래가 아니라 바로 몇 층 위에 문이 열려 있다면? 열린 문의 가능성을 생각한다면, 아래보다 위쪽으로 향하는 것이 더욱 합리적일지도 모르는 일인데.

다시 아래를 보고, 그는 다시 또 위를 봤다. 어차피 선택이 필요한 순간이었지만, 그는 자꾸 위를 보며 아래를 생각했고 아래를 보며 위를 생각하고 있었다. 그렇다면 도대체 여기는 몇 층인 걸까?

남수는 찬찬히 사방 벽을 둘러보았다. 손으로 짚어가며 붉은 벽을 꼼꼼히 살폈다. 그러고 보니 매끈하게만 보였던 벽 위엔 무수히 많은 작은 돌기들이 오톨도톨 돋아 있었다. 조금만 거리를 두고 바라보면 아무것도 없는 깨끗한 벽이었지만, 손으로 더듬어보니 무작위의 돌기가 빼곡히 만져졌다. 그것은 마치 공포에 질린 누군가의 팔뚝 같았다.

"이거 무슨 일이 일어난 거야, 틀림없어."

성급한 손길로 그녀는 환이를 쓰다듬었다.

"그래, 불이 난 걸지도 몰라. 왜 이런 건물은 불이 나면 불길이나 연기가 번지지 않게 하려고 셔터 같은 게 내려오잖아? 문도 저절로 닫혀버리고. 분명히 지금 밖에 어딘가에서 화재가 난 거라고."

치솟는 불길이라도 본 것처럼 그녀는 몸을 떨었다.

"그럼 냄새가 나야지. 아니면 매캐한 연기라도 새어 들어오든 가."

"아직 불길이 크지 않을 수도 있는 거잖아? 여긴 너무 큰 건물 이니까, 냄새나 연기가 여기까지 스며들지 못할 수도 있잖아?"

"이게 방화셔터냐? 여긴 비상구라고. 비상구 문은 활짝 열려 야지. 불을 막으려고 사람들까지 막는 건 말이 안 되지."

그러나 순간 남수는 엉뚱하게도 역사 속에 희생되어왔던 수 많은 사람들이 생각났다. 최선이 아니라 차선을 택해야 하는 시 간, 최악을 피하기 위해 차악을 택할 수밖에 없는 순리. 그렇다 면 우리는 차선이나 차악이 될 수 있을까? 남수는 다시 주먹을 움켜쥐었다. 쾅쾅, 또 한 번 있는 힘껏 철문을 두드렸다.

"그럼 고장 아닌가? 무슨 일만 터졌다 하면 고장이니 인재니 만날 그러잖아?"

"그러면 우리 말고 다른 사람들도 있어야지. 갇힌 게 우리 뿐 이라는 건 말이 안 되지."

더 이상 지애는 말이 없었다. 그녀의 몸짓을 흉내라도 내듯 남 수도 붉게 물든 공간을 천천히 둘러보았다. '이상해, 여기.' 그녀 는 또다시 그렇게 중얼거렸다. 문득 남수의 두 눈은 붉은 빛을 내뿜고 있는 등 아래에 멈췄다.

이런 색깔의 비상구 등이 있나? 대피 유도등이라면 초록색일 테고, 머리 위에 유도등이 달려 있다는 소리는 들어본 적 없는데. 그는 천천히 붉은 등 아래로 다가갔다. 동그란 덮개 안에서 주홍색 빛이 뿜어져 나오고 있었다. 덮개 안의 전구가 붉은 건지, 전구를 덮은 덮개가 붉은 건지 확신할 수는 없었다. 그저 남수는 그 불빛이 기분 나빴다. 끝으로 밀려난 누군가를 한 번 더 밀쳐내는 것처럼, 불안하고 흐릿한 생각들을 지워버리려 동물적 욕구만을 강요하는 환락의 불빛처럼.

또다시 그의 가슴 속에서 심장이 꿈틀거렸다. 낯선 박동이었다. 몸속에 있어야 할 그 소리는 점점 밖으로 새어나와, 끝없이 이어진 나선형의 계단을 따라 어디론가 기어오르고 있었다. 건물이 울고 있는지, 윙윙 낮은 음의 기계 소리가 슬그머니 그 뒤를 따랐다. '정말… 이상해.' 아내의 목소리가 여러 겹으로 나뉘어 그의 어깨 위에 내려앉았고, 한 번도 떠올려본 적 없던 낯선 한 마디가 생각의 수면 위로 떠오르고 있었다. 상상도 하지 못했던 넓고 큰 파문을 일으키면서였다.

'여기, 두렵다.'

자신도 모르게 그렇게 중얼거려놓고, 남수는 제 몸을 쓰다듬었다. 사방 벽을 가득 채우며 숨어 있던 작은 돌기들이 이제 그의 온몸을 뒤덮고 있었다.

2

아래

편안하게 몸을 눕혔다고 생각했는데, 그는 잔뜩 쪼그린 채였다. 이렇게 단단한 곳에 등을 기댄 것은 참으로 오랜만이라고 믿었는데, 타오르는 벽 위에라도 앉은 듯 몸을 웅크리고 있었다.

남수는 세차게 고개를 저었다. 굳은살이 박힌 손을 들어 여기저기 가슴팍을 짓눌렀다. 그러나 그의 몸속에서 심장은 여러 갈래로 쪼개어져 서로 다른 곳에서 뛰고 있었다.

이성적으로 생각해야 한다. 삶이란, 허약한 것들에게 더욱 냉혹하고 가차 없는 이빨을 들이미는 법이다. 연민이나 우울이란 알량한 자기 위안에 지나지 않는 것. 남수는 부러 허리를 곧게 폈다. 어설프게 뻗었던 두 다리에 힘을 빼 양반다리로 고쳐 앉았다. 명상이라도 하려는 수도자처럼 두 팔을 무릎 위에 올리고, 그는 오직 두 눈만을 움직여 붉게 물든 공간을 둘러보고 있었다.

선택은 두 가지다. 여기에서 누군가에게 구조되기를 기다리거나, 직접 출구를 찾아 나서거나. 그러나 아내와 환이의 몸 상태로는 직접 출구를 찾는 것은 쉽지 않을 것이다. 언제나 내가 할 수 있는 최대한을 생각하고, 내게 가능하지 않은 최소한을 미련 없이 떨쳐버릴 것.

남수는 차분히 몸을 일으켜, 다시 한 번 계단 난간에 매달려 아래쪽을 봤다. 몇 계단 아래로 내려가서, 더 깊은 아래층의 상황을 살폈다. 마치 복제라도 한 듯 똑같은 모습이었다. 그와 그의 가족들만 지워졌을 뿐, 모든 층은 붉게 물들어 수직으로 쌓여 있었다. 어디로 가게 되든 그는 자신과 가족이 사라져버린 공간을 마주하게 될 것이었다. 자꾸 소름이 돋는 팔뚝을 쓰다듬으며, 그는 다시 계단을 거슬러 되돌아왔다.

"내려가 봐야겠어."

"어디를?"

"일단 1층 가까이에 내려가야지. 아무래도 거기에 사람들이 제일 많을 테니까. 다른 사람들도 그리로 내려올 테고, 구조대가 오더라도 그리로 들어올 테니까."

"여기가 몇 층인 줄도 모르잖아? 무작정 내려갈 수는 없는 거 잖아? 난 못 가, 난 그냥 환이랑 여기에 있을래."

지애는 곁에 있던 환이를 와락 감싸 안았다. 겁에 질린 것은 자신이면서, 그녀는 연신 아이의 등을 쓰다듬고 있었다. 괜찮다고 아무 일도 아니라고 아이에게 말했지만, 고개를 끄덕인 것은 환이가 아니라 그녀였다.

"당신은 안 가도 돼. 환이랑 여기 있어. 나 혼자 갔다 올 테니까."

"자기 혼자? 안 돼! 가지 마!"

"가지 않으면? 그럼 여기에서 무작정 기다려? 사람들이 우릴 찾을 때까지 무작정 기다리고만 있냐고? 당신 그러고 집에만 있으니까 누가 찾아오기라도 했어? 그렇게 갇혀 있으니까 누가 구해주더냐고?"

이불을 끌어올리듯 지애가 무릎을 감쌌다.

"아무도 안 구해줘. 그렇게 숨어 있으면, 아무도 우리가 거기에 있는 줄 몰라. 우리가 직접 나서야 돼. 기다리는 건 여유 있고 시간 있는 놈들이나 하는 짓이라고. 궁지에 몰린 것들은 입을 벌려 살려달라고 외치기라도 할 줄 알아야 하는 거라고. 알아 들어?"

그저 아래로 내려가야 한다는 당위를 말하려던 것뿐이었는데, 자꾸 코끝이 시큰거렸다. 어울리지 않게 감상적이 되는 스스로가 남수는 유독 혐오스러웠다. 슬퍼지지 않으려면 지독해지거나 무감해져야 하는데, 그것은 또다시 비열하고 생각 없는 인간이라는 손가락질로 되돌아오리란 사실도 그는 잘 알고 있었다.

"나… 무서워."

무섭다고 말하는 그녀의 눈빛에 힘이 없었다. 그래서 그녀는 그렇게 나에게 비열하다며 손가락질을 하고, 나는 그녀에게 생각이 없다고 비난했던 것일까? 몸을 낮춰 남수는 아내 앞에 쪼그려 앉았다.

"몇 층 안 내려가. 1층까지 내려가서 문이 열렸나, 혹시 사람 소리가 들리나 확인만 해보고 올라올 거니까. 환이랑 여기서 조금만 기다리고 있으면 금방 확인하고 올라올 거니까, 무서워할 거 없어."

홀쩍이는 아내를 그대로 내버려둔 채, 남수는 아래쪽 계단으로 내려섰다. 영문을 알지 못하는 환이가 기울어진 눈빛으로 그와 그녀를 번갈아 바라보았다. '아빠, 빨리 와.' 언제나처럼 환이는 그렇게 말했는데, 이번에도 그는 더듬거리는 아이의 말을 끝까지 듣지 못했다.

계단을 뛰는 발걸음은 너무도 익숙한, 일상적인 것이었다. 개인사업자로 트럭을 매입해 지입 무제로 택배 일을 시작했던 것이 겨우 2년 전의 일이었다. 그러나 한 시라도 빨리 이 각박한 현실에서 벗어나야 한다는 집착을, 그의 몸은 버티지 못했다. 이미 망가질 대로 망가진 허리에 수술을 해도 완치는 힘들 거라는 의사의 말은 또 다른 조롱 같았다. 침대에 누워 끙끙 앓기만을 몇 달, 트럭을 인계 받을 때 대출 받았던 돈마저 제때 갚지 못하고 이자만 계속 늘어났다. 지입 차량까지 고장이 나 제 값을 받지 못한 채 처분해야 했고, 세금은 기다렸다는 듯 한꺼번에 날아들었다. 계속해서 늘어만 가는 빚을 견딜 수가 없어, 제2금융권에서 또 다른 빚을 얻어 함께 일을 했던 동료와 대단위

물류 창고 사업에 투자했지만 그 또한 사기로 드러나 감당할 수 없는 더 커다란 빚만 떠안고 말았다.

가난으로부터 벗어나야 한다는 강박은 평생의 신념이었다. 다른 사람들보다 더 열심히 일하고 더 많이 움직이면, 시간은 반드시 그 치열한 몸짓을 보상해주리라 믿었다. 그러나 LED 패널 공장, 조선족과 우크라이나 사람들뿐이었던 자동차 부품 프레스 공장, 금고를 만드는 회사를 거쳐 택배 일까지 했는데도, 그의 삶은 조금도 나아질 기미를 보이지 않았다.

마치 계속해서 제자리를 도는 것만 같았다. 지치고 피로한 삶의 무게를 견디며 온 힘을 다해 뛰고 있는데, 언제나 제자리였고 위태로운 불안 속이었다. 끝없이 오르면 어딘가 도달하리란 믿음은 세상에 대한 환멸만 키웠을 뿐이고, 그는 그렇게 조금씩 현실에서 등을 돌리고 있었다.

또 한 계단을 내려서다가, 남수는 문득 걸음을 멈추었다. 다시 그는 닫힌 문 앞에 서 있었다. 조금도 다르지 않은 모습으로 여전히 그의 앞을 가로막은 채, 닫혀 있는 문. 고개를 드니 머리 위에서 똑같은 빛깔의 불빛이 쏟아져 내리고 있었다. 여전히 어디에서 어떻게, 왜 그런 색의 불빛을 내뿜고 있는지 알 수 없는.

"당신, 거기 있어?"

지애의 말소리는 여러 층을 돌아내려 오며 웅웅 울렸다. 변조된 것처럼 그녀의 목소리엔 성별마저 지워졌다. 소리의 포말을 일으키며 겨우 울림만으로 흐릿했다.

"그래, 여기 있어."

소리가 들린 위쪽을 향해 대답을 해놓고, 남수는 자신이 아내에게 말을 건네고 있는 걸까 의심스러웠다. 누군가 다른 사람이 그녀의 목소리를 흉내 냈다고 하더라도, 그렇게 대답을 하는 수밖에 없었을 것이다. 여기에, 있다고.

"1층에 갔어?"

그러나 그는 이미 여러 층을 내려온 후였다. 생각대로라면 지금쯤 1층에 가까워 있겠지만, 달라진 것은 아무것도 없었다. 문이 열려 있거나 철문 밖으로 인기척도 들리지 않았다. 그가 내려오는 것이 아니라, 서로를 끌어안고 공포에 질려 있을 환이와 아내가 한 층씩 위로 올라가고 있는 느낌이었다.

"당신, 아직도 내려가고 있어?"

또다시 정체를 알 수 없는 목소리가 들려왔다. 이제는 당연히 아내의 것이라고 믿는 수밖에 없었지만, 대답을 하는 그의 목소리는 떨고 있었다.

"그래, 조금 더 내려가 보고."

또다시 그는 아래로 걸음을 옮겼다. 기다렸다는 듯 또 다른 층의 똑같은 광경이 그의 앞에 나타났고, 그는 다시 아래쪽 계단으로 향했다. 아래로 내려간 그는 다시 위쪽에서 내려왔고, 다시 그는 아래로 내려갔지만 이번에도 그는 위쪽에서 내려서고 있었다. 자꾸 두 다리에 힘이 빠졌다.

"여보, 당신 고개 좀 빼 봐."

그러자 저 멀리에서 지애의 머리가 쑥 내밀어졌다. 길게 늘어뜨린 머리카락 때문에 그것은 마치 잘려나간 채 매달린 누군가의 목덜미처럼 보였다. 붉은 불빛 아래 멀리 보이는 아내의 얼굴은 가면처럼 낯설었다.

하나, 둘, 셋, 넷, 다섯. 지금까지 다섯 층을 내려왔으니, 지금 또다시 내려가야 할 층은 여섯 번째. 남수는 혹시나 하는 마음에 다시 한 번 차분하게 아내의 머리가 보이는 곳에서부터 연거푸 계단의 층을 세었다. 하나, 둘, 셋, 넷, 다섯. 그리고 다시 아래쪽 계단으로 내려가 위쪽 계단에서 내려서면서, 그는 '여섯'이라고 말했다. 붉게 물든 닫힌 문의 손잡이를 돌려보고 통통 철문을 두드리며 그 위에 귀를 대보기도 하면서, 그는 다시 한 번 '여섯'이라고 되뇌었다.

"더 내려갈 거야?"

빠끔거리는 아내의 입이 보였지만, 울림 때문인지 들려오는 말소리는 그녀의 입 모양과 자꾸 엇갈렸다. 손짓으로 그녀에게 들어가라고 말하면서, 남수는 또다시 계단 아래로 발을 내디뎠다. 다시 그는 문이 닫혀 있는 층의 위쪽 계단에서 내려왔고, 또다시 철문을 두드리며 그 위에 귀를 댔다. 뒷덜미에 서늘하게 내려앉는 두려움을 애써 외면하며, 그는 조금 더 빨리 두 다리를 움직였다. 택배 일을 할 때처럼 아무런 생각도 하지 않고 쓸모없는 상념 따위 말끔히 지우려고 애를 쓰면서. 어디로 얼만큼이나 가든 지상의 감각을 잃지 말아야 한다고 스스로에게 거듭 다짐하면서.

그렇게 그는 또다시 아래로 내려갔고 위에서 내려왔다. 아래로 내려섰고 다시 또 위에서 나타났다. 그토록 혐오하고 견디기 힘들었던 문 밖의 시간처럼, 그는 여기 이곳에서도 계속해서 제자리를 맴돌고 있었다.

　온몸에 땀이 흘렀다. 자꾸 숨이 차올랐다. 그러나 그는 또 다시 똑같은 곳에 발을 내려놓고 있었다. 갖가지 어지러운 상념들을 지우며 있는 힘을 다해 내달렸지만, 그는 이번에도 처음 그곳에 돌아와 있었다. 닫힌 문 앞이었다. 붉은 등 아래였다. 위쪽으로 향하는 계단이 그의 등 뒤에 있었고, 아래쪽으로 내려가는 계단이 그를 기다리고 있었다. 또 다시 아래로 내려가면, 등 뒤에서 자신이 나타나게 되리란 걸 그는 이미 잘 알고 있었다.
　계단 난간을 붙드는 그의 손은 축축했다. 숨을 몰아쉬며 그는 다시 계단 아래쪽을 넘겨보았다. 열여섯. 분명 열여섯이었다. 제자리로 돌아올 때마다 세었던 숫자는 이제 열여섯 번째가 되었다. 그러나 난간 밑으로 드러난 계단은 여전히 까마득했다. 끝이 보이지 않는 기하학적 무늬는 서로 포개어져 아뜩한 착시를 일으키고 있었다.
　"당… 거기……."
　머리 위에서 들려오는 아내의 음성은 이제 아예 조각조각 흩어졌다. 대답을 하는 그도 두 손을 모아 힘껏 소리쳐야 할 정도로 너무 멀었다. 이제 그는 그 말소리의 주인이나 성별 따위가 아니라, 그것이 과연 인간의 것인지조차 확신할 수 없었다.
　남수는 다시 문 앞에 섰다. 그러나 이제는 더 이상 팔을 움직여 열어보지도 두드려보지도 않았다. 문 너머에서 기다리고 있을 누군가를 상상하며, 문 위에 귀를 대보거나 외쳐 부르지도 않았다. 그는 그저 굳게 닫힌 철문을 응시하고 있었다. 무언가 해야 할 말이 있어서, 문의 앞을 가로막은 사람처럼.

성큼성큼 다가가 남수는 문을 걷어찼다. 시비라도 거는 불량 배처럼 있는 힘껏 철문의 정강이에 발길질을 했다. 팡팡, 육중한 철문의 흔들림이 똬리를 튼 공간에 끝없이 울려 퍼졌다. 그 소리를 듣고 있는지, 머리 위에서 아내는 또다시 무어라 소리를 질렀다. 서로 다른 파문을 지닌 두 개의 소리는 붉게 물든 허공 속에 마구 뒤엉켰다. 철문을 걷어차고 주먹질을 하다가, 자신도 모르게 그는 입을 벌려 비명을 쏟아냈다.

"아악!"

제 짝을 찾은 듯 뒤엉킨 소리들은 또다시 빙글빙글 아래위로 흩어졌다. 더 내려가야 하는 건가? 제자리를 도는 것만 같은 이 질주를 계속해야 하는 건가? 더 내려가면 이제 아내의 목소리도 들리지 않을 텐데, 그녀도 내 목소리를 들을 수 없다면 더욱더 공포에 질려 불안에 떨게 될 텐데? 여전히 아무 의미도 없이 똑같은 곳에 다다르고 똑같은 철문을 마주하면서, 그들은 나를 잃고 나는 그들을 잃어버리게 될지도 모르는데?

"올… 잘… 올…….."

이성의 끈을 놓치지 않기 위해 그는 또다시 머리를 털어냈다. 후들거리며 떨려오는 두 다리 때문인지, 엉뚱한 곳에 뛰고 있는 심장 박동 때문인지 자꾸 현기증이 났다. 뚝뚝 끊겨 들려오는 아내의 음성은 다급한 경고 같았다. '그 자리에 있지 말라, 다시 또 질주해 곤두박질하라.' 끝없이 명령하는.

남수는 철퍼덕 그 자리에 주저앉았다. 붉은 벽에 기대어 숨을 골랐다. 뜨거운 심장이 다급하게 그를 부추기고 있었지만, 그는 그저 붉은 등만 올려봤다. 갑자기 오기가 치밀었다. 여기에 주저앉은 나를 보며, 누군가의 입은 웃고 있겠지? 그래봐야 또 다시 아래로 갈 수밖에 없을 거라고 비아냥거리면서. 지치고 죽어가는 허약한 인간의 몸뚱이 따위 필요 없는 신전(神殿) 위에 망령들은 머리를 맞대고 내게 손가락질을 하고 있겠지? 빌어먹을.

입술을 씹으며 그는 다시 몸을 일으켰다. 멱살을 쥐기라도 할 것처럼 철문을 노려보았다. 그 앞에 퉤 침을 뱉어놓고, 그는 다시 계단 앞에 섰다. 이번에는 아래쪽 계단이 아니라 위쪽 계단이었다.

그래, 네깟 것들이 무어라고 명령하든 한달음에 뛰어올라 주마. 있는 힘을 다해, 한달음에! 이토록 힘겹게 내려온 길을 얼마나 쉽게 올라갈 수 있는지 똑똑히 보라고, 너희들의 명령을 거역하며 얼마나 가뿐하게 뛰어오를 수 있는지 눈깔이 있다면 한번 보시라고!

저릿저릿한 통증이 밀려오는 두 다리에 힘을 주고서, 그는 계단을 뛰어오르기 시작했다. 남은 힘을 모두 쥐어짜며 발끝에 힘을 모았다. 두 주먹을 불끈 쥔 채 있는 힘껏 팔을 흔들었고, 자꾸 느려지는 두 다리를 힘차게 끌어올렸다. 신음이 게워졌고 숨통이 벌떡거렸다.

그렇게 또다시,

그는 제자리를 향해 뛰고 있었다.

"왜 이렇게 늦었어? 뭐 하는데 이렇게 시간이 오래 걸린 거야? 무슨 일 있었어? 출구는, 사람들은?"

쏟아질 것만 같은 심장을 집어삼키며, 남수는 붉은 벽 앞에 쓰러졌다. 땀에 흠뻑 젖은 그를 향해 지애는 한꺼번에 질문을 쏟아냈다.

"1층에는 가봤어? 아무 소리도 안 들려? 문을 좀 세게 두드려 보지. 막 두드리면서 고함도 치고 그러면, 밖에서 들릴 수도 있었을 텐데, 안 그래봤지? 또 그냥 대충 훑어보고 돌아온 거지? 왜 항상 일을 제대로 끝내질 못해? 사람이 끝까지 매달리고 버티는 집념이 있어야지, 왜 그냥 돌아오냐고?"

온몸에 땀이 범벅인 채로, 남수는 자신을 다그치는 그녀를 노려보았다. 또다시 옛날 일들을 들추어 화를 돋우고 있기 때문이 아니었다. 여전히 불통의 습성에 갇혀, 남의 탓만 하고 있는 그녀가 꼴 보기 싫었던 때문도 아니었다. 당연히 올라오는 길이 내려가는 길보다 더욱 힘겹고 지난하게 느껴졌기 때문도 아니었다.

"왜 그래, 당신? 사람들 못 만났냐니까? 아무것도 없어? 아래에 아무것도 없는 거야?"

열, 열하나, 열둘, 열셋. 거기까지였다. 내려갈 때에는 분명 열여섯 층을 내려갔는데, 아내와 환이의 모습은 열세 번째 층에서 불쑥 나타났다. 갑자기 얼굴을 쑤욱 내미는 그녀를 보고, 남수는 두 다리에 힘이 풀리고 말았다. 겨우 몇 분 전에 보았던 아내의 모습인데도, 어딘지 낯설었다. 그녀의 말투도 이전과 달랐고, 곁에 앉은 환이의 눈빛마저 가면처럼 이물스러웠다. 똑같은 것은 굳게 닫힌 문과 붉은 등뿐, 여기는 처음 그곳이 아니었다. 그게 아니라면, 그들이 그가 알고 있던 그들이 아니거나.

"왜 그래? 웬 땀을 이렇게 흘려?"

대답을 못하고 있는 그를 향해 지애가 손을 뻗었다. 거죽만 남은 그녀의 손가락이 목덜미에 닿는 순간, 남수는 화들짝 놀라 몸을 움츠렸다. 떨고 있는 스스로를 감추기 위해 그는 자꾸 땀만 닦았다.

돌아갈 수 있다는 것은 망상이었다. 등을 돌려, 왔던 길을 고스란히 거슬러 오르면 가능하리라는 믿음은 지극히 이기적인 바람일 뿐이었다. 남수는 끝내 자신이 떠났던 그곳으로 돌아오지 못했다. 그는 여전히 알 수 없는 어딘가에 주저앉았으며, 낯선 두려움으로 홀로 몸을 떨고 있었다.

여기는 난해하게 뒤엉킨 시간의 길 위. 처음부터 그 누구도 제자리로 돌아갈 수 없는 일직선의 미로였다.

3

We

기억이란, 없다. 처음부터 기억이란 시간은 존재하지 않는다. 어차피 그 모든 것들은 거짓이 아닌가? 시간이란 필연적으로 뒤틀리고 왜곡되며, 선명하고 또렷한 기억일수록 상상에 기댄 헐거운 것에 불과하지 않은가?

뻣뻣해지는 목덜미를 어루만지며, 남수는 계속해서 지나가버린 시간을 다그치고 있었다. 별일 아니라는 듯 손가락 장난을 치기도 했고, 괜히 붉은 벽을 어루만지기도 했다. 손바닥 안에 들어오는 벽 위에 돌기들이 그 어떤 것도 같을 수 없듯이, 지나가버린 시간의 기억이란 어쩔 수 없이 파편화되어버리는 것이 당연하다고 합리화하면서 그는 또렷해지는 두려움을 애써 문질러 지웠다.

지애는 벽에 소변을 보는 환이의 엉덩이를 쳤고, 무슨 장난을 하고 있는지 아이는 계속해서 킥킥거리기만 했다. 그녀는 그런 아이에게 호통을 치면서, 가방에서 물수건을 꺼내 자신과 아이의 손을 번갈아 닦았다. 닦으면서도 그녀의 잔소리는 멈출 줄을 몰랐다.

똑같다, 조금도 다르지 않다. 그녀는 저 바깥에서도 매번 그렇게 똑같은 잔소리를 하며 아이의 승강이를 했고, 환이는 언제나 그녀의 말을 듣는 둥 마는 둥이었다. 그녀도 스스로 같은 말을 반복하고 있다는 사실조차 기억하지 못했고, 아이도 그녀의 말을 듣자마자 잊어버렸다. 기억이란 시간 속에 남아 있는 것은 아무것도 없었다. 그것은 어쩌면 인간이 만들어낸 가장 그럴듯한 핑계인지도.

뜨거워지는 목덜미를 연신 주무르며, 남수는 천천히 숨을 골랐다.

"1층은 찾은 거야?"

다그치기만 했던 것이 미안했는지, 그녀의 말투는 부쩍 부드러워졌다.

"응, 근데… 다 잠겼어."

괜히 눈길을 피하는 그가 이상해 보일 만도 한데, 지애는 또다시 담담하게 물었다. 그렇게 담담한 아내의 모습이 너무도 낯설어, 남수는 계속 붉은 벽만 문질렀다.

"내려간 김에 조금 더 내려갔다가 오지 그랬어?"

"내려갔어. 근데 다 잠겨 있더라고. 여기랑… 똑같아."

'똑같다'고 말해놓고, 그는 그 말이 틀렸다는 것을 알고 있었다. 여기는 똑같지 않다. 같은 모습을 하고 있지만 내가 내려갔던 곳은 16층 아래였고, 지금 여기는 13층 위다. 똑같아 보이지만, 그 어떤 것도 같지 않다. 지나버린 과거의 시간과 일치하는 기억이란 존재하지 않듯이.

"그래, 소용없지 뭐. 뭔가 다른 게 있었으면 당신이 그냥 올라오진 않았겠지."

이상하다? 그저 그렇게 수긍하고 말 아내가 아닌데. 남수는 갑자기 달라진 그녀의 태도가 낯설어 견딜 수가 없었다. 자꾸 한기가 느껴져 그는 연신 팔을 문질렀다.

"이해가 안 되네? 우리 들어올 때 사람들 얼마나 많았어? 당신도 기억하지? 사람들 정말 많았잖아? 여기 개장한 지 얼마 되지도 않은데다가, 백화점에 이 앞에 놀이공원에… 사람들 꾸역꾸역 몰려들던 거 당신도 봤잖아? 그 사람들이 다 어디 간 거야, 도대체? 어떻게 이렇게 큰 건물에 인기척이 하나도 없을 수가 있는 거냐고?"

그러나 남수는 그녀의 말도 틀렸다고 생각했다. 무수히 많은 사람들의 수는 치명적인 고립을 증명하는 것이며, 이렇게 갇혀 있다면 혼자만의 고독은 더욱 지독해질 것이다.

"우리… 설마, 아니겠지?"

환이의 바지춤을 추스르다가 지애는 혼이 나간 듯 그렇게 중얼댔다. 분명히 말했지만 아무 말도 하지 않았고, 아무 말 하지 않았지만 남수는 그 말의 의미를 알 듯했다. 그와 눈을 맞추며 그녀는 동의를 구하고 있었지만, 그는 자꾸 그녀의 눈을 피했

다. 지금은 그저 생각하고 싶지 않았다. 아무것도 기억하지 못
하는 기억이든, 혼자가 아닌 고독이든.

붉은 벽을 가리키며 환이는 계속 알아들을 수 없는 말들을 쏟
아놓았다. 벽 위엔 좀 전에 아이가 지려놓은 소변 자국이 또렷
했다. 환이는 계속해서 그 자국에 이것저것 다른 이름들을 붙이
고 있었다. 아이의 말대로라면 그것은 그럴듯하게 그려진 산자
락이었다가, 이내 낙타의 등짝이 되기도 했다. 봉긋 솟은 두 끄
트머리를 손가락으로 문질러놓고, 아이는 지애에게 고개를 돌
려 '찌찌 찌찌' 하며 웃기도 했다.

"김달환! 더럽다고 했어, 안 했어! 엄마가 뭐라 그랬어? 만지
면 안 된다고 했어, 안 했어!"

"난 안… 더러운데? 예… 쁜데? 재밌…는데?"

자꾸 기울어지는 고개를 추켜올리며 환이는 또박또박 대답
했다.

"또 쉬… 할래, 쉬해서 저기에다… 다른 거 그, 그릴래, 쉬할
래."

다시 또 벽을 향해 바지를 내리는 환이를 끌어당기며 지애는
연신 아이의 엉덩이를 쳤다. 그런데도 환이는 고집스럽게 소변
자국을 손으로 문댔다. 그쯤 되면 빽 울음을 터뜨릴 만도 한데,
계속해서 아이는 히죽히죽 웃기만 했다.

남수는 연극 무대에라도 앉아 있는 기분이었다. 좁고 밀폐된
무대를, 누군가 머리 위에서 내려보고 있는 듯한. 붉게 물든 공

간을 올려보는 그의 볼에 경련이 일었다.

"왜 엄마 말 안 들어? 왜 자꾸 엄마 힘들게 해, 응!"

"올라가자!"

성급하게 열어젖힌 환이의 바지춤을 추스르다가, 지애는 그를 빤히 봤다. 그러나 그것은 그녀에게 건넨 말이 아니었다.

"이번에는 위로 올라가봐야겠다고."

그러나 지애는 타이르듯 조용히 말했다.

"가지 마, 그냥 여기 있어. 밑에도 안 열려 있다면서, 위에가 열려 있을 리가 없잖아? 여기서 기다리면 사람들이 구하러 오지 않겠어? 설마 여기서 이렇게 죽게 되지는 않을 거 아냐?"

그녀는 그럴 리 없다고 말하고 있었지만, 16층 위의 그녀라면 잔뜩 겁에 질려 있었을 것이다. 달라져버린 그녀에게서 도망치듯, 남수는 서둘러 위쪽으로 향하는 계단에 발을 올려놓았다.

"어디까지 올라가려고 그래? 백육십 층이래. 그 많은 계단을 끝까지 올라가겠다고?"

"왜 못해? 백 층인 게 두려워? 이백 층 삼백 층인 게 두렵냐고?"

그러나 성큼성큼 올라서고 있는 그의 뒷덜미를, 그녀의 대답은 순식간에 잡아챘다.

"올라갔다가 문이 안 열렸으면, 다시 내려와야 돼."

어떻게든 움직여보려 했지만, 그의 두 발은 자꾸 계단 위에 들러붙었다.

"자기 그런 몸으로 끝까지 못 올라가. 잊었어? 자기는 이제 생수통 하나도 제대로 들 수 없는 환자라고. 게다가 우리, 지금 먹을 것도 없어. 물 한 병도 없다고. 올라가다가 지치면 그냥 정신을 놓아야 될 수도 있어. 당신이 아까 말했잖아? 정작 필요할 때 살려달라는 말 한 마디 할 수 없을지도 모른다고."

죽음이 두려운 것은 아니었다. 그러나 남수는 자신이 선택하지 않은 마지막 순간을 맞이할지도 모른다는 현실이 견딜 수가 없었다. 시간의 손아귀에 놀아나기만 했던 이 삶의 마지막은, 분명 자신의 몫이어야 한다고 믿었다.

최악의 상황을 나열하고 있는 그녀를 외면하며, 남수는 다시 발끝에 힘을 주었다. 천천히 숨을 고르며 그는 계단을 오르기 시작했다. 그의 등 뒤에서 '돌아올 수 없는' 혹은 '의식을 잃을지도 모르는' 회생 불가능에 관해 그녀는 계속 소리쳤지만, 남수는 더 이상 아무 말도 듣지 않았다. 그는 오직 눈앞의 계단만 생각했다.

진군이라도 하는 병사처럼 그는 힘차게 걸었다. 이번에는 올라가면서 착실하게 숫자를 세어나갔다. 하나, 둘, 셋, 넷, 다섯, 여섯. 닫힌 문과 붉은 등이 있는, 조금도 다르지 않은 똑같은 광경을 만날 때마다 그는 차곡차곡 숫자를 쌓아갔다. 텅 빈 공간에 자신만의 숫자를 붙여 넣었고, 그렇게 올라가야 할 나머지 거리를 가늠했다.

'하나'라고 말했지만 그곳이 1층이 아니란 걸 알고 있었고, '여섯'이라고 말해놓고도 6층일 리 없다고 고개를 끄덕였다. '열'이라고 말했을 때, 혹시 이곳이 10층이 아니라 1층이면 어쩌나, 허무함이 밀려들었지만, 그래도 그는 흔들리지 않고 다시 위쪽 계단으로 걸음을 옮겼다.

열둘, 열셋, 열넷, 열다섯. 그를 비웃기라도 하듯 한 치의 어긋남도 없는 똑같은 장면이 앞을 가로막았지만, 그는 지금까지 그토록 무수히 지나왔던 일상의 시간들을 떠올리면 그쯤 아무것도 아니라고 생각했다. 닫힌 것이 어디 저런 문 하나뿐이었으랴, 흐릿하고 의뭉스럽기만 하던 불빛이 어디 저런 붉은 등 하나였으랴, 남수는 기우뚱거리는 스스로를 추스르면서 계속 위로, 위로 몸을 밀어 올렸다.

위쪽 계단을 향해 올라가서 다시 아래쪽 계단으로부터 올라서는 환각은 이번엔 그런대로 견딜 만했는데, 자꾸 낯선 곳에서 마주했던 지애와 환이의 모습이 생각났다. 고개를 들 때마다 불쑥 사람의 머리가 보일 것 같은 기시감이 들면, 반갑기보단 오히려 머리칼이 쭈뼛 섰다. 도착하고자 했던 그곳이 아니라 엉뚱한 데 주저앉을지도 모른다는 생각 때문에, 자꾸 무릎이 꺾였다.

스물여섯, 스물일곱, 스물여덟, 스물아홉. 입으로 중얼거리고 있는 숫자들에 그는 더욱 힘을 주었다. 하나씩 늘어나는 숫자들을 기억하며 의식을 잃지 않으려 애를 썼다. 눈앞에 똑같은 문이 나타날 때마다 자꾸 걸음이 느려졌지만, 언제나 한 치의 어긋남도 없이 찾아왔던 '내일'이란 시간을 기억하며 그는 다시

금 혼자만의 각오를 다졌다.

　서른넷, 서른다섯, 서른여섯, 서른일곱. 어떤 상황이든 우린 결국 익숙해질 것이다. 끈질기게 살아남을 것이다. 그게 인간이란 종족이 아닌가? 그걸 진화라고 하지 않던가? 어디선가 주워들은 말들까지 끌어 모으며 다시 다리를 움직였지만, 엉치뼈 안쪽에 칼로 후벼 파는 통증이 밀려들고 있었다.

　마흔아홉, 쉰, 쉰하나, 쉰둘. 빌어먹을! 쓸모없이 아래로 내려가는 데 기운을 빼지만 않았어도, 이렇게 금세 힘이 빠지지는 않았을 텐데. 이까짓 수천 개의 계단쯤 택배 일을 하면서 무수히도 오르내렸던 지극히 평범했던 일상에 지나지 않는데. 예순하나, 예순둘, 예순셋, 예순넷. 아닌가? 예순이었나?

　더 이상 오르지 못하고 남수는 그 자리에 얼어붙었다. 예순 하나라고 생각했던 기억이 갑자기 흐트러졌다. 그러자 그 다음 숫자가, 그리고 그 다음 숫자가 순식간에 머릿속에서 소멸해버리고 말았다. 여기가… 예순셋인가, 예순넷인가? 아니면 예순다섯? 젠장!

　어영부영 예순다섯이라고 생각하며 다시 또 계단을 오르려는데, 도저히 발이 떨어지지 않았다. 예순여섯이라고 말해야 하는데, 바싹 마른 입안이 들러붙어 감각이 없었다. 단지 목이 말라 견딜 수가 없어선지 놓쳐버린 숫자 때문인지, 무너지듯 그는 또다시 그 자리에 주저앉고 말았다. 닫힌 문 앞이었고, 붉은 등 아래였다.

　사방은 너무도 적막했다. 삽시간에 그를 둘러싸며 몰려든 고요 때문에 남수는 소름이 돋았다. 쓰러진 그를 구경하듯 머리를 들이밀고 있을 적막의 등짝.

목덜미를 빼며, 남수는 허공 속에 눈을 부라렸다. 갈증 때문에 입안에 모래가 씹혔고, 침을 삼킬 때마다 누군가의 손톱이 목구멍을 사정없이 긁었다. 예순이었나, 예순하나였나? 아니다, 예순다섯이었지? 아닌가? 예순셋에서 틀렸다고 했으니, 여기는 그럼 예순넷? 아니다, 예순여섯이라고 말해야 한다고 했으니까 예순다섯?

욕설을 뱉으며 그는 고개를 절레절레 저었다. 이곳이 몇 층이든 얼마나 올라왔든 그것이 문제가 아니었다. 앞으로도 백여 층을 더 올라가야 한다고 하더라도, 지금 그를 짓누르고 있는 것은 견딜 수 없는 피로나 목마름 따위가 아니었다. 결국 그를 주저앉히고야만 것은, 또다시 제자리로 돌아온 것만 같은 환각이었다. 그토록 간절히 제자리로 돌아가고자 했을 때에는 모든 것이 낯설기만 하더니, 어디로든 나아가려고 안간힘을 써 몸을 움직이니 또다시 나를 옭아매고 있는 끔찍한 기시감이라니.

"하악! 학학!"

있는 힘을 다해 비명을 질렀지만, 그의 입에서 쏟아진 건 고작 쉿소리였다.

"지지 않아, 내가… 이대로, 당하고만 있을 것 같아? 나, 그렇게 호락호락한 놈 아니야! 끈질긴 거 하나만큼은 그 어떤 놈한테도 지지 않던 인간이라고, 내가!"

아무도 듣고 있지 않은 텅 빈 공허 속에, 그는 할 수 있는 한 제일 크게 소리치고 있었다. 그러나 그의 외침은 속삭임보다 작았고 한숨보다 무기력했다.

"내가… 내가 말이야, 이렇게 끝내고 싶지는 않았어. 내가 도대체 뭐하러… 뭐하러 도대체… 병신같이."

그의 온몸이 부들부들 떨었다. 그의 의지가 아니었다. 누군가의 손아귀에 잡힌 듯 그는 벌벌 떨고 있었다.

"이제… 만족해? 무슨 일이 있어도 끝까지 가겠다고 했던 인간이 이렇게 주저앉으니 만족하냐고! 이 씨발… 만족해!"

주먹으로 바닥을 치고, 허공에 발길질을 했다. 벗겨진 신발이 아무렇게나 굴렀고 그는 미끄러져 아예 바닥에 드러누웠다. 도마 위에 오른 고깃덩이처럼 붉은 불빛 아래 그의 몸은 허옇게 늘어졌다. 움푹 꺼진 그의 눈자위에 눈물이 번들거렸다. 후회는 아니었다. 그저 서러웠을 뿐이었다. 조금도 벗어날 수 없었던 삶이, 그리고 마지막 순간마저 여전히 자신의 것이 아닌 이 현실이.

입속에 잔뜩 고였던 그의 울음은 통곡으로 이어졌다. 아무도 들여다보지 않는 고독한 시간 속에, 그는 온몸으로 울고 있었다. 온 힘을 다 해 틀어쥐고 있던 신념을 놓치며, 그는 차가운 바닥 위에 너부러졌다. 인간을 벗어버릴 수 없었던 어느 존재의 알몸이었고, 세상 속에 유기되었던 시간의 허물이었다. 이제 모든 것이 속속들이 타올라, 재가 되기만을 갈구하는 눈물 같은 불씨였다.

계속해서, 그는 울고 또 울었다. 절규하고 또 절규했다. 그 순간 그렇게 산산이 찢겨지고 있는 그의 생을, 닫힌 문이, 그리고 붉은 등이 조용히 내려다보고 있었다.

4

의자

    바다가 내려다보이는 구평리 고개 제일 가파르고 높은 곳에, 어린 시절 그의 집이 있었다. 판자로 대충 엮어 만든 대문 옆에는 언제나 의자 하나가 놓였는데, 그 의자는 판잣집과는 어울리지 않게 등받이와 팔걸이에 고급스런 아라베스크 문양이 새겨져 있었다. 그러나 그것은 쿠션 한 가운데가 푹 꺼진데다, 뒤쪽 다리 하나가 부러져 쓸모없는 것이었다. 인근에 있던 가구 공장 어딘가에서 내다버린 불량품인지 운반 중에 망가진 재활용품인지 알 수 없었지만, 남수의 어린 시절 기억 속엔 언제나 그 의자가 있었다. 나이가 들고 시간이 지나며 판잣집에 대한 기억은 거의 대부분 사라졌는데, 유독 그 의자의 모습은 항상 기억 속에 선명했다.

    아버지 때문이었다. 그 의자엔 언제나 그의 아버지가 앉아 있었다. 도망가버린 엄마를 찾아오라며 술에 취해 어린 남수에게 주먹질을 해대고 온 집안의 물건들을 엉망진창을 만들어놓고 나면, 그는 언제나 이백 원짜리 청자 담배를 물고 그 의자에 앉았다. 한쪽 다리가 부러져 금방이라도 무너질 듯한데, 벽에 기대어선지 그 의자는 용케도 아버지의 몸뚱이를 버티고 서 있었다. 아버지는 그 의자에 앉아 담배 연기를 뿜으며 공장 벽을 타고 오르는 시커먼 흙먼지와 곰팡이들을 물끄러미 바라보곤 했다. 술에 취해 일을 제대로 할 수 없다는 소문이 퍼지면서, 남수는 더욱 더 자주 그 의자에 앉아만 있는 아버지를 바라보아야 했다.

그럴 때면 세 개의 다리로도 아버지를 버티고 서 있는 그 의자가 그토록 원망스러울 수가 없었다. 당장이라도 허리를 꺾으며 아버지를 내동댕이쳐, 아버지가 더 이상 자신에게 폭력을 휘두르거나 집안을 엉망으로 만들지 못하게 되기를, 가능하다면 돌부리에 머리를 부딪쳐 피를 흘리며 죽어가기를 남수는 간절히 바라고 또 바랐다. 생각해보면 그 의자는 아버지의 생과 아무런 상관도 없는데, 남수는 배신자를 바라보듯 자주 그 의자를 노려봤다. 그 의자 하나가 아버지에게 편안함과 안락함을 주고 있을 거라 생각하니, 온몸의 피가 거꾸로 솟는 듯했다. 그 시절의 모든 고통을 그 의자 하나가 떠받치고 있는 것처럼, 남수에게 그 의자는 혐오였고 분노였다.

그러던 어느 날, 고등학생이 된 남수는 술에 취한 아버지와 몸싸움을 하고 뛰쳐나오다가 그 의자를 보았다. 그의 앞길을 가로막았던 것도 아닌데, 그는 성큼성큼 다가가 의자를 집어 던졌다. 시멘트 바닥을 구르면서도 멀쩡한 의자를 그는 마구 짓밟았다. 나머지 다리들마저 산산조각이 나며 부서지고 있는데도, 그는 그 의자의 등받이를 들어 벽에 내던지고 다시 내던졌다. 서로의 몸을 감싸며 아름답게 꼬인 아라베스크 무늬가 산산조각이 나 깨어질 때까지, 그는 계속해서 의자를 집어 던지고 짓밟았다.

부서진 의자 때문에 술에 취한 아버지가 다시 주먹질을 했지만, 이제는 그도 가만히 맞고만 있진 않았다. 아버지보다 훨씬 더 커진 몸집을 일으켜 그도 아버지의 팔뚝을 꺾고 그의 늙은 몸을 내던졌다. 생전 처음 느낀 승리의 희열로 온몸의 혈관이 곤두섰고, 술에 취해 허우적거리며 아버지는 다시 또 그에게 달려들었지만, 이제 그는 더 이상 아버지에게 맞고 울며 도망치는 열 살짜리가 아니었다. 지독한 기억만 심어준 아버지란 존재를 목소리 높여 갈기갈기 찢으며, 이제는 그가 온 집안의 물건들을 내던지고 있었다.

그리고 30년 만의 한파가 찾아온 그해 겨울, 그의 아버지는 술에 취해 길에서 잠이 들고 말았다. 집을 찾지 못했는지 그 의자가 사라진 집에 오기 싫었는지, 그는 그렇게 더 이상 남수가 있는 집으로 돌아오지 못했다.

게슴츠레 눈꺼풀을 들어올렸다. 붉은 등이 보였다. 얼마나 시간이 지난 걸까. 간신히 몸을 일으켜 남수는 벽에 기댔다. 꿈속에서 아버지를 만났던 것은 아니었다. 그 의자 위에 앉아 있는 아버지를 보았던 것도 아니었다. 그저 눈 감은 의식 속에서 그 의자가 생각났다. 다리 하나가 없던 의자, 기우뚱 벽에 기대어져 아버지에게 안락함을 전해주었던 바로 그 의자.

이유는 알지 못했다. 그 의자가 그리웠을 리도 없었다. 내가 살아 있는 건가, 하는 생각이 드는 순간 다리 하나가 없는 그 의자는 기억의 심연 속에서 불쑥 솟아올랐다.

여전히 붉기만 한 주위는 너무도 적막했다. 나선형으로 뻗은 계단에서는 아무 소리도 들리지 않았다. 그가 알지 못하는 어떤 기계가 돌아가고 있는지, 미약하고 아득한 기계음만이 희미하게 들려올 뿐이었다. 남수는 늘어지듯 뻗어 있는 두 다리를 내려다보았다. 분명히 몸체에 달려 있는 일부인데도, 그것은 마치 꺾여 잘려나간 듯했다. 무수히도 여러 번 벽에 내동댕이치고 짓밟혔던 것처럼, 싸구려 등산 바지를 끼워 입은 그의 두 다리는 붉은 바닥 위에 잔해처럼 늘어졌다.

엉덩이를 움직여, 다리를 끌어당겼다. 감각이 없어진 두 다리를, 아래쪽으로 향하는 계단 위에 올려놓았다. 이유는 없었다. 올라가면 내려오지 못할까, 그런 두려움은 아니었다. 그토록 비루한 삶을 견뎌온 자신에게 어차피 다가오지도 않은 시간 따위를 두려워할 이유도 없다고 그는 생각했다.

하나씩 계단을 내려오며, 그는 두 다리에 힘을 주었다. 난간을 붙들고 다리를 내려놓으면서, 일직선으로 몸을 뻗었다. 아래를 향한 시선은 자연스럽게 몸을 일으켰고, 이유 따위 내던져버린 생각은 너무도 쉽게 열패감을 지워버렸다. 또다시 닫힌 문이 나타났고 붉은 등이 그를 야유했지만, 남수는 그저 아래로 걷고 있는 두 다리만 보고 있었다.

어차피 승리도 패배도 없는 시간이지 않은가? 열려 있든 닫혀 있든 똑같은 문이 기다리고 있을 맨 꼭대기 층에 도달한다고 하더라도, 결국 그곳이 내가 가야 할 곳은 아니지 않은가? 나는 또다시 이 길을 내려와야 할 뿐, 삶이란 그렇게 처음부터 일직선의 질주가 아니지 않았던가?

조금씩 두 다리에 힘이 생겼다. 감각이 없던 발가락이 꼬물거리며 아파왔다. 다시 허리에 통증이 밀려왔고, 물 한 모금 마시지 못한 목덜미가 찢겨지듯 타들어 갔다. 그의 발아래 그가 내려가야 하는 계단은, 비열한 자를 영접하듯 늘씬하게 뻗어 있었다.

그러고 보니, 삶에는 이유가 없었다. 굳이 이유를 따지자면 그에게 삶은 오기였다. 승리하고 이겨내려는 집념이 아니라, 제자리에 꼼짝 않고 버틴 채 서 있기 위한 아집이었다. 여러 가지 지상의 말들로 화려하게 이름 붙일 수는 있겠지만, 그는 그것이 시간의 수레를 가로막은 사마귀의 몸짓임을 알고 있었다. 거대한 바퀴에 몸통이 짓눌려 질질 끌려가면서도, 어디까지 갈 테냐 끝까지 시간에 매달리는 발버둥.

금고 공장에서 일을 시작했을 때, 그곳에서 경리 일을 하던 지애를 처음 보았다. 그때 잠시 꿈의 향기가 피어오르는 듯했지만, 결혼이라는 현실 앞에 그 모든 것들은 금세 사그라지고 말았다. 가난한 남자와 가난한 여자가 만나 더욱 가난해지는 역설은, 세상의 이치를 뒤집으며 빚쟁이처럼 그들의 일상을 위협했다.

남수는 그때 처음 스스로의 삶을 밀어 올렸던 그 이유를 회의하기 시작했다. 처음부터 답을 얻으려던 것도 아니었으면서도, 아무것도 말하려 하지 않는 세상 앞에 그의 절망은 깊어만 갔다. 혼자 힘으로는 살아갈 수 없는 환이가 태어났을 때, 이제 삶의 이유는 희망이 아니라 쇠사슬이었다. 철컹거리며 무겁게 그를 짓눌러, 마침내 외마디를 듣고야 말겠다는 신의 겁박이었다.

난간을 잡은 남수의 손등에 힘줄이 튀었다. 물줄기처럼 쏟아지는 기억들을 향해 그는 고개를 치켜들었다. 아니다, 아직 끝나지 않았다, 나는 패배하지 않았다! 집요하게 나를 조여오던 시간의 폭력, 죽음의 순간마저 내게서 빼앗아가려는 시간의 몰염치를 나는 너무도 잘 알고 있다!

기억의 목덜미라도 움켜쥐듯 그는 더욱 힘 있게 난간을 거머쥐었다. 다시 발을 내밀었다. 더 이상 견딜 수 없을 정도로 힘이 들면, 무리하지 않고 난간을 붙든 채 그대로 서서 잠시 숨을 골랐다. 또다시 닫힌 문이 나타났고 붉은 등이 날름댔지만, 남수는 턱을 추켜올리며 혼자만의 선언을 외치고 또 외쳤다.

내가 여기에 있으니, 내가 바로 그 이유다! 너의 환영이 뜨거운 것처럼 나의 존재 또한 여기에서 이대로 뜨거울 것이다, 너보다 더욱 뜨겁게 세상을 물들이며 타올라 줄 것이다!

계속해서 그는 아래쪽 계단으로 다리를 뻗으며 잃어버린 오기를 주워 담았다. 이미 엉망이 된 허약한 몸으로 그는 그렇게 다시 한 번 시간의 수레 앞에 몸을 들이밀고 있었다.

얼마나 올라갔던 건지 알 수 없었으니, 얼마나 내려왔는지도 알 길이 없었다. 아내와 환이가 기다리고 있을 그곳조차 처음부터 어디인지 알지 못했으니, 그곳에 돌아간다고 하더라도 여전히 흐릿하고 모호한 세계일 것이다.

그럼에도 남수는 한시라도 빨리 그곳에 도착하고 싶었다. 그들을 만나고 싶었다. 어차피 해줄 수 있는 이야기는 없더라도, 그들 앞에 열린 문을 가리킬 수 없다고 하더라도 그들에게만큼은 마침내 끝나버린 기다림이 되고 싶었다. 낯선 그들을 불쑥 만나게 될까 올라갈 때에는 두려움이더니, 내려올 땐 어느새 그리움이 되었다. 두려움과 그리움이 어떻게 맞닿은 건지 알 수 없었지만, 그는 어서 두 사람을 만나고 싶었다. 어서 빨리 그들 앞에 두 팔을 벌려, 있는 힘을 다해 그들에게 무너지고 싶었다.

멈추지 않고 그는 계속해서 두 다리를 움직였다. 감각이 없어진 두 다리가 자꾸 꺾였지만, 난간을 부여잡고 버텼다. 몸은 자꾸만 쓰러질 듯 기울었고 중심을 잃은 발걸음이 뒤틀렸지만, 그는 있는 힘을 다해 허리를 꼿꼿이 세웠다.

얼마쯤 내려왔을까. 성급하게 계단을 내려서던 그의 발걸음은 갑자기 그 자리에 굳어버렸다. 견디기 힘들 만큼 몸은 무너지기 직전이었지만, 주저앉아 쉬려던 것은 아니었다. 새삼 아내의 손가락질이 걱정되었던 것도 아니었다.

그의 눈에 이상한 것이 보였다. 문은 여전히 닫혀 있고 머리 위에 등불은 흐릿한데, 굳게 닫혀 있는 문 옆에 무언가 적혀 있었다. 붉은 빛깔로 물든 벽 위였다. 분명히 올라갈 때에는 없던 것이었다. 언제나 한 치의 어긋남도 없이 똑같은 모습이었으니, 조금이라도 달랐다면 단박에 눈에 띄었을 것이었다.

기우뚱거리며 그는 벽으로 다가갔다. 벽 위에 적힌 것은 글자였다. 붉은색 벽 위에 글자가 쓰여 있었다. 마치 인간의 손이 아닌 다른 것으로 적은 것만 같은. 인간의 몸체가 필요 없는 존재가, 인간에게 계시를 전하기 위해 인간의 언어를 빌려 적어놓은 것 같은.

한 발 더, 그는 그림처럼 생긴 기울어진 글자에게로 다가갔다. 읽으려고 애쓸 필요도 없이, 그것은 단번에 그의 두 눈에 들어와 박혔다. 간신히 버티며 지친 몸을 끌고 내려온 그를 채근하듯, 희망까지 찢어버린 채 살아남으려는 그를 종용하듯, 벽 위에 적힌 두 글자는 바로 이것이었다.

'다시'.

너의 구구절절한 투정 따위 알겠으니까,
처음부터 '다시'.

5

다시아래

어디선가 바람이 새어들었다. 물론 그의 착각이었다. 밀폐된 공간 어디에도, 바람 같은 것은 새어들 틈이 없었다. 그러나 남수는 분명 목덜미를 스치고 간 바람을 느꼈다. 혼곤한 정신을 깨우는 시원하고 상쾌한 것이 아니라, 축축하고 뜨거운 기운이었다. 끈적거리는 열기가 목덜미를 핥고 뺨을 스치며 머리 위로 기어오르고 있었다. 바람이 아니라, 차라리 그것은 누군가의 입김이었다. 혀를 내밀 때 필연적으로 함께 쏟아져 내리는 뜨겁고 끈적거리는 기운.

빙하기의 생물처럼 그는 삽시간에 얼어붙어 버렸다. 그를 짓누르던 피로감마저 일순간 사라지고 없었다. 벽 위의 두 글자에 박혀버린 그의 눈은 멸종된 자의 동공처럼 꼼짝하지 않았다. 온몸을 타고 오르던 마비된 감각마저 증발해버렸다. 그 순간 그는 붉은 상자 속에 담긴 부속품이자, 아무렇게나 내동댕이쳐진 시간의 장난감이었다. 태엽이 감아지기를 기다리는, 혹은 단발의 명령어로 작동되어야 하는.

천천히 몸을 비틀어, 남수는 자신이 내려왔던 계단 위를 올려봤다. 고개만 움직여 내려가야 할 계단도 넘겨보았다. 그러나 어디에도 인기척은 없었다. 소용돌이치는 공간 속에, 붉은 고요만이 부유하고 있었다.

확실했다. 올라갈 때 붉은 벽 위엔 분명 아무것도 적혀 있지 않았다. 무엇이든 흔적을 찾고 있었으니, 그냥 지나쳤을 리는 없었다. 마구잡이로 뒤엉키는 생각 속에서, 또다시 시간의 혀가 슬쩍 그를 핥았다.

비명이 게워졌지만, 꿀꺽 삼켰다. 그렇게 적어놓고 사라져버린 어떤 존재가 자신의 절규를 지켜보고 있을 것이라 생각하니, 그는 도저히 입이 벌어지지 않았다. 그 모든 절규가, 그 모든 몸부림이 시간의 명령에 순응하는 것이었을지도 모른다고 생각하니, 명치끝이 쿡쿡 쑤셨다. 토악질이 밀려 올라왔다. 두 볼이 불룩해지도록 입을 꽉 다문 채, 그는 다시 한 번 붉은 공간을 둘러보았다. 여전히 육중한 무게로 닫혀 있는 문, 주홍색 빛깔을 쏟아내고 있는 등, 그리고 무력하게도 결심과 포기 사이를 오고가는 나약한 인간.

순간 남수는 최초의 결심이 생각났다. 그렇다, 여기에서 끝내면 모든 것은 사라진다. 단 한 순간도 내 것이지 않았던 수치스러운 생을 지금 이 순간 끝내버리면, 그제야 비로소 나는 내 삶의 주인이 된다. 끝내 그 무엇에게도 짓밟히지 않은, 내 손으로 적어 넣은 생의 종언!

천천히 주머니에 손을 밀어 넣어, 그는 잘 접혀 있던 칼을 꺼내들었다. 만약의 경우를 대비하여 소중히 간직해두었던 마지막 결심. 남수는 칼을 들어 어루만지다가, 자그맣게 발기한 돌기 위에 손가락을 올려놓았다. 아주 작고 사소한 결심이었는데, 기다렸다는 듯 칼날의 몸통이 철컥 일어섰다. 한 치의 어긋남도 허락하지 않을 날카로운 칼날은 몽롱한 불빛 아래서도 번뜩이며 빛났다. 숨어 있던 시간들이 얼마나 길고 애가 탔는지, 드러난 칼날은 춤이라도 추듯 희번덕거렸다.

남수는 빨갛게 물든 칼날을 천천히 목덜미에 가져다 댔다. 누구의 침이 번들거리는지 칼날 밑은 온통 미끄덩거렸다. 미약한 혈관의 박동이 쓸모없이 칼날을 밀어올리고 있었다.

결정적인 순간을 놓치지 않기 위해, 남수는 두 눈을 부릅떴다. 눈앞에 똑똑히 새겨진 두 글자를 노려보았다. '다시.'

그래, 언제나 그랬듯 비껴가기만 했던 시간이 이번에도 나를 배신할 수 없도록, 망설이지 말고 '다시!'

칼을 움켜쥐고 있던 손에 힘을 주었다. 이를 악문 채, 온몸의 세포들에게 그는 명령하고 있었다. 최초이자 마지막으로 주인의 이름을 되새기듯, 그는 생각의 입을 벌려 외치고 또 외쳤다. '다시, 다시!'

"사람이 있어!"

그때였다. 그의 발아래서 소리가 들려왔다. 너무 익숙해서 오히려 낯선 목소리였다.

"당신 거기 있어? 이리 좀 내려와 봐, 여기 사람이 있다고!"

여전히 성별을 알 수 없는 목소리는 뒷덜미를 간질이며 그를 끌어당기고 있었다. 칼을 숨긴 채, 그는 난간 밖으로 고개를 내밀었다. 눈과 코와 입이 없는 붉은 얼굴이, 그를 올려보고 있었다. 사람이 있다고 했는데, 아무리 봐도 그건 사람의 형상이 아니었다.

"자기야, 좀 내려와 봐! 사람이 있어, 여기 사람이 있다고!"

그러나 남수는 섣불리 대답하지 못했다. 그의 머릿속엔 오직 한 가지 결심뿐이었다. 지루하고 거추장스러웠던 모든 것들을 마침내 심판하려는 아주 작고 사소한 결심, 이제 막 나락 밖으로 그를 떠밀고 있었던 바로 그 결심.

난간에 기댄 몸을 다시 세우며, 그는 손에 들었던 칼을 접어 주머니에 밀어 넣었다. 포기는 아니었다. 물러서는 것도 아니었다. 언제든 외칠 수 있는 혁명의 언어를 이제 알고 있기에, 프락치처럼 그는 배시시 웃고 있었다.

대단한 무장을 한 것도 아닌데, 남수는 마음이 든든했다. 계단을 내려서는 그의 두 다리는 훨씬 가벼웠고, 허리를 움켜쥔 통증마저 간질이는 듯했다. 더 이상 아무것도 두렵지 않았다. 어떤 조롱도 웃어넘길 수 있을 것 같았다. 언제든 '다시' 꺼내들 수 있는 각오 때문에, 간결하게 그에게 승리를 안겨줄 날카로운 깃발 때문에.

여전히 몇 층인지 알 수 없는 공간에, 지애와 환이가 서로를 껴안고 있었다. 위쪽 계단에서 내려서는 남수를 보고는, 그제야 안도한 듯 그에게 바싹 다가섰다. 그들의 건너편 아래쪽 계단 벽에, 한 남자가 서 있었다. 키가 작고 왜소한 남자였다. 학생들 이나 매고 다니는 백팩을 한쪽 어깨에 맸는데, 그것은 기이하게 거대했다. 그토록 커다란 가방이 세상에 있나 싶을 만큼 큰 크 기였다. 흡사 검정색 쌀가마니를 짊어진 사람 같았다. 허름한 후드 티셔츠를 입고 있었는데, 붉은 불빛 때문에 그것이 남색인 지 검은색인지 알 수는 없었다. 그저 커다란 가방의 끈을 단단 히 붙들고 있는 그의 몸짓이 어쩐지 불안해 보였다.

"저, 이상한 사람 아니에요. 저도 출구를 못 찾아서… 그래서 출구를 찾으려고 돌아다니고 있거든요."

다급하게 덧붙이는 그의 목소리는 변성기가 채 지나지 않은 듯 가녀리고 높았다. 조금은 통통한 체구에 잔뜩 어깨를 움츠 린 모습이 더욱 의심을 부추기고 있었다.

"그럼, 당신은 어디서 들어왔지?"

남수는 조금 더 그에게 다가섰다.

"저는… 주차장에서요. 지하 주차장 7층인가 8층에 차를 대고 엘리베이터에 사람이 너무 많아 계단으로 올라왔던 건데, 갑자 기 정전이 되면서 문이 닫혀버렸어요. 아무리 돌아다녀도 출구 를 찾을 수가 없었고요. 진짜예요, 진짜라고요."

거듭 반복해서 진짜라고 말하는 그의 말투가 남수는 오히려 거슬렸다.

"당신, 그거 거짓말이야. 내가 아까 지하 십몇 층까지 내려갔다가 왔는데, 사람 코빼기도 보질 못했다고. 나나 이 사람이 큰 소리로 외쳤던 걸 들었을 텐데, 그럼 왜 그때에는 나타나지 않았지?"

분명 열여섯까지 세면서 아래로 내려갔던 것을, 그는 똑똑히 기억했다. 처음에 들어선 곳이 4층이나 5층이라고 하더라도 그가 내려갔던 층은 족히 10층은 넘었을 것이었다.

"그건 아저씨가 잘 모르셔서 그래요. 이 건물 지하는 계단 한 층이 건물의 한 층이 아니라, 계단으로 두 층을 내려가야 건물의 한 층에 해당되는 거라고요. 각 층마다 작은 물류 창고들이 붙어 있고, 주차장 자체의 높이를 높게 짓는 바람에 계단으로 두 층을 내려가야만, 실제 건물의 한 층에 해당되는 거예요. 그러니까 계단으로 10층을 내려가더라도, 실제로는 다섯 층밖에 못 내려간 거죠."

순식간에 남수의 표정이 일그러졌다. 네가 온 힘을 다해 도착했던 그곳이 얼마나 남루한 거리였는지 알고 있느냐, 그는 남자에게 힐난이라도 듣는 기분이었다.

"이봐, 당신은 갑자기 나타났어. 우리가 아래위로 샅샅이 훑어보고 있는 중이었고, 소리를 지르며 문을 두드려가며 사람을 찾았는데, 그것마저 들리지 않았다는 말이야?"

"아니요, 들리긴 들렸는데… 저도 어떻게 해야 하나 망설이고 있었고, 그래서 고민을 하다가 아무래도 다 같이 모여 방법을 찾아보는 게 낫겠다 싶어서 이렇게 올라온 거고요."

"엄마, 목말라."

지애의 품에 안겼던 환이가 칭얼거리자, 어정쩡하게 서 있던 남자는 어깨에 멘 커다란 가방을 내려 열었다. 그리고 그 속에서 2리터짜리 생수통 두 개와 은박지에 싼 김밥 여러 줄을 꺼내 환이 앞에 내밀었다. 환이는 와락 달려들었지만, 지애는 아이의 뒷덜미를 붙들었다. 아이가 칭얼댔지만 그녀도 아직 그를 신뢰할 수만은 없었다.

그러자 남자는 직접 생수통 뚜껑을 열어 자신의 입에 콸콸 털어 넣었고, 비닐봉지 안에 김밥도 꺼내 맛있게 먹었다. 그리고 환이와 지애를 향해 괜찮다는 듯 고개를 끄덕였다. 그제야 아이는 달려들어 물과 음식들을 아귀아귀 입속에 밀어 넣었고, 마른 침만 삼키고 있던 지애도 슬그머니 음식 앞에 주저앉았다. 갈증을 견디지 못하고 있던 남수도 경계의 눈빛을 지우지 않은 채, 털썩 주저앉아 물을 들이켰다.

"제가… 평소에 물을 좀… 많이 마셔서요."

남자는 더듬거리며 그렇게 말해놓고는 다시 눈길을 피했다. 어설프게 얼버무리는 그의 몸짓을 마음속에 새기며, 남수는 또다시 주머니에 감춘 칼을 생각하고 있었다. 입속에 든 음식을 꾸역꾸역 씹으며, 그는 남자를 향해 엉성하고 웃고 있었다.

어디인지 알 수 없는 그곳에,
그렇게 또 한 사람이 갇혔다.

"학생은 휴대폰이 없나?"

물과 음식 덕분에 기운을 차렸지만, 그래선지 그들의 불안도 더욱 또렷해졌다. 남자는 아래쪽 계단에 웅크리고 앉아 자신이 올라왔던 계단을 바라보고 있었다.

"있어요, 있기는 한데… 여기서는 안 터지더라고요. 지하라서 안 터지는 건 줄 알았는데, 올라오면서 확인을 해봐도 계속 똑같아요."

믿지 못하는 남수의 눈치를 알겠는지, 그는 주머니를 뒤적여 휴대폰을 내밀었다.

"정말이에요. 자, 보세요."

남수는 그의 휴대폰을 받아 통화 버튼을 눌렀고, 남자의 말대로 통화권 이탈이라는 메시지는 다급하게 떠올랐다. 긴급 통화 버튼까지 눌러봤지만 소용없었다.

"학생은 왜 이리로 들어왔지? 혹시 그 아래 지하 계단 입구도 막혀 있지 않았나? 빨간 띠로 말이야. 사람들 드나들지 못하게."

"길을… 잘못 알았어요. 저도 익숙하지 않은 건물이라서… 낯설어서요. 벨트 차단봉으로 막혀 있기는 했는데, 혹시나 하고 들어왔다가 갑자기 불이 꺼지고 문이 닫혀버렸어요."

"이상하네?"

남수는 과장되게 고개를 꺾었다.

"아까 말하는 거 들어보니까, 학생은 여기가 낯설지 않은 것 같은데… 이 건물에 대해서 잘 알고 있는 것 같아서 말이야."

"아니에요, 잘 몰라요. 정말이에요. 그냥… 그냥 이 근처에 살거든요. 그리고 여기서 잠깐 아르바이트를 한 적이 있어서… 그래서 사람들한테 이것저것 많이 들었어요. 이 건물에 대해서… 지어질 때 무슨 일이 있었는지, 어떻게 지어졌는지 그런 거요."

그러나 그의 대답은 영 미덥지가 않았다.

"그리고… 저, 학생 아니에요."

그가 남수를 똑바로 본 것은 처음이었다. 학생이 아니라고 말하는 그의 모습에선 특별한 결심이 느껴졌다. 딱히 부를 만한 호칭이 없어 고등학생이든 대학생이든 상관없을 것 같아 학생이라고 불렀던 건데, 사소한 차이조차 견딜 수 없는 듯 그의 말투는 단호했다.

"저는… 제 이름은, 수현이에요."

그러자 지애의 품에 안겼던 환이가 반색하며 소리쳤다.

"우와! 기… 김수현!"

"아, 아니. 난 천… 수현, 탤런트 김수현 아니고."

그렇게 말해놓고 그는 환이를 향해 환하게 웃었다.

"그래, 그럼 수현이… 그렇게 편하게 불러도 되겠지? 그럼 자네는 지금 이 상황이 어떻게 돌아가고 있는 건지 알고 있나? 우리가 왜 여기에 이렇게 갇혀 있는 걸까? 저 바깥에는 지금 무슨 일이 일어나고 있는 건지, 혹시 자넨 아는 게 있나?"

어른스럽게 대하는 척 그의 의견을 물었지만, 실은 비아냥거림에 지나지 않는 것이었다. 수현은 잠시 망설이는 듯싶더니, 다시 주머니에서 휴대폰을 꺼내 바닥에 내려놓았다. 그리고 전원을 켜 손가락을 놀리더니, 무언가를 화면 위에 띄웠다. 두 개의 동그라미였다. 검은 화면에 두 개의 동그라미가 통통 튀며 움직이고 있었다. 서로 엇갈린 동그라미의 교차된 공간 안에, 커다란 숫자가 떠올랐다. 마이너스 4였다.

"이게 뭐지?"

남수가 물었다.

"이 숫자가 아까는 마이너스 2였어요. 지하에서 올라올 때요."

여전히 그의 대답을 이해하지 못한 그는 다시 한 번 물었다.

"그래서?"

수현은 휴대폰 주변으로 모여든 모두와 눈을 맞추며, 조심스럽게 입을 열었다.

"이 건물이 한참 지어질 때, 이 근처 공원에 있는 커다란 호수의 수심이 2미터나 낮아졌어요. 이 건물의 지반을 만들려고 파헤치면서, 그 호수에 있던 물이 이 건물의 지반으로 스며들었던 거지요. 그걸 숨기고 옆에 있는 강에서 물을 빼다가 호수에 채워 넣으면서 공사를 진행했고, 그러는 동안 그 호수의 물이 계속해서 이 건물의 지반을 침하시켰다는 소문이 파다했거든요. 세계에서 두 번째로 높은 건물을 짓는다고 하니까, 우리나라 최고의 랜드 마크가 될 거다, 우리나라의 건축 기술을 세계에 알리는 기회가 될 거다, 이렇게 국가적 지원 사업으로 추진되면서 그런 모든 문제들은 사소한 것이 되어버렸죠."

그의 한숨은 더욱 깊고 짙어졌다.

"크고 거대한 목표일수록 우리는 희생이 필요하다고 생각하잖아요? 희생이 필요 없는 일들까지 말이죠. 희생이 아닌 것도 희생이라고 합리화하면서요."

그러나 남수는 여전히 그 숫자의 의미가 이해되지 않았다.

"그래서 뭐가 어떻다는 거지?"

한숨이 밴 수현의 목소리는 떨고 있었다.

"이건 수평기에요. 계단을 올라오면서 이렇게 숫자가 변한다는 건, 이 건물이 지금 아주 미세하게 조금씩 기울고 있다는 거죠."

남수와 지애의 눈이 휘둥그레졌다.

"몇 층 더 올라가서 측정을 해야 확신을 할 수 있겠지만, 지금 우리가 갇혀 있는 이 건물은, 조금씩 무너지고 있는지도 몰라요. 우리도 모르는 사이, 아주 조금씩… 조금씩."

약속이라도 한 듯 그들은 천천히 고개를 들었다. 그들의 머리 위에는 셀 수 없이 많은 계단들이 소용돌이치며 끝없이 뻗어 있었다. 그러고 보니 한가운데서 올려다본 계단의 모양은 어쩐지 한 쪽으로 기울어져 있는 듯했다. 거대한 괴물의 목덜미처럼 꿈틀거리고 있었다. 정체를 알 수 없는 묵직한 기계음은 거대한 몸체에 숨을 불어넣는 소리 같기도 했고.

그들은 지금 괴물의 뱃속에 있었다.

자신도 모르는 순간 삼켜진,
이 세계의 포만감이었다.

6

아래는

건물이 붕괴되고 있을지도 모른다는 수현의 말에, 지애는 몸을 떨기 시작했다. 두 팔로 제 몸을 쓰다듬다가, 손가락으로 바닥에 보이지 않는 것들을 그리는 환이를 끌어안았다. 그것만으로도 갑자기 들이닥친 불안을 어쩌지 못하겠는지, 그녀는 아예 일어서서 이리저리 서성거렸다. '그래서 모두들 대피 중이었던 거야, 우리가 여기에 갇힌 줄도 모르고 있었던 거야.' 망자(亡者)처럼 그렇게 중얼거리다가 그녀는 또다시 쓰러지듯 모퉁이에 쪼그려 앉았다.

있는 힘껏 몸을 웅크려 훌쩍이는 그녀를 보고 있자니, 남수는 그녀가 참으로 어리석게만 느껴졌다. 곱지 않은 눈으로 아내를 보고 있긴 했지만, 그 역시 그렇게 두려움에 사로잡혔던 때가 있었다. 집, 가족, 그리고 아버지. 세상 모든 이들이 행복하고 그리운 것이라 말하던 그 모든 것들이, 어린 남수에겐 두려움의 서로 다른 층위였다.

그에게 집은 돌아가고 싶은 곳이 아니었다. 그래도 집 말고는 달리 갈 곳이 없어 무기력한 걸음으로 학교에서 돌아와 마루에 걸터앉으면, 금방이라도 아버지가 문을 걷어차며 들어올까 봐 그는 언제나 두려움에 떨었다. 생각만으로도 그는 이미 아버지를 피해 어디론가 달아나고 있었다. 작은방은 어린 그를 두고 도망쳐버린 엄마의 물건들로 가득 차 들어갈 수도 없었다. 그녀가 사라지고 난 뒤, 아버지는 그녀의 모든 물건들을 방에 몰아넣고 자물쇠를 채워버렸다. 그녀가 돌아오면 단번에 불을 질러 활활 타오르는 광경을 보여주겠다고, 아버지는 마루 아래 휘발유 통까지 숨겨놓고 있었다.

어쩔 수 없이 아버지와 같은 방에서 지내야 하는 그에게 달리 도망칠 곳은 없었다. 집을 뛰쳐나가더라도 작은 마을의 눈들은 쉽게 그를 아버지 앞으로 끌어다놓았고, 도망친 안도감보다 다시 돌아와야 한다는 공포가 그에겐 더욱 견디기 힘들었다. 시시각각 다가오는 아버지의 귀가 시간은 어린 그를 옥죄는 사슬이었다. 걷어차이지도 않은 허리는 이미 욱신거리며 아파왔고, 입 속엔 벌써 피 냄새가 그득했다. 마루 위에 작은 무릎을 끌어모아 쪼그려 앉은 어린 그의 두 눈엔, 이미 눈물이 가득했다. 마침내 집에 돌아온 아버지는, 울고 있는 그를 보면 더욱 심하게 매질을 해댔고.

그러던 어느 날, 남수는 아버지의 매질을 피해 집 밖으로 뛰쳐

나왔다가 이상한 것을 보았다. 엉엉 울며 집 뒤편 암흑으로 뒤덮인 산자락에 뛰어들었는데, 고개를 들어보니 저만치 수수밭 한가운데서 시커먼 사람의 그림자가 그를 넘겨보고 있었다. 분명 그 너머는 인가가 없는 산 쪽으로 이어진 길이고, 있는 것이라곤 잡초가 가득한 무덤 하나가 반쯤 허물어져 버려져 있는 것뿐이었는데.

순간 그의 온몸에 털이 쭈뼛 섰다. 두들겨 맞은 데서 오는 통증은 순식간에 사라지고 없었다. 차라리 몽둥이를 든 아버지의 인기척이 그 순간 더욱 간절했다. 비명을 지르며 내달렸지만, 오금이 저린 발걸음은 마음대로 움직이지 않았다. 몇 발자국 뛰지도 못하고 발이 겹질려 그는 그만 바닥에 곤두박질치고 말았다. 소름끼치는 공포에 아픔에 엉엉 울고 있는데, 갑자기 사방의 고요가 슬그머니 그의 머리 위에 내려앉았다. 훌쩍이며 고개를 돌려보니 시커먼 사람의 그림자는 여전히 그 자리에서 흙구덩이가 된 그를 넘겨보고 있었다. 또다시 울음이 터지려 두 볼이 부풀어 올랐는데, 말개진 그의 두 눈에 어둠의 색이 층층이 들어왔다. 그저 까맣다고 생각했던 암흑이 저마다 다른 색의 어둠으로 나뉘고 있었다. 서로 다른 검은 빛이 익숙한 마을의 풍경을 그리며 그의 눈에 점점 또렷하게 들어왔다.

어린 남수는 자신을 넘겨보고 있는 시커먼 그림자를 향해 조금씩 다가갔다. 여전히 꼼짝도 않은 채 거대하게 어깨를 부풀리며 그곳에 서 있던 사람의 형체. 당장이라도 입을 벌려 그를 집어삼킬 것만 같은 그림자 앞에 서서, 그는 작은 고개를 들어 올려 그것을 바라보았다. 목이 꺾인 수숫대 여러 개가 서로에게 어깨를 걸고 쓰러져 커다랗게 솟아 있었다. 희미한 달빛에 비추어 꺾어진 수숫대의 모양은 신기하게도 사람의 형체를 하고 있었다.

눈물을 닦으며 그는 한숨 같은 웃음을 토했고, 그제야 천천히 주위를 둘러보았다. 어느새 새카맣기만 했던 시골의 밤풍경은 허물을 벗은 듯 속속들이 그의 눈에 들어왔다. 달라진 것은 시간의 색이었을 뿐, 변함없이 그를 둘러싸고 있던 것은 평화롭고 조용한 고향 마을의 정경이었다.

그날 밤, 어린 남수는 겁도 없이 허물어진 무덤의 봉분 꼭대기에 한참을 앉아 있었다. 어둠 속에 드러난 또 다른 세상을 신기하게 바라보며, 여전히 사람의 형체로 교교하게 그를 내려다보는 수숫대의 호위를 받으며.

그 후로 두려움이나 공포는 그에게 불안의 근원이 아니었다. 그것은 그저 실체를 알아야 하는 호기심이었고, 모자란 생각이 만들어낸 크기만 커다란 그림자였다. 기분 탓인지 실제 그의 키가 자랐던 건지는 알 수 없었지만, 그때 이후로 어린 남수의 눈에 아버지의 모습은 조금씩 작아지고 있었다.

무슨 방법을 마련해야 할 것 아니냐고 지애가 소리쳤을 때, 남수는 그녀의 절규가 해결책이 아님을 알고 있었다. 자신의 어깨에 매달려 훌쩍이고 있는 지애를 향해, 그의 말투는 오히려 건조하고 차분했다. 봉분 위에 앉은 듯 그의 눈 속은 서늘했다.

"내려가지."

그러나 울음이 묻은 그녀의 대답엔 짜증이 뒤섞였다.

"당신 아까도 내려갔다가 왔잖아? 아무것도 없었다면서?"

"아니, 이번에는 끝까지 내려가자고. 저 친구 말이 맞는다면, 아까는 반도 못 내려갔다가 온 거잖아? 이제는 여기 건물의 구조를 잘 알고 있는 친구도 있으니, 저 친구와 같이 내려갔다가 오면 무언가 나갈 방도를 찾을 수도 있지 않겠어?"

신뢰가 전부는 아니었지만, 수현을 바라보는 지애의 눈빛도 간절했다.

"아뇨, 제가 이 건물을 전부 다 알고 있는 건 아니에요. 저도 사실 그냥 소문만 듣고… 사람들의 이야기만 듣고 몇 가지를 알고 있는 것뿐이라고요."

"그래도 우리보다는 많은 걸 알 거 아냐? 네 말대로 지하 7층인가 8층에서 들어왔는데, 밑으로 내려가지 않고 위로 올라온 데는 무슨 이유가 있겠지? 여기를 잘 알고 있는 사람이니, 우리처럼 그냥 무작정 오르내리느라 시간을 허비하지는 않았을 테고… 아래쪽이 아니고 위쪽으로 올라왔을 때는, 무슨 이유가 있었을 거 아냐? 그렇지?"

수현은 쉽사리 대답을 못하는 눈치였다. 할 말이 없는 것이 아니라, 해서는 안 되는 말이 있는 듯했다.

"네가 말한 것처럼 한 층을 내려가기 위해 계단으로 두 층을 내려가야 한다면, 기껏해야 삼십 층 정도만 내려가면 되는 거잖아? 여기 지하 주차장이 몇 층까지 있다고? 12층? 15층?"

알고 있는 걸 말하지 않는 듯 그의 입매가 단단했다.

"거기도 문이 닫혀 있으면 어떡해?"

"그때에는 다시 올라오면 되는 거지. 그러면 이제 더 이상 그쪽으로 내려가 시간을 허비할 일은 없을 거 아니야? 저 친구랑 같이 내려가면 한 층씩 나누어 맡아, 문이 열린 곳을 확인하면 되니까 시간도 절약될 테고 말이야. 안 그런가?"

그는 수현에게 묻고 있었지만, 어차피 대답을 기대한 것은 아니었다. 그는 오직 한 가지 생각뿐이었다. 지금은 그저 주어진 모든 것을 이용해, 할 수 있는 모든 것들을 해야 하는 때. 섣불리 판단하지 않고 우리가 서 있는 자리를 잃지 않으며, 가장 이성적인 발걸음을 시작해야 하는 때.

남수는 그의 대답을 듣지도 않고 먼저 몸을 일으켰다. 삼십 층 정도라면 물이나 음식은 필요치 않겠지? 그럼에도 주섬주섬 가방을 메고 있는 수현의 모습이 의심스러웠지만, 그는 더 이상 아무것도 묻지 않기로 했다. 그저 주머니에 든 칼을 다시 한 번 만지작거리며, 어린 시절 그를 호위했던 수숫대처럼 커다랗게 어깨를 부풀렸다.

수현이 앞서 걷도록 남수는 그의 발걸음을 뒤따르기만 했다. 그는 남수가 그랬던 것처럼 닫힌 문으로 다가가 손잡이를 돌려보았고, 열리지 않는 문을 확인하고는 남수의 눈치를 살피더니 다시 아래로 내려갔다. 그가 계단을 내려가 닫힌 문을 확인하는 모습을 보면서, 남수는 아무 말 없이 그를 응시하고 있었다.

그의 대답이라도 기다리는 듯 수현이 문 앞에서 잠시 머뭇거리
다가, 또다시 아래로 내려가고 다시 또 아래로 내려갈 때까지.

"같이 하기로 하지 않았나요?"

숨을 헐떡이며 그는 또다시 닫힌 문 앞에 섰다. 느린 걸음으로
막 계단을 내려서던 남수는 그의 반문에 어깨만 으쓱했다.

"난 말이야, 이미 아까 다 해봐서 말이야. 그러니까 자네처럼
그렇게 열심히 열어보고 또 열어보고 그럴 필요가 없지. 자네는
그 문들을 열어보려는 생각조차 해본 적이 없어서 그렇게 열심
히 열고 있는지 모르지만, 나는 이미 아까 다 확인해봤거든."

놀림이라도 당한 것처럼 수현은 눈을 부라렸다.

"그러면 도대체 왜 아래로 내려가자고 한 거죠? 확인도 하지
않을 거면요?"

닫힌 문에 기대어 그는 가쁜 숨을 몰아쉬었다.

"내가 확인하고 싶은 건 저 문이 아니라, 너야. 무언가 감추고
있는 너, 우리에게 말하지 않은 비밀을 걸어 잠그고 있는 너."

그러나 그는 남수의 눈을 피하며 또다시 아래쪽 계단으로 뛰
었다. 다시 제자리로 돌아온 것처럼 그는 닫힌 문 앞에 서서, 또
다시 손잡이를 돌려보았다. 여전히 문은 열리지 않았다.

"너는 처음부터 그 문들을 열어볼 생각조차 없었던 거야. 우
리처럼 갇혔던 게 아니었으니까, 올라오면서 모든 문을 일일
이 열어볼 필요가 없었던 거지. 자신이 잘 알고 있는 건물의
지상 층으로 올라와서, 그저 문을 열고 나가면 될 거라고 생
각했거든."

다시 아래쪽 계단으로 뛰고 있는 수현의 몸짓은 어쩐지 도망이라도 치는 것 같았다.

"뭐하는 놈이지? 도대체 일부러 막아놓은 여기에는 왜 들어온 거야? 좀도둑인가? 어디 물건이라도 쌓아놓은 걸 훔치려고 들어온 거야? 사람들이 퇴근할 때까지 숨어 있으려고, 그렇게 물과 음식들을 바리바리 싸가지고 왔던 거고?"

이미 다 알고 있는 듯 그의 물음은 간결했다.

"잘 아시네요. 맞아요, 물건 훔치러 들어온 거. 이 건물 1층에 아시아에서 제일 큰 명품 백화점이 들어섰거든요. 아직 창고들이 다 완성되지 않아, 그 물건 박스들을 지하 맨 아래층 창고에 임시로 보관해뒀어요. 제가 그 물건 쌓는 아르바이트를 했는데, 그래서 잘 알거든요. 도망갈 통로랑 알아봐야 해서, 건물 구조도 알아봤고요. 그래서 아저씨 목소리 들렸을 때, 아는 척하지도 않고 숨어 있었던 거고요."

또다시 닫힌 문의 손잡이를 붙들고, 그는 구토하듯 한꺼번에 쏟아냈다. 손잡이를 돌리는 그의 손길은 어쩐지 더욱 다급해졌다.

"1층까지 올라갔는데… 거기 문도 닫혀 있었어요. 그래서 하는 수 없이 더 위로 올라갔던 거고요. 제가 맨 아래층에다가 물건을 숨겨놨거든요. 왜요, 경찰에라도 신고하시게요?"

남수는 피식 웃고 말았다. 계속 그를 쫓아 계단을 내려가면서, 그의 호흡도 조금씩 차오르고 있었다.

"돈이 왜 필요하지?"

"돈 필요한 데 이유가 있나요? 잘 먹고 잘 살려고요."

"아르바이트했다면서?"

"아저씨는 아르바이트해서 잘 먹고 잘 살아지던가요? 아르바이트도 어느 집 자식들이 하느냐에 따라 다르거든요. 있는 집 자식들이나 아르바이트해서 몇 백을 모으고 몇 천을 모으는 거지, 저 같은 건 어림도 없어요."

"그래도 어린 친구가 도둑질까지 해가면서 돈을 떠올렸을 땐, 무슨 다른 이유가 있었을 것 같은데?"

"이유 같은 건 없어요. 돈이면 되지 무슨 이유가 필요해요? 돈이 이유고, 돈이 해답이지요. 돈이 정의고 돈이 착한 거고, 돈이 진실인 거랑 마찬가지죠."

계속해서 그는 아래로, 아래로 내려갔다. 그리고 닫힌 문을 확인하고, 다시 또 아래로 내려가고 똑같은 모습으로 나타난 문 앞에 섰다. 조금씩 더 빨리 계단을 뛰어 내려가면서, 두 사람의 질문과 대답은 이리저리 엇갈렸다. 질문이 대답이 되고 대답이 다시 질문이 되면서, 두 사람은 또다시 제자리로 돌아와 있었다. 숨을 몰아쉬고 있었지만, 그들은 여전히 붉은 등 아래였고 닫힌 문 앞이었다.

"왜요, 이번에도 제 말이 안 믿겨져요? 그러면 내려가요. 더 내려가서 저 밑에 제가 숨겨놓은 물건들을 확인해요. 가방 하나만도 천만 원짜리거든요. 짝퉁이라고 구라치고 반값에만 팔아도 오백이에요, 오백! 그게 열 개면 오천이고요. 그거면 이유가 충분하지 않나요?"

대답은 들으려 하지도 않은 채, 그는 다시 계단 아래로 뛰었다. 다시 그에게 질문을 던지며 남수는 계속해서 그를 따라 내려갔다. 그들은 이제 계단을 따라 쫓고 쫓기는 두 사람이었다. 알 수 없는 곳으로 끝없이 곤두박질치고 있는.

"그래서? 그걸로 진탕 먹고 마시며 놀겠단 이야기야? 아니면 유치한 영화나 드라마처럼 병상에 누운 부모님이라도 계신건가? 잘해봐야 스무 살이나 먹었을 것 같은데, 그렇게 놀고 마실 씀씀이가 돼? 빚이 있나? 어린 나이에 도박에 빠졌을 리도 없고, 혹시 여자 친구 임신이라도 시켰어?"

돌고 또 돌며 그들의 이야기도 제자리였다. 계속해서 계단을 뛰어 내려가면서, 다시 붉은 등과 닫힌 문을 만나는 두 사람도 제자리였다. 이제는 거의 뜀박질을 하듯 뛰어 내려갔는데, 어느 순간 갑자기 수현이 숨을 몰아쉬며 멈춰 섰다. 남수는 숨을 고르며 계속 그를 다그쳤다.

"왜, 찔리나? 그래도 알량한 죄책감 같은 게 있는 거야?"

그러나 수현은 대답도 없이 황급히 계단 아래로 뛰었다. 그리고는 난간 너머로 목을 빼 다시 아래쪽을 넘겨보았다. 두리번거리며 무언가를 찾는 듯하다가, 그는 또 한달음에 계단을 내려가 두리번거렸다. 닫힌 문을 열어보고 발길질하고 다시 또 난간 너머를 넘겨보다가, 그는 머리칼을 움켜쥐었다.

"뭐야, 왜 대답을 못해? 또 무슨 핑계를 대려는 수작이야?"

"스물넷이요."

"뭐야?"

"저 위가⋯ 스물 넷, 여기가 스물다섯이라고요!"

"그게 무슨 소리야?"

"제 계산이 틀리지 않았다면, 아저씨랑 아줌마가 있는 데가 지상 3층, 거기서 1층까지 내려오고 그 다음에 하나씩 세어 내려왔으니까, 저 위가 지하 12층이라고요!"

"그래서 뭐가 어쨌다고?"

남수를 보고 있던 수현의 눈이 일그러졌다.

"이 건물엔 지하 12층까지밖에 없어요. 저 위가 마지막 층이라고요. 지하 12층⋯ 마지막 층인데, 분명히 물건 상자들이 쌓여 있던 곳이었는데, 내가 물건을 빼내서 숨겨놓은 곳인데⋯⋯."

남수는 그제야 계단 난간 너머로 목을 빼 내려다봤다. 그러나 그의 눈에 보이는 것은 여전히 끝도 없이 아래로 이어진 계단의 소용돌이였다. 어디에도 그가 말했던 물건 상자라던가, 임시창고 같은 것은 보이지 않았다. 어디서 흐트러진 걸까? 우리의 기억이나 믿음은 어느 순간 우리를 이렇게 혼돈 속에 밀어 넣어버린 걸까?

남수는 순식간에 달려들어, 그의 멱살을 움켜쥐었다.

"너 이 자식! 꿍꿍이가 뭐야? 도대체 네 놈 꿍꿍이가 뭐냐고? 여기서 무슨 짓을 하려고 우리한테 그런 거짓말을⋯⋯."

그러나 힘을 주어 수현의 멱살을 움켜쥐던 남수는 그대로 뒷걸음질치고 말았다. 그의 팔뚝 아래에, 무언가 다른 것이 와 닿았다. 다른 촉감의 것이었다. 단지 비대해진 살덩이라고 생각할 수 없는, 더욱 물컹하고 탄력 있는 느낌의 덩어리. 양쪽으로 나뉘어 단단히 고정되어 있는 인간의 몸체.

주춤거리며 남수는 쥐고 있던 멱살을 놓쳤다. 가슴을 매만지며, 수현은 황급히 옷매무새를 추슬렀다.

"뭐… 뭐야, 너 이 새끼… 너… 누, 누구야! 정체가 뭐야!"

그때였다. 쿠르릉, 쿵쿵. 멀리서 엄청난 굉음이 밀려오고 있었다. 마치 사방에서 거대한 열차가 그들을 향해 돌진해 오고 있는 듯했다. 두 사람의 발아래를 가르며, 그것은 온 사방을 뒤흔들고 있었다.

놀란 눈으로 그들은 주위를 두리번거렸다. 그들을 둘러싸고 있던 붉은 빛 공간이 미친 듯이 몸을 떨었다. 한 번도 느껴보지 못한 진동이 굉음을 내며 그들의 머리 위에 쏟아져 내렸다. 공포에 질려 서로를 바라보던 두 사람은 누가 먼저랄 것도 없이 계단 위로 뛰었다. 있는 힘을 다해 위쪽으로, 위쪽으로 내달렸다. 머릿속에 떠올랐던 모든 감정과 혼란을 지우며, 사방을 뒤흔드는 진동은 한꺼번에 그들을 밀어올리고 있었다.

공포였다. 마침내 눈앞에 드러난 위협이었다. 좀 전까지도 그들을 단단하게 지탱하고 있다고 믿었던 세계의, 붕괴였다.

7

위로

지애의 비명소리는 멀리서도 날카롭게 들려왔다. 한달음에 그녀가 있는 층으로 뛰어올라, 남수는 먼저 환이를 끌어안고 다시 위로 뛰었다. 어차피 다른 길은 없었다. 어디로든 도망치려는 몸짓은 본능이었으며, 그들 앞에 열려 있는 길은 하나뿐이었다. 뒤를 돌아, 탈출해온 곳을 향해 달아날 수는 없는 일이었다.

얼마나 그렇게 뛰었을까. 그들은 더 이상 위로 올라가지 못하고 숨을 헐떡이며 쓰러졌다. 단 한 걸음도 내딛지 못하고 녹초가 되었을 즈음, 굉음을 내던 사방의 흔들림도 조금씩 잦아들었다. 발밑까지 따라왔던 진동도 어느새 사라지고 없었다. 그토록 온 힘을 다해 뛰어 다시 제자리에 돌아온 것처럼, 그들이 주저앉은 곳은 이번에도 굳게 닫힌 문 앞이었다. 자신도 모르게 그들은 붉은 등을 올려보고 있었다.

"헉헉… 뭐야, 무너지는 거야? 정말 무너지고 있는 거야?"

공포에 질려 지애는 숨을 헐떡였다. 수현은 다시 주머니 속에서 휴대폰을 꺼내 바닥에 내려놓았다. 엇갈린 두 개의 동그라미 속으로 마이너스 6이라는 숫자가 떴다.

"기울고 있는 것 같아요, 조금씩이요."

와락 울음을 터뜨리며 지애는 환이를 끌어안았다. 이제 어쩌면 좋으냐고 거듭 물었지만, 대답할 수 있는 사람은 없었다.

"수현 씨는 알지 않아요? 그래도 우리보다는 잘 알고 있을 거 아니에요? 나갈 방법이 있는 거죠, 나갈 길이 있는 거죠?"

"저놈을 어떻게 믿어?"

남수의 말투는 잔뜩 곤두섰다. 자신의 손에 닿았던 기괴하고 낯선 감촉이 떠올라, 그는 부르르 몸을 떨었다. 불쾌했다. 갑자기 끼어든 생소한 감정 때문에, 무언가 훼손되어버린 기분이었다. 흔들리고 있는 것은 건물이었는데, 그의 머릿속에서 또 다른 것이 위태롭게 기우뚱거리고 있었다.

"저놈이 이 건물을 지은 것도 아니고, 하다못해 건축에 대해 뭘 알고 있는 놈도 아니잖아? 이제 겨우 스물이나 먹어 자기 멋대로 살고 있는 철부지를 뭘 어떻게 믿어?"

손가락질이라도 당한 듯 수현이 그를 쏘아보았다. '스물'이나 '철부지'라는 말에서가 아니라, '멋대로'라는 말에서였다.

"그럼 어떡해? 그래도 저 사람이 여기 건물에 대해 잘 알고 있잖아? 지금 의지할 수 있는 건 저 사람밖에 없잖아?"

남수는 대답하지 않았다. 그저 자꾸 또렷해지는 불쾌감을 곱씹고만 있었다. 언제나 그런 것들이 있다. 나의 계획과 예상을 배반하며, 불쑥 내 삶에 침범하는 것들. 내 허락도 없이 내 생각 속을 파고들어 온통 헤집어놓는 역겨운 것들.

"뭘 봐?"

침을 뱉듯 그는 그렇게 쏘아댔다. 또다시 그는 자신의 두 눈앞에 둥둥 떠다니는 벌레를 보고 있었다.

상관없다, 저놈이 무엇이든 어떤 놈이든 내가 저놈을 믿지 않으면 되는 일이다. 저놈을 내 삶에서 밀어내면 그뿐, 지금은 저놈의 정체를 가지고 왈가왈부할 여유가 없지 않은가?

코웃음을 치며 그는 고개를 외로 틀었다. 그러나 그가 억지로 집어삼킨 한 마디를 뱉은 것은, 오히려 수현이었다.

"상관없어요."

"뭐, 인마?"

이제 그는 영락없이 시비조였다.

"나는 나를 믿으니까요."

무릎을 감싼 깍지를 더욱 단단히 조이며, 그는 다시 한 번 힘주어 말했다.

"아저씨는 저 바깥에서 믿고 의지할 것을 찾으며 살았는지 모르지만, 난 그딴 거 필요 없어요. 나는 나를 믿으니… 나는 나를 믿는 내가 먼저니까."

"저 자식이 뭐래는 거야?"

"나는 나 자신조차도 내가 아닐 수 있다는 걸 알거든요. 나의 믿음, 내가 살고 있는 이 세계, 심지어 내 존재까지, 그게 모두

허상일 수 있다는 걸 이미 알고 있거든요. 외롭긴 하지만… 뭐 어차피 자신이 아닌 다른 것에서 삶의 의미를 찾아다니는 아저씨 같은 사람들이 더 외로운 법이니까, 난 상관없어요. 난 그래도 나를 믿을 수 있는 내가 있으니까."

무어라 대꾸를 하려고 눈을 부릅떴는데, 남수는 말문이 막혀버렸다. 이유는 알 수 없었다. 여전히 그의 눈앞엔 세상에 존재하지 않는 벌레들이 둥둥 떴고 갑자기 끼어든 불쾌감은 엉덩이 밑을 간질이고 있었는데, 순식간에 뜨거운 것이 쑤욱 올라왔다. '믿고 있다'는 말 때문이었다. 믿지 못할 놈이라는 그의 다짐을 꿰뚫으며, 수현의 이야기는 단번에 그의 폐부를 찔렀다.

남수는 몸을 웅크려 털썩 누워버렸다. 어차피 세상에 없는 것들을 찾으며 애원하며, 그렇게 형편없이 살다가 인생 종칠 놈들. 이 좁은 공간에 함께 갇힌 것이 개탄스러울 뿐, 어차피 내가 상관할 일이 아니지!

그는 붉은 벽에 기대 모로 누워 눈을 감아버렸다. 훌쩍이는 지애의 울음소리는 여전히 거슬렸고 뱃속을 살살 간질이는 불쾌감은 짜증스러웠는데, 수현의 목소리가 자꾸 머릿속을 윙윙 울렸다. 싸구려 연민까지 끌어올려 갑작스레 침범한 불쾌감을 지우려 해도 소용없었다. 이리저리 몸을 뒤척이며 이 현실로부터 벗어나고 싶었지만, 어차피 가능하지 않은 일이었다. 여전히 그는 이곳에 갇혀 있었고, 어디로도 갈 수 없었다. 그가 그토록 혐오하고 조롱했던 그와 마찬가지였다.

생각하면 할수록 기분이 더러웠다. 물리치려 하면 더욱 더 불쾌감은 끈질기게 들러붙었다. 돌아보면 그가 거짓말을 했던 것도 아니었는데, 남수는 견디기 힘든 조롱 앞에 발가벗고 있는 기분이었다. 언제나 그랬다. 사람들은 사소하다고 말했지만, 하필 그런 것들로 옴짝달싹 못할 때가 있었다. 소심하고 내성적인 탓이라고 다독여봐도 그 불쾌감은 쉽사리 지워지지 않았다.

남수는 계속해서 그를 노려보고만 있었다. 그 불쾌감의 정체가 무엇이든 바로 저놈이 자신을 불편하게 했다고 되뇌면서. 그럴 필요 없었던 일상을 엉망으로 만들며 저놈이 끼어들어, 가뜩이나 복잡한 생각 속을 더욱 어지럽혔다고 탓하면서.

지애는 잠투정을 하는 환이를 재우려다가, 어느새 아이와 함께 잠이 들어버리고 말았다. 붉은 밤이 온 듯 머리 위에 등불마저 어둑어둑했고, 그 아래서 그는 뜨거워진 생각을 만지작거리고 있었다.

"정체가 뭐냐?"

그러나 수현은 오히려 그에게 되물었다.

"이상하지 않아요? 계단이요, 분명히 거기가 맨 아래층이었는데… 계단은 거기서 끝나야 하는 건데, 왜 계속 이어져 있던 걸까요? 우리가… 층수를 잘못 계산한 걸까요? 처음부터 우리는 생각보다 훨씬 더 위까지 올라와 있었던 걸까요?"

그러나 남수는 그의 물음은 아랑곳 않고, 다시 거칠게 물었다.

"정체가 뭐냐고?"

"어딘가에 빠져버린 것 같아요. 알고 있다고 생각했는데, 생각하면 할수록 더 모르겠어요. 늪에 발을 들여놓은 것처럼 자꾸 어디론가 미끄러져 들어가는 것 같아요. 분명히 거기가 마지막 이었는데, 거기가 마지막이라고 생각했는데."

"안 들려? 네놈 정체가 뭐냐고!"

그제야 수현은 그를 똑바로 봤다.

"사람이요."

그의 대답은 간결하고 또 정확했다.

"남자냐, 여자냐?"

"사람이요, 아저씨하고 똑같이… 여기에 이렇게 갇혀버린 인간이요. 어디에서 왔는지, 여기가 어딘지조차 알지 못하는 무능하고 어리석은 인간이요."

그의 말은 충고 같기도 했고 한탄 같기도 했다.

"그럼 돈이 필요한 것도… 그 뭐냐, 그 수술 때문에 필요한 거냐? 너희 부모님은 알고 계시냐? 부귀영화를 누리며 잘 먹고 잘 살겠다는 일도 아니고, 기껏 그 따위 인생 망치는 수술이나 하려고 도둑질을 해?"

풀밭 위에 앉은 듯 몸을 흔들며 수현은 붉은 등을 올려다보았다. 봄 햇살을 쬐는 것처럼 그의 눈빛은 고즈넉했다.

"그래도 난 아저씨가 부럽지 않아요. 그렇게 간단하게 살 수 있는 삶이라도… 태어나보니 그 어떤 혼란도 없이, 그저 돈 벌면 행복하고 나쁜 짓만 하지 않으면 괜찮은 그런 삶이라도, 난 아저씨의 인생이 전혀 부럽지 않아요."

천천히 고개를 젓는 그의 몸짓은 춤사위를 닮았다.

"아저씨한테는 그게 전부인지 모르지만, 나한테는 먹고사는 일보다 더 중요한 게 있거든요. 숨을 쉬고 산다는 것보다 더 중요한 게 있어요. 이기고 지고 성공하고 실패하고… 누군가에게는 그 따위 것들보다 더 중요한 게 있을 수 있다는 걸 나는 알거든요."

"미친놈."

혼잣말이었지만 남수는 그가 들을 수 있도록 또렷한 목소리로 일갈했다. 그렇게라도 스스로의 불쾌감을 상쇄하고 싶었지만, 욕설을 뱉고 비난할수록 점점 더 기분이 더러워지는 것은 자신이었다. 제 머리 위로 침이라도 뱉은 듯 뒷덜미에 눅진한 것이 흘러내리고 있었다.

"그 따위 썩어빠진 정신 상태로 내 앞길을 막아서면 알아서 해. 우리한테 조금이라도 해를 끼치는 날에는, 내가 가만히 있지 않을 테니까."

죽여버리겠다고 말하려다가, 남수는 그만두었다. 나도 죽고 네 놈도 죽여버릴 테다, 협박을 하려다가 차마 입이 떨어지지 않았다. 어차피 그렇게 말하더라도 저놈은 눈 하나 꿈쩍하지 않을 것이 아닌가? 죽고 사는 일, 관심도 없다고 하지 않던가? 미친 새끼.

남수는 계속해서 그렇게 지독하고 불쾌한 감정 속으로 고개를 들이밀고 있었다. 저런 정신 나간 놈에게는 불쾌감마저 쓸모없다고 자위하면서, 어서 빨리 여기에서 빠져나가 저런 놈과 말 섞을 필요가 없게 되기를 간절히 바라면서.

그런 그의 복잡한 마음을 아는지 모르는지, 수현은 천천히 사방을 둘러보았다. 손으로 짚고 조심스레 훑어보며 붉게 물든 공간 여기저기를 더듬었다. 들리지 않는 말이라도 들으려는 듯 몸짓의 말이라도 전하려는 듯, 그는 비상구 안 여기저기를 샅샅이 살피고 있었다. 몇 계단 위층으로 올라가 보기도 했고, 다시 몇 계단 아래로 내려가 보기도 했다. 누군가에게 말을 걸듯 그는 이 두렵고 혼란스러운 공간에 귀를 기울이고 있었다.

'미친 새끼.' 그러거나 말거나 남수는 그렇게 허공에 뱉어놓고는, 또다시 질끈 눈을 감아버렸다.

삼십 분을 잤는지 한 시간을 잤는지 알 수는 없었다. 순식간에 지나가버린 시간이 '잠'이었는지도 확신할 수 없었다. 누군가 자신의 몸을 흔들고 있다는 느낌에, 남수는 화들짝 놀라 깨어났다. 통통 부은 눈의 지애가 그의 어깨를 흔들고 있었다.

"여보, 나갈 곳이 있대, 통로가 있대."

"그게 무슨 소리야?"

잠시 잠깐의 꿈속에서도 헤매고 있던 곳은 혼곤한 암흑 속이었는데, 그녀는 빛이라도 본 것처럼 잔뜩 들떴다.

"맞죠? 그렇죠? 저기 위에 옆 건물로 이어지는 통로가 있다면서요? 그렇죠?"

그녀가 수현의 팔을 흔들었다.

"공중통로가 있기는 하다고요. 애초에 이 건물 옆에 놀이공원하고 백화점 건물이 있었는데, 이 건물을 새로 지으면서 두 건물을 하나로 잇는 공중통로를 만들었거든요. 근데 그게 몇 층인지, 이 계단이 거기까지 연결되어 있는 건지는 잘 모르겠어요."

수현은 자신이 했던 말과, 그녀가 들었던 말 사이의 간극을 설명하려 애쓰고 있었다.

"그래도 어쨌든 올라가 볼 수는 있는 거잖아요? 아래쪽에는 이미 우리가 다 확인해봤고, 이제는 위로 올라가 보는 수밖에 달리 도리가 없는 거잖아요? 안 그래요?"

수현이 남수의 눈치를 살폈다. 두 사람은 그녀의 말이 틀렸다는 사실을 잘 알고 있었다. 끝없이 아래로 이어져 있던 계단을 그들은 똑똑히 기억했다. 그들이 내려가야 할 계단은 발밑에 까마득했었다. 너도 알고 있지 않느냐고 수현에게 눈짓을 하다가 남수는 화들짝 놀라 고개를 틀었다. 그런 놈과 소통하려는 몸짓을 하고 있다니, 그는 제풀에 놀라 한숨을 토했다.

"우리, 올라가요. 다 같이 올라가자고요. 여기서 이렇게 기다리고만 있을 수는 없어요. 어떻게든 방법을 찾아야 한다고요. 무슨 짓이든 해야 하는 거라고요."

무기력하기만 했던 그녀의 생이 어떻게 달라졌는지, 남수는 너무도 힘찬 아내의 외침이 의아하기만 했다.

"가긴 어딜 가? 그 몸으로 여기까지 올라온 것도 못 견뎌 녹초가 되어 쓰러져 있었으면서, 어딜 더 올라간다고 그래? 내가 60층까지 올라갔다가 내려왔어. 그런데도 공중통로 같은 건 없었다고."

예순넷에서 흐트러졌던 기억을, 그는 생생하게 더듬고 있었다.

"자기가 어떻게 알아? 거기가 60층인지 50층인지 어떻게 아냐고?"

그녀의 반문에 남수는 쉽사리 대답하지 못했다. 분명히 정확하게 세고 있다고 믿었지만, 그녀의 말대로 그것은 어디까지나 그의 짐작일 뿐이었다. 이 밀폐된 공간 속에서 이미 너무 여러 번 그의 믿음이나 생각은 어긋나고 뒤틀려버렸다.

"누가 알아? 바로 그 위에 공중통로로 연결되는 곳이 있었는데, 자기가 그냥 내려왔던 건지 어떻게 아느냐고?"

이토록 모호한 세계 속에서 '모른다'는 그녀의 말은 너무도 힘이 셌다. 두 사람 중 누구도 쉽사리 그녀의 이야기를 부인할 수 없었다.

"쉬었다가 가면 돼. 한 번에 열 층씩, 아니면 다섯 층씩, 쉬었다가 올라가면 되는 거라고. 그래도 최소한 여기는 아니잖아? 내내 꼼짝도 못하고 갇혀만 있는 여기 이 구석은 아니잖아?"

두려움일까, 집착일까? 그게 아니라면 진실을 말하지 않은 우리들의 거짓말일까? 남수는 갑작스레 달라진 아내를 보면서, 그녀를 일으킨 생의 의지가 궁금했다. 평생 그녀를 이불 속에만 가두어놓았던 생이 갑자기 그녀의 몸을 일으킨 힘의 원천은 어디에 존재하는 것인지.

"올라가 보죠."

잠자코 있던 수현이 결심한 듯 일어섰다.

"뭐야?"

"여기에서 기다리고만 있을 수 없는 건 분명해요. 일말의 가능성이라도 믿고 의지해야 하는 것이 지금으로서는 현명한 일일 테고요."

"그 반대의 가능성은 생각 안 하냐? 그 나머지 엄청난 무게로 버티고 있을 실패의 가능성은 생각 안 해? 왜, 또 자기 자신을 믿는다는 뜬구름 잡는 모호한 이야기를 떠벌릴 작정이냐?"

다시 한 번 지애가 그를 가로막았다.

"자기도 끝까지 올라갔던 거 아니잖아? 여기에 있는 우리 때문에 다시 내려온 거였잖아? 이제는 물도 있고 음식도 있으니, 한 번 올라가 보자고."

그녀는 거의 애원이라도 하는 듯했다.

"환이는 제가 업을게요. 이런 일은 당연히 남자가 해야 하는 거니까. 아저씨는 나이가 들어 힘드실 테니, 젊은 남자인 제가 해야 하는 일이겠죠."

'남자'라고 말할 때마다 남수는 그를 쏘아보았다. 지애는 그렇지 않아도 남편의 허리가 좋지 않다며, 그의 호의를 반기는 눈치였다.

"필요 없어! 네깟 놈한테 도움 받을 일 없어! 환이는 내가 업어, 그러니까 너는 네 몸뚱이나 간수해!"

빼앗듯이 남수는 환이를 끌어 업었다. 괜한 짓을 한다고 생각하는지, 지애는 수현에게 사죄의 눈짓을 하며 그를 따라 계단에 올라섰다. 그도 너부러진 음식과 물병들을 다시 가방에 챙겨 넣고 그들의 뒤를 따랐다.

혼란과 위태로움의 한가운데서, 그렇게 그들은 또다시 계단을 오르고 있었다. '가능성'이라고 말했지만, 그것은 고작 감당하기 힘든 불안의 끄트머리에 불과했다. 걸음이 느려져 환이를 업은 남수는 금세 수현에게 뒤처졌고, 그의 뒤를 따르던 지애도 자꾸 난간에 기댔다. 그렇게 한참을 오르다가 남수는 어느 벽 앞에 멈춰 섰다. 붉은 빛으로 타오르고 있는 벽을 가리키며, 그는 수현에게 물었다. '이것도 네놈 짓이냐?' 그러나 그는 듣는 둥 마는 둥 대충 고개를 젓고는 다시 숨을 고르며 계단으로 올라섰다. 그를 노려보며 환이를 당겨 업고, 남수도 다시 그의 뒤를 따랐다.

밭은 숨을 내쉬며 간신히 계단을 오르는 그들의 등 뒤에서, 인간이 아닌 존재가 적어 내려간 듯한 두 글자가 그들을 올려다보고 있었다. 예언처럼 선뜩한 바로 그 두 글자, '다시'였다.

8

다시의)

또다시, 그들은 붉은 등 아래에 쓰러졌다. 숨을 헐떡이며 남수는 머리 위에 밝혀진 주홍빛 등을 노려보았다. 빛이라고 하기에 그것은 너무도 침침했다. 모든 것들을 탈색시키려는 듯, 그저 붉은 빛으로 묵연히 세상을 뒤덮고 있었다. 그 아래에 무슨 일이 일어나든 관조하듯 차갑게 내려보기만 하면서.

"헉헉, 몇 층이야? 우리 몇 층까지 올라온 거야?"

환이의 얼굴을 쓰다듬으며 지애는 밭은 숨을 내쉬었다. 그러나 지금까지 몇 층을 올라왔는지 알 수 있는 사람은 없었다. 처음부터 그들이 있던 자리는 모호했으며, 무수히도 여러 번 그들의 믿음은 깨어지고 엇갈렸다.

"상관없죠. 어차피 저 위에 있는 거잖아요? 올라가다 보면 나오겠죠."

목덜미를 닦아내며 수현이 머리 위를 올려봤다.

"너, 안 나오기만 하면 알아서 해."

"그러면 다시 내려가야죠."

담담하게 대꾸하는 그를 보니, 남수는 버럭 화가 치밀었다.

"너 이 새끼, 지금 나 놀리는 거지? 저거 업고 오르내리면서 어디 엿 먹어봐라, 그래서 그렇게 아무렇지 않게 올라가자고 했던 거지? 혹시 너, 공중통로고 지랄이고 애초부터 없었던 거 아냐? 날 골탕 먹이려고 거짓말을 했던 거 아니냐고?"

"내가 아저씨처럼 그렇게 비겁하게 사는 줄 알아요?"

"이 새끼가 어디서 말을 함부로……?"

발끈하며 남수는 무릎으로 일어섰다. 겨우 반쯤 몸을 일으켰는데, 현기증이 그의 온몸을 짓눌렀다. 멱살을 잡으려고 손을 뻗었다가, 겨우 허공을 부여잡고는 그만이었다. 그저 불쾌감을 떠올리고 있을 뿐이었는데, 자꾸 손 안에 땀이 찼다.

"다 아는 것 같지? 다 알고 있는 것 같지? 왜, 희망을 가지고 신념을 잃지 않으면 무슨 일이든 다 해결될 수 있을 것 같아? 그게 다 아귀가 맞아 돌아가도록 이 엿 같은 세상이 만들어낸 떡밥이지! 어떻게든 이 세상이 돌아가야 하니까, 모두들 제자리를 지키도록 세뇌시키려는 속셈인 거지! 개뿔, 이 따위 일렬로 줄을 세워 살게 하는 세상에 당당하고 떳떳한 것만 가지고 살 수 있을 것 같아?"

붉은 등 때문이었을까, 비겁하다는 말 때문이었을까. 차오르는 밭은 숨을 내쉬면서, 그는 미처 생각지도 않았던 말들을 쏟아내고 있었다.

"여기 이 문, 이렇게 꼼짝도 않는 이 문! 아무리 걷어차고 발길질을 해도 꿈쩍 않는 이 문! 바로 이 문 앞에 서 있는 게 어떤 건지, 그게 어떤 느낌인 줄 알아? 이런 문 앞에 서서 당당하다고 어깨를 펴는 꼴이… 희망을 잃지 말아야 한다고 억지웃음을 웃고 있는 꼴이 얼마나 엿 같은 줄 너 같은 놈이 알기나 하냐고!"

계속해서 그는 손바닥으로 문을 내리쳤다. 탕탕, 탕탕. 두꺼운 철판의 문이 부르르 몸을 떨었고, 육중한 몸짓을 증명하며 그것은 그의 손짓을 가볍게 밀쳐냈다.

"미는 걸로 해결이 돼? 이 문 앞에서 자기 하나 믿는다고 그게 해결이⋯⋯."

"잠깐, 여보 잠깐만."

환이의 몸을 감싸고 있던 지애가 천천히 고개를 들었다. 흐릿한 눈썹을 찡그리며 그녀는 무언가에 귀를 기울이고 있었다. 문을 두드리고 있던 남수에게 다가가는가 싶더니, 그녀는 철문 위에 뺨을 댔다.

"조용히 좀 해봐."

아득히 먼 곳에서, 메아리 같은 소리가 들려오고 있었다. 윙윙 울리는 기계음 사이에, 고양이 울음 같은 미약한 신음이 새어들고 있었다.

"사람이야, 사람이 있어!"

남수는 황급히 철문에 매달렸다. 사실이었다. 좀 전에 그의 몸짓을 흉내내듯, 누군가 건너편에서 문을 두드리고 있었다. 심장 박동 같은 울림 사이에 가녀린 목소리는, 거기에도 사람이 있으니 도와달라고 외치고 있었다. 문 앞에 모여든 모두의 눈이 휘둥그레졌다. 갇힌 것은 그들뿐이 아니었다. 보이지 않는 건너편에서 누군가 너무도 간절히 구원을 갈구하며, 그곳에도 사람이 있다고 외치고 있었다. 닫힌 문 하나로 나뉘어 있을 뿐, 갇힌 것은 건물 안에 있던 모두였다.

지애는 계속해서 문을 두드리고 또 두드리며, 건너편의 누군가와 소통하려 애쓰고 있었다. 마치 그 목소리가 대답이라도 하는 듯, 어떻게 이곳에 들어와 갇히게 되었는지, 여기에 몇 명의 사람들이 있는지, 그리고 지금 공중통로를 찾아 위쪽으로 올라가는 중이라는 사실까지, 속속들이 모두 다 큰 소리로 말해주고 있었다. 그러나 문 건너편의 목소리는 그저 도와 달라, 거기에도 사람이 있다고 외칠 뿐이었다. 지애의 이야기는 들을 수 없는지, 건너편의 목소리는 점점 더 희미해지고 있었다.

계속 문을 두드리며 했던 말들을 다시 하고 또 하는 지애를 보다가, 남수는 엉덩이를 움직여 멀찌감치 물러났다. 수현이 그를 밀치며 철문 위에 귀를 바싹 댔지만, 남수는 이제 아예 건너편 벽에 늘어지듯 기대앉았다.

"거기 들려요? 우리 이야기 들리냐고요? 신호를 해봐요, 들리면 신호를 해보라고요!"

가장 크고 단단한 주먹을 만들어, 구호라도 외치는 사람처럼 수현은 더욱 힘차게 철문을 향해 팔을 뻗었다.

"뭐하려고?"

그는 닫힌 문의 틈바구니 여기저기를 살피고 있는 수현에게 냉담하게 물었다.

"열어야죠, 열어서 구해야죠."

"뭘 구해? 누가 누굴 구해?"

"저 사람이요, 저 사람 구해내야죠."

당연하다는 듯 말하고 있는 그를 향해, 남수는 피식 웃고 말았다.

"어디에 깔려 있는 게 틀림없어요. 아까 그 굉음이 들렸을 때, 어딘가 무너져내린 게 틀림없다고요. 그래서 조금씩 정신이 혼미해지고 있는지도 모른다고요."

잠시 주변을 두리번거리다가 수현은 뒤로 물러섰다. 그리고 육중한 문을 향해 있는 힘껏 몸을 던졌다. 그의 몸이 철문 위에 부딪힐 때마다 미약한 떨림이 문 위에 머물다가 사라졌다. 쿵쿵 큰 소리가 나기는 했지만, 내던져진 것은 오히려 그의 작은 몸이었다.

"뭐야, 잊어버린 거야? 누가 누구를 구한다는 거야? 누구를 어디로 구조한다고 그러는 거야, 지금? 저 사람을 구해서, 여기 이 출구조차 찾지 못하는 곳으로 데리고 오겠다고? 그게 구조냐?"

"그래도 우린 어딘가에 깔려 있지는 않잖아요?"

다시 그는 닫힌 문을 향해 몸을 내던지려 하고 있었다. 어깨가 아픈지 연신 한쪽 팔을 매만지면서, 그는 닫힌 문을 겨냥하며 노려보았다.

"깔려 있는 거나 갇혀 있는 거나, 뭐가 달라? 깔려서 꼼짝 못하는 거나, 갇혀서 꼼짝 못하는 게 뭐가 다르냐고?"

"여보, 그러지 말고 도와줘. 저 사람 그냥 저렇게 내버려둘 수는 없잖아?"

문을 두드리다가 지애는 처연한 눈빛으로 돌아섰다.

"뭘 도와? 뭘 해줄 수가 있어야 도와주지. 도와주고 싶은 마음만 가지고 뭘 해?"

수현은 자신의 가방을 열어, 그 안에 들었던 모든 것들을 끄집어냈다. 몇 권의 책들과 헤드폰과 잡동사니들이 우르르 쏟아져 나왔다. 은색 포일로 감싼 또 다른 음식 덩어리가 쏟아졌지만, 그것을 문 건너편으로 내밀 수는 없는 일이었다. 머리칼을 움켜쥐더니, 그는 또다시 닫힌 문에 발길질을 했다.

"세상에는 가능하지 않은 일도 있는 거야. 아무리 몸부림쳐봐야, 자학에 불과한 일들이 수두룩하다고. 너같이 무모한 놈한테는 가능하지 않은 일이란 없는지도 모르지만, 현실이란 건 마음만 가지고는 할 수 있는 게 아무것도 없어. 어차피 그 문은 절대 열리지 않을 거라고."

그의 충고는 듣고 있지 않은지, 수현은 다시 문에 대고 큰 소리로 외쳤다.

"괜찮아요, 조금만 참아요! 우리가 구해줄게요!"

비아냥거리듯 남수가 물었다.

"그게 희망이라고 생각하는 거야? 가능하지 않은 일들을 꿈꾸게 하는 게? 저 문을 열면 지옥문을 여는 걸 수도 있다는 생각은 안 해? 불이 났던가, 연기가 쏟아져 들어오거나… 그 문을 열어서 여기 있는 우리 모두가 위태로워질 수도 있다는 생각은 안 하는 거야?"

미처 그것까지는 생각하지 못했는지, 지애는 그제야 문에서 물러섰다. 그리고는 바닥에 앉아 있던 환이를 끌어안으며 울먹였다.

"어쩌면 우리를 가뒀다고 믿고 있는 이 거대한 철문이, 여기를 떠받치고 있는 걸 수도 있어. 이 문 덕분에, 여기 이 좁은 공간이 무너지지 않고 버티고 있는 걸지도 모른다고, 그거 알아?"

문을 걷어차고 있던 수현이 홱 돌아섰다.

"해보는 데까지 해봐야죠! 할 수 있는 데까지 해봐야죠!"

"왜, 나중에 나 같은 인간을 비겁하다고 비난하려고? 잔인한 인간이라고, 나는 최소한 그렇게 살지는 않았다고 자위하려고?"

철문 앞에 선 수현의 입술이 부르르 떨었다.

"아저씨도 누군가 구해주기를 바라잖아요! 여기서 빠져나갈 수 있게, 누군가 도와줬으면 하는 바람이 간절하잖아요! 아니에요? 아닌가요?"

"아하! 작은 힘을 모아서 세상을 변화시키는 거, 그거? 개울물이 모여 강물이 되고, 강물이 모여서 바다로 흘러가는 그런 거 말이지?"

그는 천천히 몸을 일으켜 지애가 안고 있던 환이를 주섬주섬

다시 둘러업었다.

"그런 건 저 문이 없을 때 하는 이야기지. 저 사람이 그래도 최소한 이 계단을 오르내릴 힘이라도 있을 때 하는 이야기지. 위든 아래든 모두가 다 알고 있는 확실한 출구가 있을 때, 그럴 때 해야 하는 일이라고."

등에 기댄 환이를 당겨 업으며, 남수는 다시 위쪽으로 향하는 계단 앞에 섰다.

"네 그 잘난 믿음이니 인간다운 짓이니 하는 걸로 너도 모르는 사이에 다른 사람들 숨통이나 막는 짓 하지 말고, 네 갈길 가. 할 수 있을 때, 망설이지 않겠다는 다짐을 하는 거면 족해. 저렇게 궁지에 몰린 사람들을 이용해 네 인간다움이나 확인하는 게, 그게 진짜 비겁하고 야비한 거지."

환이를 업은 재 다시 계단을 오르려다 말고, 그는 또 한 번 고개를 돌려 일갈했다.

"희망이라고 다 옳은 게 아냐. 어떤 희망은 후련한 절망만도 못해."

문 앞에서 어쩌지 못하고 있는 수현을 그대로 두고, 남수는 다시 계단을 오르기 시작했다. 주춤거리며 몸을 일으킨 지애도 그의 뒤를 따랐다. 닫힌 문을 몇 차례 더 걷어차고 두드리며 신호를 하라고 대답을 해보라고 소리를 지르던 수현은, 한동안 그 앞에 서서 꼼짝도 하지 못했다. 문 너머에선 여전히 미약한 소리가 들려왔지만, 남수의 말처럼 여기 이곳에서 그가 할 수 있는 일은 없었다. 여기에도 사람이 있다고, 들리느냐고 여기에도 당신을 부르고 있는 사람이 있다고 피를 토하듯 외쳤지만, 소용없었다.

앞을 가로막은 문 앞에 그렇게 한동안 멍하니 섰다가, 결국 그는 돌아섰다. 계단을 오르는 발길은 쇳덩이처럼 무거웠지만, 어쩔 수 없었다. 남수의 말대로, 지금 그에게 필요한 것은 후련한 절망인지도 모를 일이었다.

침묵 속에, 계단을 오르는 그들의 발걸음은 계속되었다. 뒤섞인 숨소리가 메아리치며 그들의 뒤를 따랐지만, 돌아보는 사람은 없었다. 그저 등 뒤에 느껴지는 뜨거움 숨결로 혼자라는 두려움을 간신히 지워내고 있었다.

남수는 고등학교를 졸업하고 돈을 벌기 시작하면서, 길거리에 노숙을 하던 사람들과 가깝게 지내던 때를 생각하고 있었다. 그토록 혐오하고 증오했던 아버지가 사라지고 난 후 이제야 자신의 삶이 평화로워질 거라고 믿었는데, 거리를 지날 때마다 그는 길바닥에 누운 사람들에게 자꾸 눈을 빼앗겼다. 아버지도 그렇게 길거리에 누워 있다가 돌아가셨을 생각을 하니, 좀처럼 발길이 떨어지지 않았다. 그래서 남수는 어느 날부턴가 그들에게 돈을 찔러주기 시작했다. 오천 원, 만 원. 소주병 옆에 돈을 놓아두고 오기도 했고, 그들에게 음식을 사다 주거나 그들의 곁에 앉아 술잔을 받아 마시기도 했었다. 한탄이나 자기 연민으로 가득 찬 그들의 이야기를 들으며 고개를 끄덕이면서도, 남수는 죽은 아버지의 이야기를 들어주고 있는 듯 그제야 묵직한 마음의 무게를 내려놓고 있었다.

그러던 어느 날, 나이 지긋한 한 분이 그가 건네는 오천 원짜리를 내던지고 음식이 든 비닐봉지를 집어 던지며 소리를 질렀다. 이게 다 누구를 위한 것이냐, 이 따위 것들이 누구를 위하는 것이라고 생각하느냐, 누케한 냄새를 풍기며 그는 남수에게 주먹질을 하고 발길질을 해댔다. 주변의 다른 노숙인들이 고마운 친구에게 왜 그러느냐 그를 말렸지만, 몸부림치며 그는 계속해서 소리를 질렀다. 차라리 자신에게 손가락질을 하라고, 이 따위로 삶을 망쳐버린 자신을 비난하고 침을 뱉으라고 소리를 지르면서, 그는 그대로 주저앉아 엉엉 울어버렸다.

남수는 어쩌지도 못하고 그 앞에 멀뚱히 서서 울고만 있는 초로의 남자를 바라보았다. 제멋대로 자란 머리칼, 덥수룩한 수염, 알 수 없는 상처들로 피딱지가 앉은 몸 여기저기. 엉엉 울고 있는 그의 침이 길게 바닥으로 늘어지는데, 그의 뒤에서 다른 사람들은 등을 돌리고 앉아 자기들끼리 소주잔을 나누고 있었다.

생각해보니, 그때가 처음이었다. 그때 처음 남수는 아버지가 아니라, 길 위에서 살아가야 했던 그의 삶을 생각했다. 이전에도 계속해서 그들을 만나왔지만, 그는 단 한 번도 그들을 있는 그대로 생각해본 적이 없었다. 박스 속에서 밤을 새우는 그들의 삶에서, 끼니 대신 소주를 마시는 그들의 일상에서, 남수는 오로지 죽은 자신의 아버지만 떠올리고 있었을 뿐 그들의 삶 자체에는 애초부터 관심도 없었다.

바로 그 순간이었다. 그들을 만나며 품었던 희망의 껍질이, 누구도 침범할 수 없을 만큼 고결하고 순수하리라 믿었던 희망이란 것이, 조각조각 깨져나가고 있었다.

"아빠, 나 쉬… 쉬 마려."

업었던 환이를 내려준다고 허리를 숙였는데, 남수는 그대로 바닥에 주저앉고 말았다. 지애의 손에 이끌려 아이가 구석으로 가 바지를 내리는 모습을 보면서, 그는 또다시 닫힌 문에 기대어 앉았다. 가방을 맨 수현은, 환이가 벽 위에 소변을 모두 보고 난 후에야 천천히 계단을 올라왔다. 모르는 사람처럼 벽에 기대앉은 남수를 지나쳤다가, 그는 서너 계단 위쪽에 가방을 내려놓고 주저앉았다.

남수는 모든 것이 무너져 내린 듯 고개를 숙이고만 있는 그를 보고 있었다. 분명히 믿을 수 없는 놈이라고만 생각했는데, 처음으로 그에게 연민이 일었다. 그의 정체를 알지 못하는 것은 여전한데, 그의 발목을 붙들고 있는 집착이 어쩐지 익숙했다.

"물 있냐?"

그는 퉁명스럽게 물었다. 대답도 없이 수현은 가방을 뒤적여 물통을 건넸다. 여전히 남수의 눈길은 외면한 채, 그는 자신이 올라온 계단만 내려다보고 있었다.

"도대체 여기가 몇 층이야? 얼마나 더 가야 하는 거야?"

환이의 바지춤을 추스르며 지애는 두리번거렸다.

"혹시 수현 씨는 알지 않아요? 여기가 몇 층쯤 되는지. 수십 계단은 올라온 것 같은데… 그러면 무언가 달라진 게 보여야 하잖아요? 어떻게 힘만 들고 조금도 올라가지 못한 것 같으니… 펜 가진 사람 없어요? 지금부터라도 층수를 세면서 올라가야 하지 않을까요?"

기력이 달리는지, 그녀의 말들은 한숨으로 흩어졌다.

"문제는 층수가 아닌지도 모르지."

"그게 무슨 말이야? 지금이라도 몇 층을 올라온 건지, 대충이라도 알 수만 있으면 도움이 되지 않겠어? 왜 그게 문제가 아니야?"

"문제는 맨 처음이지. 처음에 우리가 어디에 있었는지, 왜 거기에 있어야 했는지… 알아야 한다면 그걸 알아야지. 근데 우린 이미 너무 멀리 와버렸어. 이젠 누구도 거기가 어디인지 말할 수 있는 사람은 없고. 시간이 시나면서, 그건 더욱 더 희미해지겠지."

차마 말할 수 없는 사연이라도 토하듯 그는 긴 숨을 뱉었다.

"우리가… 지하에 갔을 때도, 거기에서 끝나야 하는데 그 아래로 끝없이 이어져 있었거든."

"뭐라고? 맨 아래 내려갔다고 그랬잖아?"

그녀는 다급하게 물었지만, 남수는 대답 대신 수현을 올려보았다.

"끝은, 없었어. 우린 지금 여기처럼 이렇게 끊임없이 이어진 계단을 내려보다가, 겁에 질려 그냥 올라왔던 것뿐이라고."

또다시 그는 붉은 빛으로 뒤덮인 공간을 빙 둘러보았다. 까맣게 잊고 있던 그때의 두려움이 다시금 스멀거리고 있었다.

"여기가 어딘지는 모르지만, 올라가든 내려가든 더욱더 두려워지겠지. 어디서 시작되었는지 왜 여기 이곳인지, 어차피 우린 알지 못하니까."

한숨을 토하듯 그는 더듬거렸다.

"믿음이란 게, 진실은 아니니까."

갑작스레 남수는 희망이 그리워졌다. 형편없이 깨어지고 남루한 것이더라도 지금 이 순간 그것이 너무도 간절했다.

미안하다는 말을 하려는 것도 아니면서, 그는 다시 위쪽 계단에 앉은 수현을 올려보았다. 그런데 그를 보던 남수의 눈빛은 순식간에 얼어붙었다. 뜨거운 땀으로 범벅이던 온몸의 살갗이 한꺼번에 곤두섰다.

"안녕… 하세요?"

구석에서 손가락으로 소변 자국을 문대던 환이가 허공에 대고 인사를 했다. 쪼그려 앉았던 수현이 뒤를 돌아보다가 화들짝 놀라 뛰어내렸다.

그의 뒤에, 한 여자가 서 있었다. 계단 난간에 기대어 그녀는 아래쪽을 바라보고 있었다. 겁에 질린 그들을 흉내라도 내는 듯 그녀의 두 눈에도 두려움이 가득했다. 붉은 등 아래, 그녀의 두 볼은 익은 열매처럼 새빨갛게 물들어 있었다.

9

위에서

그녀는 위에서 내려왔다. 작은 키의 그녀는 구식이기는 하지만 정장 차림이었다. 구두는 처음부터 발에 맞지 않았는지 손에 들고 있었다. 어깨까지 내려오는 머리를 하나로 묶은 채, 어색한 화장은 땀 때문에 문질러진 듯했다. 얼마나 오래도록 계단을 오르내렸던 건지, 그녀도 연거푸 낮은 숨을 내쉬고 있었다.

남수는 그녀에게 어디서 내려오는 것이냐고 물었다. 그녀는 출구를 찾아 무작정 위로 올라가다가 누군가의 비명을 듣고 다시 내려오던 중이었다고 말했다. 백화점에 구두를 사러 왔다가 비상구로 들어오게 되었는데, 갑자기 불이 꺼져 여기에 갇혀버렸다며 그녀는 그들이 그랬던 것처럼 붉은 빛으로 뒤덮인 그곳을 빙 둘러봤다.

"어떤 비명 소리요?" 수현이 그렇게 묻자, 그녀는 난감한 표정이더니 "그냥 비명이요. 공포에 질리거나 사고를 당해 내는 단발의 비명이 아니라, 몸부림을 치는 듯 내뱉는 비명 소리요. 어쨌든 살아 있는 비명 소리요." 그렇게 대답했다.

여전히 그녀의 말이 이해가 가지 않아 모두들 고개를 갸웃거리고만 있는데, 남수 혼자 슬그머니 그녀의 눈길을 피했다. 지워지거나 흐릿해지지 않고 또렷한 기억 때문에, 그의 목덜미는 자꾸 달아오르고 있었다.

지금 이곳에 무슨 일이 일어난 건지 알고 있느냐고 그녀가 물었고, 지애는 건물이 기울고 있는 것 같다고 대답했다. 우리도 나가는 출구를 찾아 헤매고 있는 중이지만 아무리 계단을 오르내려도 문이 열린 곳은 찾을 수가 없더라고. 그녀는 시무룩해졌다.

혹시 문 너머에서 도움을 청하는 소리를 듣지 못했느냐고, 수현은 다급하게 물었다. 잠시 생각에 잠겨 있다가 그녀는 문득 생각이 난 것처럼 외까풀의 눈을 동그랗게 뜨면서, 문 건너편에서는 아무 소리도 듣지 못했지만 여기에서 그들 말고 다른 사람을 만난 적이 있다고 말했다. 또 다른 사람이라니 모두의 귀는 쫑긋 섰는데, 그녀는 파란 트레이닝복을 입은 남자가 아래쪽 계단에서 올라와 위쪽 계단으로 사라져버렸다고 했다. 말을 시켜보려고 소리를 질러 그를 불렀지만, 그는 알은채도 하지 않고 그대로 위쪽 계단으로 달려 올라가 버렸다고, 참 이상하다고 말했다.

수현은 동그랗고 귀여운 생김의 그녀에게, 파란 트레이닝복

을 입은 남자에 관한 것뿐만 아니라 이것저것 개인적인 것들
도 묻기 시작했다. 그녀도 처음 만난 그가 불편하지 않았는지,
조곤조곤 자신의 이야기들을 털어놓았다. 그녀의 모친이 병석
에 누운 이야기며 동생들과 힘겹게 살아가는 생활 이야기, 비
정규직이기는 하지만 이번에 직장을 얻게 되어 기뻤는데, 그
때문에 기초수급 대상에서 탈락해 오히려 살림이 더 곤궁해졌
다는 이야기까지, 구두를 사러 온 이유를 말하려다가 한탄 같
은 집안 사정의 이야기들까지 모두 다 털어놓고 있었다. 고작
100만원 남짓의 월급으로는 엄마의 병원비며 동생들의 학비,
그리고 생활비에 집세까지 마련하기에는 턱없이 모자라 어찌
해야 할지 모르겠다고 말했을 때, 수현의 눈빛엔 안쓰러움이
가득했다.

"직장만 잡으면 모든 게 해결될 거라고 생각했는데… 아니더
라고요. 이제야 비로소 어떤 구덩이에서 벗어났다고 생각했는
데, 거긴 더 깊은 구덩이였어요."

들고 있던 구두를 들어 보이며, 그녀는 쓸쓸하게 웃었다.

"게다가 이 구두… 새로 들어간 사무실의 선배 언니가 아무
리 돈이 없어도 그런 꼴로 출근을 하면 안 되는 거라고, 하다
못해 구두라도 하나 사 신고 출근을 해야 하는 거 아니냐고,
기본적인 마음가짐이 되어 있지 않다고 그래서 사러 왔던 건
데……."

울고 있는지 그녀의 등이 더욱 굽어졌다. 번쩍거리는 구두 옆
에 그녀의 발은 여기저기 뭉개진데다 피딱지가 엉겨 있었다. 구

두를 신고 계단을 얼마나 걸었던 건지 그녀의 발은 온통 엉망이었다. 수현은 가방을 내려 뒤적거리더니, 반창고를 꺼냈다.

"괜찮아요."

"아니에요. 구두 때문에 생긴 상처가 뭐 이렇게 커요? 한두 개 가지고는 안 될 것 같은데… 내가 원래 여러 개를 가지고 다녀서… 발 이리 줘 봐요."

"아니요, 괜찮은데……."

그러나 수현은 이미 그녀의 발을 끌어 너덜거리는 스타킹을 찢고 있었다.

"어차피 못 쓰는 거니까 괜찮죠?"

이미 다 알고 있는 듯 그는 찢겨진 스타킹 속으로 상처를 들여다봤다. 치마를 잔뜩 움켜쥔 채 발을 내맡긴 그녀는 계단 난간을 붙들고 겨우 몸을 지탱하고 있었다. 붉은 등 아래서도 그녀의 두 볼은 발그레 달아올랐다.

"저도 반창고라도 붙이려고 들어왔던 건데… 신고 있는 낡은 구두는 매장 직원이 그대로 쓰레기통에 버려서, 새 구두를 신고 나왔는데 금방 까지더라고요. 건물이 너무 커 화장실 찾기도 쉽지 않고, 그래서 비상구로 들어왔던 건데……."

그녀의 말은 자꾸 허공 속에 흩어졌다. 수현이 반창고를 덧대어 여러 개 붙이며 눈을 맞출 때마다, 그녀의 말소리는 점점 작아졌다.

"밖에 있었어도 마찬가지였을 거요."

문에 기댔던 남수가 무성의하게 내뱉었다.

"예?"

"그나마 여기에 들어와 있으니, 이렇게 목숨이라도 붙어 있는 걸지도 모른다고요."

지애가 그녀 몰래 남수의 허벅지를 쳤다.

"좀 더 올라가면 공중통로가 있을지도 모른대요. 수현 씨가 이 근처에 살아서 이 건물에 관해 잘 알더라고요. 그러니까, 우리랑 그리로 나가면 돼요."

그녀는 그것이 누구의 이름인지 잠시 혼란스러워 하다가, 수현이 눈을 맞추자 수줍게 웃었다.

"저는 정화예요, 윤정화."

묻지도 않았는데, 그녀는 그렇게 말했다.

"나는 천수현이에요. 자, 다 됐네요."

몸을 부축하며 수현은 그녀의 손을 꼭 잡아주었다. 비틀거리며 몸을 일으켰으면서도, 그녀는 그에게 기대지 않으려고 계단 난간을 꽉 붙들었다. 너덜거리는 스타킹을 벗으려고 치마 속으로 손을 넣자, 이번에는 수현의 눈빛이 허공을 헤맸다. 무릎까지 올라오는 짧은 스타킹을 벗어버리고 그녀는 그에게 고맙다고 말했다. 수현은 대답 대신 살짝 미소만 지었다.

"그놈, 조심해요."

또다시 남수가 끼어들었다.

"눈에 보이는 게 전부가 아니란 말요, 내 말 명심해야 할 거요."

수현의 눈빛은 차갑게 식었고, 무슨 의미인 줄도 모르면서 지애는 또다시 남수의 옆구리를 찔렀다. 무심한 척 환이를 끌어업으며, 그는 다시 계단을 올랐다. 원래 그런 사람이다, 입 모양만으로 그녀에게 그렇게 말해주고는 지애도 그를 따라 위쪽으로 향했다. 수현은 그녀에게 믿음직스러운 눈빛을 보여주었고, 그녀도 그를 따라 위쪽으로 올라가기 시작했다.

좀 전에 자신이 내려왔던 계단을 다시 거슬러 올라가고 있는데도, 정화의 발걸음엔 망설임이 없었다. 함께 걷는다는 위로가 무엇인지, 발그레한 그녀의 두 볼엔 안도의 기운이 드리우고 있었다.

그곳이 어디인지,

어디로 가야 하는지 알지 못한 채,

또다시 그들은 발을 맞추어 함께 걷고 있었다.

환이를 등에 업은 남수의 무릎은 당장이라도 꺾일 듯 휘청거렸다. 등에 업힌 아이는 잠을 자듯 조용한데, 아이의 등짝에 계속해서 다른 아이들이 포개어지고 있는 듯 갈수록 무거워졌다. 난간을 붙들고 그를 따라 오르던 지애도 자꾸 허리를 부여잡고 멈춰 섰다. 그의 허리춤에도 통증이 밀려들었지만, 안간힘을 쓰며 그는 다시 계단 위로 걸음을 옮기고 있었다. 생수통 두 박스를 짊어지고도 멀쩡하지 않았느냐, 20kg 무게의 쌀부대를 둘러매고도 거침없이 올라서지 않았느냐, 그렇게 스스로를 다그치면서.

맨 뒤에서 정화와 함께 계단을 오르던 수현은, 자꾸 뒤를 살펴며 그녀를 챙겼다. 아무리 올라도 여전히 제자리를 도는 것만 같은 똑같은 계단이었지만, 그는 이미 누구보다 훨씬 더 높은 곳에 다가서고 있는 표정이었다. 성큼성큼 위로 올라서며, 그의 얼굴은 설렘과 기대감으로 가득했다.

　남수는 그 모든 감정들이 낭비라고 생각했다. 치기 어린 순간적 끌림이 얼마나 어리석은 것이었는지, 시간이 증명해줄 것이라 믿었다. 게다가 그녀는 그의 정체를 알지도 못한 채 얄팍한 호의에 이끌리고 있으니, 그것이야말로 그저 낭비가 아니라 유린되는 것이 아닌가? 서로의 발걸음에 보조를 맞추는 두 사람을 보며, 남수는 코웃음을 삼켰다. 또다시 발끝에만 눈을 둔 채, 그는 그저 삶을 지탱하는 값싼 인내만 생각하고 있었다. 짓밟힌 것들만을 되새기고 있었다.

　얼마 가지 않아, 그들은 또다시 벽에 기대며 주저앉았다. 이제는 아무도 붉은 등을 올려다보거나 육중하게 닫혀 있는 문을 바라보지도 않았다. 그저 붉은 빛으로 물든 허공 속에 뜨거운 숨을 뱉고 있었다. 생각만으로는 족히 수백 층은 올라온 느낌이었지만, 확신할 수 있는 사람은 아무도 없었다. 모호하고 흐릿한 기억들은 자꾸 스러져갔고, 그러면 그럴수록 여기 이 시간은 더욱 두렵기만 했다.

"무슨 소리가 들리지 않아요?"

　철문 옆에 앉았던 정화가 기린처럼 목을 뺐다.

"들어봐요, 소리가 들려요."

그러나 그녀의 말에 관심을 두는 사람은 아무도 없었다. 무기력한 희망이 얼마나 잔인한지, 그들은 이미 잘 알고 있었다. 하지만 정화는 닫힌 문에 귀를 대고, 건너편에서 들려오는 소리에 온 신경을 곤두세웠다.

"왜, 아가씨도 도와주고 싶어? 이런 상황에서도 누구처럼 착한 척을 하고 싶은 건가?"

그녀의 곁에 앉았던 수현이 남수를 쏘아보았다. 그러나 정화는 아랑곳 않고 더욱 안간힘을 쓰며 철문 위에 매달렸다.

"사람을 찾아요, 사람을 찾고 있어요."

정화는 손바닥으로 문을 두드리기 시작했다. 신호를 보내듯 일정한 간격을 두고 그녀는 계속해서 문을 내리쳤다.

"바보 같은 놈들! 이 상황에서 지금 사람이 무슨 소용이야? 어차피 서로 도움도 되지 않는 것들끼리 무얼 할 수 있다고."

한탄 같은 그의 말에 그들의 어깨는 더욱 깊이 무너져 내렸다.

"힘을… 내래요."

문 위에 볼을 댔던 정화가 중얼거렸다.

"꼭 힘내서, 탈출하래요. 자기들이 응원하겠다고."

수현은 황급히 몸을 일으켜 그녀처럼 문 위에 귀를 댔다.

"들려요, 아까보다 더 선명하게… 가깝게 들려요. 이번에는 남자의 목소리예요. 다른 사람들도 더 있는 것 같고요."

여전히 남수는 코웃음을 치고 있었지만, 지애는 두 사람의 등 뒤에 바싹 다가앉았다. 수현은 더욱 세차게 문을 두드리며 물었다.

"혹시 아래로 내려가는 중인가요? 다친 사람은 없나요? 아래쪽에 도움이 필요한 사람들이 있는 것 같은데, 지금 거기 가주실 수는 없나요?"

쓸모없는 짓을 하고 있다고 생각하는지, 남수는 짧은 숨을 뱉었다. 그런데 문에 귀를 대고 대답을 기다리던 수현의 낯빛이 이내 어두워졌다.

"왜요, 뭐라고 그래요?"

기대에 찬 눈빛으로 지애가 물었다.

"자기들도… 해줄 수 있는 게 없대요. 지금 거기도 여기와 다를 바 없는 상황이라고, 누굴 도와주거나 할 처지가 아니래요."

"무너지고 있는 게 틀림없나 보네. 다들 너무 급박한 거야. 어떡해, 이제 우린 어떡해."

그녀는 울먹였지만 수현은 다급하게 문 너머를 향해 큰 소리로 외쳤다.

"우린 위로 올라가는 중이에요, 위쪽에 옆 건물하고 연결된 공중통로가 있거든요. 거기에 도착하기만 하면, 여기에서 빠져나갈 수 있을 거예요!"

그러나 탈출을 꿈꾸며 이야기를 전하던 그의 얼굴은 금세 창백해졌다. 수상한 기색에 남수도 문 건너편에 들려오는 소리에 귀를 기울였다. 닫힌 문에 귀를 대고 있던 수현은 믿을 수 없다는 듯 다급하게 소리치고 있었다.

"아니에요, 그럴 리가 없어요! 제가… 제가 알거든요. 분명히 있어요, 얼마 가지 않아 분명히 나타날 거라고요!"

그러나 문 건너편의 남자는 확고한 음성으로, '공중통로는 없다'고 말하고 있었다. 설계를 하면서 기존에 있던 옆 건물과 연결시키려는 아이디어가 제시되기는 했지만, 실제로 공사에 들어간 것은 아니었다 말하며, 그는 확실하다고 다시 한 번 힘주어 이야기했다. 말끝에 허탈한 웃음을 덧붙였는데, 어쩐지 불길했다.

"아닌데… 그, 그럴 리가 없는데?"

기억을 더듬는 그의 두 눈은 길을 잃고 흔들렸다.

"너, 이 자식! 저게 무슨 소리야, 무슨 소리냐고?"

"아니에요, 그럴 리가 없어요! 분명히 있어요, 있다고요! 내가 들었어요, 여기에서 일하면서… 매장 매니저한테 들었다고요! 있어요, 공중통로 있다고요!"

스스로 확실하지 않다고 말했던 것을 잊고 있는지, 그의 두 눈 속엔 온통 확신뿐이었다.

"너 이 새끼, 똑바로 말해! 거짓말이지! 공중통로가 있다는 거, 처음부터 거짓이었지!"

"뭐야, 그게 무슨 이야기예요? 그럼 우리 못 나가는 거예요? 그래요?"

지애의 입 속엔 벌써 울음이 가득했다. 남수는 철문에 기대어 늘어졌다. 현기증이 그의 온몸을 휘감았다. 그럴 리가 없다고 수현은 계속해서 소리쳤지만, 그의 외침은 새빨갛게 물든 계단의 소용돌이 속에 빨려들고 있었다. 그들은 알지 못하는 허공속으로, 그동안 있는 힘을 다해 올라왔던 계단들이, 무슨 일이 있어도 버텨야 한다는 값싼 인내가, 껍질이 깨져나가던 희망들까지 모두 다 한꺼번에 소멸하고 있었다. 어느 벽 위의 계시처럼, 또 한 번 '다시'였다.

꼼짝 않는 문을 걷어차며 남수는 마구 소리를 질렀다. 차마 수현의 몸에는 손을 대지 못한 채, 그는 대답 없는 말들을 외치고 또 외쳤다. 처음부터 네놈의 계략이지 않았느냐, 우리를 이 구렁텅이에 몰아넣고 네놈은 어디로든 빠져나갈 생각이 아니었느냐, 어차피 너희 같은 것들에게는 세상이든 사람이든 복수하고 되갚아주는 것이 목적이 아니었겠느냐, 이미 핏빛으로 붉어진 공간을 더욱 잔혹하게 물들이며, 그의 악다구니는 계속되었다. '모르는 일'이라고 말하며 정화가 수현의 편에 섰지만, 남수의 귀엔 아무 말도 들리지 않았다.

문득, 그는 칼이 생각났다. 설마 저 정체를 알 수 없는 놈도, 마지막 순간까지 나를 농락하려는 시간의 의지가 아니었을까? 언제나 그러했듯이, 어쩌면 마지막이 될지도 모르는 이 생의 낭떠러지 위에서 끝까지 나를 조롱하기 위한 이 세계의 보이지 않는 손가락질?

계속해서 남수는 주머니에 든 칼을 만지작거렸다. 피범벅이 된 모두의 얼굴은 붉은 등 아래 쉽게 그려졌다. 그래, 여기서 끝내면 되는 일이다. 이 정도 농락당했다면 이미 차고 넘쳤다. 생이라는 즉물적 세계를 맛본 대가로, 이토록 여러 번 그 잔인함을 깨우쳤다면 그것만으로 충분하다.

주머니 속의 칼을 매만지며, 그는 오히려 평온해졌다. 분노를 토하는 대신, 그의 머릿속엔 여러 단락의 증언과 결심이 뒤섞였다. 그는 이미 생각의 손으로 무수히도 여러 번 그 위에 자신의 서명을 휘갈기고 있었다.

수현은 혼자서 위로 올라가, 기필코 자신의 손으로 공중통로를 찾아 내려오겠노라 앞으로 나섰다. 일말의 망설임도 없이 정화도 그를 따라 일어섰다. 그들의 표정엔 그 누구도 비집고 들어갈 수 없는 결연함이 묻어났다.

"너희들을 어떻게 믿지?" 두 눈을 부라리며 남수가 물었다. "공중통로를 찾으면, 너희들만 살겠다고 그대로 둘이 도망쳐버릴지 누가 알아? 어차피 우리들은 어떻게 되든 말든 상관없었던 거 아냐?" 두 사람은 대답하지 않았다. 침묵으로 삼키고 있는 말들이 어떤 것이었는지, 그들은 약속이라도 한 듯 입을 꽉 다물고만 있었다.

결국 남수도 그들을 따라 나서겠다고 고집을 부렸다. 그러나 지애는 더 이상 올라갈 수 없을 것 같다고 말하며, 환이와 여기에서 기다리고 있을 테니 꼭 나갈 곳을 찾아 돌아와 달라 부탁했다. 하지만 그녀의 말에 대답을 한 것은 남수가 아니라, 오히려 정화였다. 여기에서 기다리시면 꼭 나갈 방법을 찾아 돌아오겠노라 말하며, 그녀는 지애의 손을 꼭 잡고 환이의 머리칼을 쓰다듬었다.

기약 없는 이별을 나누는 그들 너머에서, 남수는 오직 한 가지 생각뿐이었다. 기필코, 그 어떤 것에도 다시는 농락당하지 않으

리라, 더 이상의 조롱을 결코 용납하지 않으리라! 주머니 속의
칼을 움켜쥐며, 핏빛 허공 위에 그는 그렇게 계속해서 자신의
결심을 쓰고 또 썼다.

"거짓말 같은 거, 난 안 해요."

의심 가득한 시선을 견디기 힘들었던지, 계단을 오르다 말고
수현은 불쑥 그렇게 말했다. 몇 계단 올라서지도 않았는데 그
들의 숨소리는 이내 거칠어지고 있었다.

"나는 나 자신조차 속이지 못하는 인간이라고요. 다른 사람들
은 돈이나 명예를 지키려고 자신을 속이고 세상을 속이겠지만,
나는 나를 지키기 위해 나 자신조차 속이지 못하는 병신 같은
인간이라고요!"

거친 숨소리 때문에 그의 말은 어쩐지 울먹임처럼 들렸다.

"자신을 속일 수 없는 게 아니라, 속일 수 없다고 착각하는 거
겠지. 그러니 허깨비로 살고 있는 걸 깨우치지 못하는 걸 테고."

계단을 오르는 발걸음은 멈추지 않은 채, 남수도 거친 숨을
몰아쉬었다.

"거짓말 아니에요!"

"거짓말이 아니라고 믿는 거짓말이겠지. 네 꼴을 보라고. 틀린
건 아무것도 없는데, 틀렸다고 생각하며 그렇게 살려고 하는 네
꼴을 생각하라고!"

"아니에요, 아니라고요!"

이번에는 수현이 그의 어깨를 잡아챘다. 계단 위에서 휘청거

리며, 두 사람은 겨우 올라갔던 길을 고스란히 떠밀려 내려오고 있었다. 맨 뒤에서 따라 오르던 정화가 소리를 질렀다.

"그만들 하세요, 자꾸 이게 뭐하는 짓이에요! 서로 힘을 합쳐도……."

"아악!"

막 뒤엉키는 두 사람을 정화가 떼어놓으려는데, 그들의 등 뒤에서 비명 소리가 들려왔다. 지애의 목소리였다. 남수는 황급히 아래쪽 계단으로 뛰었다. 수현과 정화도 뒤를 따랐다. 날 듯 몇 층의 계단을 뛰어 내려가는데, 헉헉거리며 환이를 끌어안은 지애가 힘겹게 올라오고 있었다. 남수를 보자, 그녀는 온 힘을 다해 소리를 질렀다.

"불이… 불이 올라와요! 불길이 올라오고 있다고요!"

겁에 질린 그녀가 컥컥거리며 소리쳤다. 타오르는 불길 속에서 뛰쳐나온 듯 그녀의 온몸은 땀에 흠뻑 젖었다. 남수는 황급히 그녀에게서 환이를 받아들고 계단 위로 뛰었다. 수현과 정화도 서로의 손을 붙든 채, 그들을 따라 있는 힘을 다해 뛰기 시작했다.

누구랄 것도 없이, 그들은 모두 발밑에 기어오르는 뜨거운 기운을 온몸으로 느끼고 있었다. 불길은 바로 등 뒤에서 꿈틀거렸고, 노린내를 풍기며 그들의 머리카락은 타닥타닥 타들어가고 있었다. 화르륵 불 한 덩이로 타지 않기 위해, 그들은 팔을 휘저으며 난간에 매달렸다. 온 힘을 다해 계단을 뛰고 있는 그들의 머릿속에 참사의 현장은 더욱 끔찍하게 타오르고 있었다.

모든 것이 모호한 불명(不明)의 시간 속에서,
그렇게 재난은 그 누구도 거역할 수 없는 온전한 실재였다.

10

아래에서

환이의 울음소리가 귀를 찢었다. 구겨진 것처럼 품에 안겼던 아이는 남수의 손 안에서 팔이 꺾였다. 아이의 울음소리도 듣지 못한 채, 그는 무작정 위를 향해 뛰고 있었다. 숨이 턱 밑까지 차올라 고꾸라지듯 닫힌 문에 매달렸을 때, 남수는 그제야 자신이 아이의 몸통을 아무렇게나 움켜쥐고 있던 것을 깨달았다. 기어오르듯 올라온 지애의 품에 안겨서도, 환이는 꺾인 팔을 제대로 움직이지도 못하고 서럽게 울고만 있었다.

뒤늦게 뛰어 올라온 수현과 정화는 허리를 꺾으며 밭은 숨을 토했다. 그러나 옆구리를 움켜쥔 채 아래쪽을 내려다보던 수현은 연신 고개를 갸웃거렸다. 가쁜 숨을 내쉬던 남수도 계단 아래를 넘겨보며 이마를 찡그렸다. 휘청거리는 몸으로 그는 몇 계단 아래쪽으로 내려가, 멀리 더 깊은 곳까지 살펴보았다. 그러나 아무리 들여다봐도 불길 같은 것은 보이지 않았다. 불이 났다면 하다못해 매캐한 냄새라도 올라와야 할 텐데, 붉은 허공 속에 공기만이 끈적이고 더울 뿐이었다. 끝없이 회오리치며 이어진 계단 끄트머리엔 붉은 등의 불빛이 뭉쳐 있었고, 탁해진 공기 때문에 뜨거운 숨이 뱉어지기는 했지만 어디에도 꿈틀거리며 기어오르는 불기둥 같은 것은 보이지 않았다.

남수는 휘청거리며 지애에게로 다가갔다. 거친 숨을 몰아쉬고 있는 그의 두 볼은 이미 잔뜩 찌그러져 있었다.

"뭐야, 불이 난 게 확실해? 불이 난 게 확실한 거냐고!"

단순히 사실을 확인하려던 것뿐이었지만, 그의 목소리는 이미 작은 공간을 거칠게 헤집고 있었다.

"무, 무슨 그런 말이 있어? 내가 똑똑히 봤다니깐? 내가 이 두 눈으로 똑똑히 봤어, 이상한 냄새가 나서… 이상한 냄새가 나기에 아래를 내려 봤는데, 시뻘건 불이 치솟고 있었단 말이야!"

겁에 질린 그녀의 두 눈 속엔 이미 불기둥이 회오리치고 있었다. 얼마나 두려웠던 건지 그녀의 눈에선 주르륵 눈물이 흘렀다.

"정신 똑바로 차려! 여기 이거… 우리 위에 밝혀진 이거… 시뻘건 등이야! 게다가 아래로 내려다보면 그 붉은 빛이 한데 엉겨, 더 시뻘겋게 보였을 거라고! 맞아? 불이 난 게 맞는 거야? 정신 차리고 똑바로 말해!"

또다시 농락당했을지도 모른다는 분노가 그를 휘감았다. 이번에도 어김없이 속고야 말았다는 열패감이 그의 목덜미를 핥았다. 지애의 어깨를 움켜쥔 채, 그는 마구 흔들었다. 겁에 질린 그녀의 몸이 벌벌 떨고 있는데도, 비명을 지르듯 그는 쌓였던 모든 것들을 모조리 토해놓고 있었다.

"정말 이래야겠어? 이렇게 엉망진창이 된 상황에서까지 이래야 되겠느냐고! 그러니까 매일 그 모양 그 꼴이었지! 그러니까 결국 이 꼴로 모두 다 죽겠다고 집을 나섰던 거 아니냐고! 너야, 너 때문이라고! 언제나… 모든 게 다 너 때문이었다고, 이 병신아!"

전시물처럼 그녀는 그대로 굳어버렸다. 남수의 고함소리는 불길보다 더욱 뜨겁게 소용돌이치다가, 순식간에 얼어붙었다. 내동댕이치듯 그녀를 밀쳐놓고, 그는 붉은 벽을 보고 선 채 가쁜 숨을 내쉬었다. 혼자서 아주 먼 계단이라도 오르내린 듯 그는 헉헉대고 있었다.

"그래… 당신은 매번 그런 식이지?"

힘겹게 쏟아낸 그녀의 말은 돌덩이 같았다.

"항상… 그랬잖아? 당신은 매번 내 탓이었잖아? 당신 혼자 이 현실을 벗어나기 위해 있는 힘을 다해 몸부림치고 있는데… 나 같은 건 당신 발목이나 잡고 있는 짐 덩어리 같은 존재였잖아, 안 그래?"

한꺼번에 쏟아져 내리는 말들을 감당할 수 없었는지, 그녀의 입술이 파르르 떨었다.

"진짜로 불이 났다고 하더라도, 내 말이라면 당신한텐 불이 나지 않은 거잖아? 내가 아무리 아프다고 말해도, 당신 머릿속에는 내가 하나도 아프지 않으면서 꾀병이나 부리고 있는 쓰레기 같은 인간인 거잖아! 내가 아무리 이야기를 하려고 해도, 당신은 처음부터 내 말 같은 건 믿으려 하지도 않았잖아!"

소리치는 그녀의 눈빛이 불길처럼 화르륵 일었다.

"저거 나왔을 때에도, 당신 뭐라고 그랬어? 제대로 숨도 쉬지 못하는 저 핏덩이 앞에 두고 당신 뭐라고 그랬냐고! 유전자 검사 해보자고… 저게 자기 새끼인 줄 누가 아느냐고, 유전자 검사 해보자고 그랬던 게 당신이라는 인간이었다고! 기억해? 기억하냐고!"

이미 모든 것들이 타올라 사라져버렸다고 생각한 잔해 속에서, 또 다른 불길이 발갛게 번져가고 있었다.

"나 때문이라고? 이게 다 나 때문이라고?"

주머니 속에 들었던 칼에 찔린 것도 아닌데, 남수의 등짝은 움찔거렸다. 몸통을 파고드는 통증 때문에, 그는 옆구리를 짚었다. 숨통이 조여왔다. 발아래 쓰러져 엉엉 울고 있는 그녀를 보며, 입이 바짝바짝 타들어갔다. 어딘가에 폐기해버렸던 시간이 역류하고 있었다. 현재라는 담벼락을 넘어, 거대한 물줄기로 그의 앞에 넘실거리고 있었다. 자신의 이야기를 하는 줄도 모르고 환이가 울음이 묻은 눈을 동그랗게 떴고, 괜히 겸연쩍어 수현과 정화의 눈빛은 붉은 허공을 헤맸다. 칼을 쥐고 있는 것처럼 남수의 손엔 땀이 가득했다. 피라도 묻은 듯 그의 손은 붉게 번들거렸다. 그는 지금 타오르고 있는 중이었다. 그곳에 없는, 시간이란 불길에 휩싸여 그는 활활 타고 있었다.

수현은 여전히 훌쩍이고 있는 환이를 손짓으로 불렀다. 서럽게 울고 있는 엄마와 고개를 들지 못하는 아빠 사이에서, 아이는 홀로 붉은 벽에 안겨 있었다. 그는 그런 환이를 불러 품에 안았다. 그리고 가방에서 책 한 권을 꺼냈다. 호기심으로 아이의 눈이 반짝거렸고, 아이를 품에 안은 채 그는 찬찬히 책을 읽어 주기 시작했다. 붉은 공간을 위로하듯 한 줄 한 줄 읽어 내려가는 그의 음성을 따라, 아이의 훌쩍임도 조금씩 잦아들었다.

거대한 바다에 홀로 남아, 물고기와 사투를 벌이는 노인의 이야기였다. 망망대해 위에 홀로 남은 고독이든, 생의 노년을 견디며 바늘에 걸린 물고기와 생존의 의지를 겨루는 일이든 어차피 아이에겐 이해할 수 없는 것이었을 텐데, 환이는 수현의 이야기에 흠뻑 빠져들었다. 마침내 물고기를 잡아 집으로 돌아오다가 조금씩 상어에게 뜯겨 먹히는 장면에서, 아이는 비틀린 몸을 부르르 떨었다. '상어 나빠.' 그렇게 울먹였는데, 수현은 입을 삐죽 내민 아이의 얼굴을 보드랍게 쓰다듬어 주었다.

한참을 그렇게 읽어 내려가며 노인이 뼈밖에 남지 않은 물고기를 가지고 가까스로 항구로 돌아오던 부분을 읽다가, 수현은 그대로 읽기를 멈추었다. 고요한 침묵을 가르며 문 건너편에서 누군가 문을 두드리고 있었다. 이번에는 이전보다 훨씬 더 가까운 소리였다. 철문이 점점 얇아지고 있는 듯, 무언가로 인해 단단했던 벽이 깎여나가고 있는 듯 힘없이 문을 두드리는 목소리는 작은 공간에 또렷하게 울려 퍼졌다. 차분한 여자의 음성이었다.

그녀는 가장 어둡고 힘겨운 시간의 의미에 관해 말했다. 우리가 이토록 고통스러운 시간을 지나고 있는 것은 더욱 밝고 환한 미래를 약속하기 위함이라고, 오늘의 밤이 이토록 짙고 어두운 것은 내일 아침의 찬란한 눈부심을 약속하는 것이라고, 그녀는 노래라도 하듯 읊조리고 있었다.

도저히 견딜 수 없이 힘겨울 때에는, 곧 다가올 아침을 생각하라고 했다. 아침의 찬란한 빛과, 이슬을 머금은 수풀의 냄새와, 또 하루를 불러오는 새들의 노랫소리를 생각하며, 지금 우리들의 머리 위에 다가온 이 시간의 암흑을 물리치라고 말했다. 우리들의 미래는 여기에 있지 않으며 언제나 꿈꾸고 희망하는 것에 있으니, 어떤 순간에도 우리가 해야 할 일은 그 미래의 아침을 잃지 않는 것이라고, 그녀는 차분하게 이야기했다.

눈을 감았는지, 자신이 말했던 그토록 찬란하고 아름다운 아침을 보고 있는지 그녀의 목소리는 지저귐처럼 오르내리며 잔뜩 들떴다. 그녀가 있는 자리엔 이미 아침이 온 건지, 그녀는 두 팔을 벌려 자신이 말했던 시간의 아침을 맞이하고 있는 듯했다.

어서 오라고, 당신들도 어서 오라고 그녀가 문 건너편에서 다그쳤다. 이 찬란한 희망의 향기를, 아침의 풍경을 함께 만끽하자고 그녀가 더욱 더 큰 소리로 그들을 부르고 있었다.

그녀의 부름에 응답하듯 환이가 기울어진 고개를 들었다. 천천히 몸을 일으켜 비틀거리면서, 아이는 문 앞으로 다가갔다. 정화도 소리가 들리는 쪽을 바라봤고 수현도 아이를 따라 반쯤 고개를 들었다. 남수와 지애는 여전히 서로를 외면한 채였지만,

그들도 찬란한 아침을 말하는 그녀의 목소리를 듣고 있었다.

"문을… 열어야죠."

위태롭게 문 앞에 섰던 환이가 닫힌 문을 향해, 말을 건네고 있었다.

"무… 문을 열어… 조야, 우리가… 가죠."

기울어진 환이의 두 볼은 뾰루퉁했다. 아이의 투덜거림을 듣고 있는지 아침을 읊조리던 문 너머의 목소리는 잠시 머뭇거렸다. 그리고 그녀는 또다시 똑같은 음조로, 자신이 해줄 수 있는 것은 없다고 말했다. 그리고는 그곳에 아침이 있다고, 당신들의 발아래에 아침이 있으니, 그 찬란하고 아름다운 아침은 이미 당신들 곁에 존재하고 있으니, 그 참된 의미를 잊으면 안 된다고 거듭 힘주어 말했다.

더 이상 듣고 있는 것이 짜증스러운지 환이는 입을 삐죽이며 돌아섰다. 다시 수현의 곁에 돌아와 앉으며, 아이는 투덜거렸다.

"모야 저… 아줌마, 쳇!"

아침을 노래하고 희망을 읊조리는 그녀의 이야기는 계속되었고 그녀는 더욱 확신에 찬 음성으로 밝아오는 내일을 역설했지만, 이제는 아무도 그녀의 목소리에 귀를 기울이지 않았다.

"그러면, 지금은 밤일까요?"

수현의 어깨에 기대 있던 정화가 붉은 빛을 올려보며 물었다.

"왜 갑자기 모든 시간이 멈춰버린 걸까요? 아무리 깊은 곳에 들어가도, 아무리 멀리 있어도 이 휴대폰 시계는 움직이는 거라고 하던데, 왜 멈춰서 꼼짝도 하지 않는 걸까요?"

그러나 아무도 대답하지 않았다. 그저 물끄러미 그녀가 내려놓은 휴대폰을 바라보고 있었다. 동그라미가 겹쳐진 수평기 안의 숫자는 마이너스 7을 가리켰다. 조금씩 계단을 올라오면서 숫자가 4에서 5로, 5에서 6으로 높아가더니, 어느 순간 멈춰서 꼼짝도 하지 않았다. 더 이상 건물이 기울어지지 않고 있는 건지 수평기마저 고장이 난 건지, 두 개의 동그라미 속에 뜬 숫자는 새겨진 듯 변함이 없었다.

"나도… 아침이 왔으면 좋겠어요. 밤이라면 말이에요. 만약에 아침이라면, 밤이 왔으면 좋겠고요. 저 사람이 말한 것처럼 그렇게 아름답고 찬란한 아침이 아니어도 괜찮으니까, 그저 지루하고 탁히기만 한 아침이라도 괜찮으니까… 아침이 오고 밤이 오고, 다시 아침이 오고 다시 밤이 오고… 그랬으면 좋겠어요."

잃어버린 달을 찾듯 그녀는 손가락으로 바닥에 동그라미를 그렸다.

"눈을 감아도 온통 빨개요. 저 불빛 때문에 어지러워서, 눈을 감으면 눈 감은 암흑 속까지 빨개서 잠도 오지 않아요. 피곤하고 지쳐서 당장 잠에 빠져들 것 같은데, 눈만 감으면 다시 정신이 또렷해져요. 밤이 오지 않아서요, 밤이 없어서요."

수현이 손을 들어 그녀의 어깨를 어루만졌다.

"가능하지… 않겠죠?"

그녀가 작은 얼굴을 들어 물었다.

"다시, 밤을 보는 거요. 아침이 오지 않아도 괜찮아요. 그건 괜찮은데, 그 밤조차… 언제나 혼자 있는 것 같아 무섭고 싫었는데, 그 밤조차 다시 볼 수 없는 거겠죠?"

망설이는 듯하다가, 수현이 조용히 대답했다.

"나는, 밤이 오지 않아도 괜찮아요. 아침이 오지 않아도 상관없고요. 저렇게… 붉은 등불 하나뿐이라도, 나는 이렇게 이 시간이 그냥 계속되어도 괜찮아요."

그가 어깨를 어루만지던 팔을 펴, 그녀를 품에 안았다. 잠시 망설이던 정화도 그의 손길에 몸을 내맡겼다. 그의 품속에 들어가 그를 꼭 안으며, 그녀는 천천히 고개를 끄덕였다. 그의 말대로 괜찮다고 말하듯이, 그래도 상관없다고 대답하듯이.

"올라가죠."

이번에 불쑥 그렇게 말하며 일어선 것은, 지애였다.

"이번엔 내가 올라가요. 환이는 수현 씨가 잠깐 맡아주세요. 내가 올라가서… 내 손으로 공중통로라는 거기를 꼭 찾을 테니까, 나갈 곳을 꼭 찾아서 돌아올 테니까."

두 무릎 속에 숨어 있던 남수가 슬그머니 고개를 들었다.

"이젠, 아무도 필요 없어요. 그 누구에게도 기대지 않을 거고, 누구에게도 의지하지 않을 거예요. 바보처럼… 원망하며 울고만 있지도 않을 거예요. 내가 찾아요, 내 힘으로 찾아요. 이제 내 삶을… 누구의 손에도 맡기지 않을 거니까, 이제 그런 바보 같은 짓은 절대 안 할 거니까."

선언이라도 하듯 그렇게 말해놓고 그녀는 성큼성큼 계단을 오르기 시작했다. 수현의 품에 앉았던 환이가 무심하게 "엄마, 빨리 와."라고 말했고, 그녀를 혼자 보낼 수는 없었던지 정화가 황급히 그녀를 따라 일어섰다. 그렇게 남수와 수현은, 붉은 불빛 아래 아이와 함께 둘만 남았다.

혼자서 허리춤에 맨 가방 속을 뒤적거리는 환이를 사이에 두고, 남수와 수현은 마주보는 벽에 기대어 가만히 앉았다.
"믿지 않으면… 외로워져요."
고개 숙인 그를 보고만 있다가, 수현이 입을 열었다.
"배신을 당하거나 외로워지거나 어차피 그건 마찬가지이겠지만, 그래도 누굴 믿는다고 매번 배신을 당하는 건 아니잖아요? 사람을 믿지 않으면 매번 외로워지는데……"
"입 디물어."
허공에 쏟아낸 그의 대답은 차가웠다.
"저도 잘 믿지 못했거든요. 뭐… 아직도 그래요, 그건. 제 존재 자체도 믿을 수가 없는데, 누굴 믿을 수가 있겠어요? 모든 게, 세상 모든 것들이 나를 공격하고 비난하기 위해 거기에 존재하는 것만 같은데… 태어난 거 자체가 형벌이라고 생각하며 살았으니까요."
"입 다물고 있으라고."
남수는 무릎을 감싼 손으로 주먹을 쥐었다. 무얼 그렇게 단단히 움켜쥐었던지, 손가락 사이에 힘줄이 불쑥 솟았다.
"네, 네. 입 다물게요. 근데… 한 가지만 말할게요."

그의 두 눈이 흘끗 수현을 봤다.

"제가 여자든 남자든, 처음으로 아저씨랑 무언가 통하는 느낌이네요. 물론 아저씨는 아닐 수도 있겠지만, 저는 지금 그래요. 그래서… 저는 지금 훨씬 덜 외로워졌어요."

그러나 남수의 눈빛엔 여전히 분노가 번뜩였다.

"아저씨도 외로워하지 마세요. 제가 있으니까요."

싱긋 웃고 있는 그를 보며, 남수는 징그럽다고 생각했다. 저따위 놈에게 위로를 받아야 하다니, 그의 자괴감은 더욱 졸아들고 있었다. 그런데 이상하게도 더 이상 뜨거운 것이 치받고 올라오진 않았다. 타버린 뜨거움이 남기는 것이란 결국 그렇게 흔적 없이 사라지고 마는 잔해뿐인지, 그는 어쩐지 조금은 담담해진 것 같았다. 고맙다거나 위로를 받은 느낌은 아니었는데, 무릎 사이에 박혀 있던 그의 목덜미가 슬그머니 일어서고 있었다.

"잠깐 올라오세요."

고개를 드니 계단 난간에서 정화가 얼굴을 내밀고 있었다.

"두 분 다… 올라오셔야 할 것 같아요."

올라오라는 이야기를 듣고도 한동안 두 사람은 그렇게 서로를 바라보고만 있었다. 가방을 움켜쥔 환이가 제일 먼저 몸을 일으켜 위로 올라갔고, 두 사람도 천천히 아이의 뒤를 따랐다. 또다시 똑같은 모습으로 잠긴 문이 나타났고 이제는 타오르는 것만 같은 붉은 등 아래를 지나쳐, 그들은 정화를 따라 계속해서 계단을 올랐다. 조금씩 숨이 차오르기 시작할 무렵, 다시 제자리로 돌아온 것만 같은 공간에 지애가 서 있었다. 그녀는 맞은편 벽을 보고 있었는데, 잔뜩 긴장했는지 등이 뻣뻣하게 굳어 있었다.

그녀가 바라보고 있던 붉은 벽에, 두 사람이 있었다. 한 사람은 구석에 쪼그려 앉았고, 또 다른 사람은 멀뚱히 그들을 보며 섰다.

다시 또 그들은 자신들처럼 그곳에 갇힌 누군가와,
조우(遭遇)하고 있었다.

11

기시
啓示

새로운 층에 올라 또 다른 사람을 만나면서도, 남수는 오직 수현의 말만 곱씹고 있었다. 그러나 그는 언제나 신뢰를 강요 하는 것들이 역겨워 견딜 수가 없었다. 꼬여버린 습성이 아내에 게 상처를 주고 스스로를 몰락의 길로 이끌었다는 사실을 인 정한다고 하더라도, 그는 지금 이 순간 그것마저 포기하고 싶 지는 않았다. 누군가는 고집스런 비관주의자의 말로라고 손가 락질하더라도, 남수는 끝까지 온전히 자신을 지켜내고 싶었다. "믿지 못할 놈, 돼먹지 않은 새끼!" 무수히도 여러 번 그런 욕설 을 들으면서도, 그는 조금도 변하지 않고 꼿꼿이 다시 몸을 일 으키곤 했었다. 언제나 자신을 겨냥하고 있던 세상의 모든 화염 속에서도, 불신은 오히려 그렇게 그에겐 생존의 언어였다.

"나를 못 믿는 거요? 내가 말했잖아요? 난 저 할아버지를 알지 못해요. 이렇게 함께 다니는 건, 우연이라고요."

안경을 쓴 퀭한 눈을 가진 남자는, 구석에 쪼그려 앉은 노인에게서 한 발 더 물러섰다. 그들을 바라보고 있던 남수 일행도 성큼 다가서지 못하고 있기는 마찬가지였다. 서로가 서로에게, 불신의 몸짓이었다.

남자가 가리킨 노인은 등이 굽어 낡은 천으로 감싼 보따리 같았다. 위아래 똑같이 허름한 회색빛 개량 한복을 입은 채 쪼그려 앉아 있으니, 그는 이 모든 계단을 온몸으로 구르기라도 한 모양새였다. 쩌렁쩌렁 울리는 남자의 목소리가 듣기 싫은지, 노인은 두 눈을 찡그리며 자꾸 구석에 고개를 들이밀었다.

"이봐요, 나한테는 기준이라는 게 있어요. 나는 가난한 부모, 세상 탓이나 하면서 현실을 혐오하고 부인하는 그런 비겁한 족속들하고는 차원이 다른 사람이라고요. 설마 내가 내 가족을 저렇게 내버려두고 모른 척하고 있을 거라고 생각하는 거요, 지금?"

구겨진 양복을 입은 그의 어깨는 잔뜩 굽었다. 허리춤에 손을 올렸더니, 그의 목덜미는 자라목처럼 더욱 삐져나왔다.

"어떤 파렴치한 자식놈들이 저 노인네를 여기다가 이렇게 내다버렸는지는 모르지만, 나는 적어도 내 부모 공경하고 현실을 받아들이며 수긍할 줄 아는, 최소한의 기준을 가지고 있는 사람이라고요."

"그럼 저 할아버지는 어디서 어떻게 만난 거예요?"

여전히 그를 신뢰하지 못하는 눈빛으로, 지애가 물었다.

"나도 출구를 찾고 있었죠. 여기저기 돌아다니다 보니까 어느 새 저 양반이 나를 따라다니고 있더라고요. 그래서 내가 누구시 냐, 혼자 들어오셨느냐, 아무리 물어봐도 대답을 안 하세요. 치 매 끼가 있으신 건지 눈도 제대로 맞추지 못하시고……."

'치매'라는 말은 알고 있는지, 노인이 쑤욱 고개를 내밀었다가 다시 더 동그랗게 몸을 말았다.

"이게 다 세상을 부정적으로만 살고 있는 놈들의 방식이지. 배 배 꼬인 생각들로 문젯거리나 들추며 자기 혼자 세상일 모두 다 꿰고 있는 것처럼 나불대는 것들이, 정작 문제를 해결하는 방식이라고 이게. 무책임하게 진실이니 정의니 떠벌리다가, 정 작 자기가 감당할 수 없는 상황이 오면 도망쳐버리고 회피하는 게 그런 족속들의 해결 방식인 거라고, 이게."

무얼 떠올리고 있는지 그의 탄식은 유독 뜨거웠다. 사람들 뒤 에서 그의 이야기를 듣고 있던 남수는 눈을 치켜떴다. 어쩐지 그가 보이지 않는 손가락으로 자신을 가리키고 있는 것만 같았 다. 끌끌 혀를 차는 것을 보고 있으니, 쓴물이 올라왔다.

"그럼 그쪽은 왜 이리로 들어온 거요?"

불쾌한 기색을 감추지 않은 채, 남수는 그에게 물었다.

"그게 무슨……?"

"여기 막혀 있었을 거 아냐? 근데 왜 이리로 들어왔느냐고?"

낡은 양복을 털며, 그가 찌그러진 옷깃을 세웠다.

"오늘 취직할 회사 면접이 있어서 그거 끝나고 커피라도 한 잔 하려고… 근데, 형씨! 왜 반말을 하고 그래요? 사람이 기본

계시 133

적인 예의가 있어야지 말이야, 나이 어린 사람이라고 무조건 하대를 하고 그러면 됩니까? 존중이라는 거 몰라요?"

어깨를 부풀린 채, 그는 남수를 아래위로 훑었다.

"믿고 안 믿고는 기대도 하지 않아요. 다 같이 함께 사는 공동체 사회에서, 서로에 대한 기본적인 존중조차 없으면 도대체 우리가 뭐 때문에…….'

"그만, 그만! 누가 지금 자네 연설이나 듣자고 했어? 왜 이리로 들어왔느냐고? 빨간 줄로 떡하니 막혀 있었을 텐데, 왜 이리로 들어왔던 거냐고!"

어깨를 부풀린 채 늘어놓는 그의 말투가 남수는 영 거슬렸다. 그의 기세에 눌려, 남자는 더듬거리며 대답했다.

"왜… 나니요? 밖으로 나갈려고요. 엘리베이터에 사람들이 너무 많아 내 차례가 오려면 한참을 기다려야 할 것 같아서, 그래서 이리로 나가면 나갈 수 있을까 싶어 들어왔죠. 근데 도무지 길을 찾을 수가 없어서 헤매고 있는데, 갑자기 정전이 되고…….'

기억을 더듬는 그의 말투는 자꾸 흐트러졌다.

"나갈 곳이 있는 게 아니라면 왜 문이 달렸겠어요? 빨간 띠로 막아놨더라도, 애초에 사람들이 나갈 수 있는 곳이니까 문이 달렸겠죠. 그게 상식이고 건물을 만드는 기준인 거잖아요, 안 그래요?"

어영부영 덧붙이고 있는 그가 남수는 영 미덥지 않았다.

"정확히 몇 층이었는데요?"

탐탁지 않은 눈으로 이번에는 수현이 물었다.

"몇 층?"

퀭한 그의 눈동자가 허공을 헤맸다.

"글쎄, 그건 잘……."

남수는 이번에는 문을 가로막았던 빨간 띠를 생각했다. 그러고 보니, 모두의 앞에는 그것이 가로막고 있었다. 그것을 밀치고 모두들 여기에 들어와 있다. 어디인지 모르는 서로 다른 층에서, 똑같이 문을 가로막은 빨간 띠를 밀치며, 여기 이곳으로?

고집스러운 비관주의자의 눈을 들어, 남수는 다시 주변을 둘러보았다. 똑같은 모습으로 그들을 둘러싼 사방의 벽은 어쩐지 한 걸음 더 그들에게 바짝 다가와 있는 듯했다. 남자는 계속해서 흐리멍덩한 말들을 쏟아놓고 있었지만, 그의 귀엔 아무것도 들리지 않았다. 경고등처럼 그의 기억 속에서, 문을 가로막았던 빨간 띠 하나만이 또렷하게 떠오르고 있었다.

수현은 그에게도 지금까지 있었던 일들에 관해 모두 말해주었다. 그러니 올라가든 내려가든 그것은 본인의 선택이라고.

남자는 잠시 생각에 잠겼다. 그러더니 갑자기 구석에 웅크린 노인을 가리키며, '저 할아버지는요?'하고 물었다. 어떤 결정도 하지 못해 그들이 잠시 머뭇거리고 있는 사이, 기우뚱거리며 노인이 먼저 웅크린 몸을 일으키고는 계단을 오르기 시작했다. 허리가 굽어, 두 손으로 위쪽 계단을 먼저 짚고 뒤이어 두 발로 아래 쪽 계단을 딛고 있으니, 그는 직립 보행을 거부한 신인류처럼 보였다. 남수 일행도 노인을 따라 계단을 오르자, 남자는 홀로 남겨져 주위를 둘러보다가 이내 그들을 따라 다시 위로 올랐다. 자신에겐 흔들리지 않는 기준이 있다 말해놓고, 그는 일말의 고민도 없이 허겁지겁 그들의 뒤를 따랐다.

이제, 같은 곳을 향해 오르고 있는 그들은
길게 한 줄로 늘어서 있었다.

"난 이 붉은 색이 마음에 안 들어."

그는 자신의 이름이 목종이라고 말했다. 힘겹게 계단을 오르는 중에도, 그는 끊임없이 긍정적이고 진취적인 사고방식에 관해 이야기했다. 밭은 숨을 삼키며 계단을 오르는 누구도 그에게 귀를 기울이지 않았지만, 그는 끈질기게 그들을 채근하고 자신의 신념을 늘어놓았다. 이렇게 우리를 시련 속에 가두어놓은 것도 일종의 시험이라고 그는 말했다. 생명은 죽음으로부터 왔고 희망을 낳은 것은 절망이며, 빛은 어둠의 열매라고.

"그거 알아? 붉은색은 모든 걸 지워버리거든. 인간의 이성과 생각을 마비시키는 거지. 현혹시키는 거야. 그래서 유흥업소에 가면 새빨간 등이 달려 있잖아? 그게 다 더럽고 추악한 것들을 가리려는 속셈인 거지."

또다시 그들은 각자의 벽에 기대어 숨을 헐떡이고 있었다.

"자네는 혹시 뭘 본 적은 없나? 벽에 무언가 적혀 있거나… 글자가 적혀 있는 거 말이야."

찡그린 눈을 치켜뜨며, 남수는 목종에게 물었다. 그의 머릿속에 싹트고 있던 이 세계에 대한 불신은 차근차근 시간을 거슬러 올라가고 있었다.

"글자요?"

무슨 말인지 이해할 수 없다는 듯 그가 눈을 동그랗게 떴다.

"아까 저 아래에서, 아저씨가 말했던 그 글자 말이에요? 벽에 쓰여 있던 거요?"

이제야 생각이 난 듯 수현이 반쯤 몸을 일으켰고, 남수는 주저 앉은 사람들을 둘러보며 다시 한 번 물었다.

"혹시 여기 있는 사람들 중에, 벽에 그런 글자 같은 걸 본 사람이 있나? 아무거나 말이야, 여기 붉은 벽에 쓰여 있는 글자든 표시든 아무거나."

서로 다른 벽에 기대어 그들은 서로의 눈치만 살폈다.

"무슨 글자요?"

수현의 곁에 바싹 다가앉았던 정화가 물었다.

"우리가 저 아래에서 올라오다가 봤거든요. 벽에요, 글자가 쓰여 있었어요."

"뭐라고 적혀 있었는데요?"

그러나 수현은 쉽사리 대답을 하지 못했다. 허락이라도 구하듯 그는 남수를 보며 망설이고 있었다.

"다시… 요."

"네?"

"다시, 라고 적혀 있었어요. 다시… 다시."

끔찍하거나 혐오스러운 언어도 아니었는데, 정화는 무릎을 감싸 안으며 몸을 웅크렸다. 어쩐지 그녀는 떨고 있는 듯했다.

"계시… 같네요."

붉은 빛이 뭉쳐진 구석에 눈을 둔 채, 그녀는 조심스럽게 입을 열었다.

"우리가 아무리 발버둥쳐도, 이렇게 끊임없이 계속되리란 그런 계시요. 이 끝없는 계단을 아무리 올라가도 우리는 끝내 어디에도 가닿지 못하리란 그런 계시요."

신 앞에 조아린 듯 그녀의 목소리는 무기력했다.

"요즘 젊은 친구들은 왜 그렇게 비관적으로만 생각하는지 모르겠어."

이해할 수 없다는 말투로 목종이 끼어들었다.

"그렇게 말하면 좀 위로가 되나? 자기들이야말로 앞으로 이 세상에서 더 많은 시간을 살아가야 하는데, 그렇게 미래를 비관적으로 이야기하고 나면 정말 위로가 되는 거야? 아니면 그냥 즉흥적인 배설인 거야?"

"자기랑 생각이 다르다고 함부로 말하지 말죠."

수현의 말투는 단호했다.

"그쪽이야말로 함부로 말하는 거 아닌가? 무얼 근거로 다가올 시간을 마음대로 가늠하지? 객관적으로 생각하더라도 희망이든 절망이든 모르는 일인 거잖아? 그렇다면 굳이 나쁘게 생각할 필요는 없는 일인 거고."

목종도 지지 않았다.

"그쪽의 희망이란 건 고작 그런 거예요? 어느 쪽이든 괜찮은데, 그저 기분 좋으라고 선택하는 게, 그렇게 열변을 토했던 긍정적인 삶이고 진취적인 자세인 거냐고요?"

"희망에 고작이라는 말이 어디 있어? 아무리 사소한 희망이라도 힘이 된다는 거, 어려서 모르는 거냐, 철이 없어서 모르는 거냐?"

그는 대놓고 수현을 비아냥거리고 있었다.

"난 희망이란 건 아무것도 바꾸지 못한다고 생각해요. 그저 꿈꾸게 할 뿐이지… 여기서 도망치게 할 뿐이지, 희망이란 건 가장 무기력하고 나약한 말이라고 생각해요."

"그건 네가 준비가 안 되어서 그렇지. 스스로도 준비가 되어 있어야, 다가오는 희망을 받아들일 자격이 생기는 거지. 그렇지 않으면 네 말대로 그냥 공허하기만 하겠지. 그건 희망 탓이 아니라, 네 탓인 거고."

수현이 그를 쏘아보았다.

"그 희망이라는 거… 참 야비하네요."

체념이라도 하듯 목종은 짧은 숨을 내쉬었다.

"야비한 게 아니라 정확한 거지. 받을 자격이 있는 놈과, 그렇지 못한 놈을 정확하게 구별하고 있는 거지."

"그만, 그만!"

공허하고 모호하기만 한 그들의 이야기 따위, 남수는 듣고 싶지 않았다. 그는 그저 여기가 의심스러워 견딜 수가 없었다. 우리를 둘러싼 여기 이 세계, 알 수 없는 것들로 가득한 여기 이

무명의 세계.

"지금 그런 걸로 논쟁할 힘이 있나? 그런 걸로 소모시킬 기운이 남아 있기나 한 거야, 들?"

남수는 다시 한 번 차분하게 사람들과 하나씩 눈을 맞추었다.

"자, 다시 한 번 생각해보자고. 우리가 여기에 들어섰던 그때 말이야. 문을 가로막은 빨간 띠를 밀치고, 무심코 들어섰던 그 순간 말이야."

붉은 불빛 아래에서, 그들은 조금씩 자신의 기억을 거슬러 올라가기 시작했다.

"넌 어때? 그 순간이 정확히 기억나나?"

남수가 수현에게 먼저 물었다.

"아까 말했잖아요? 지하 7층인가, 8층에 차를 대놓고 들어왔다고요."

"아니, 아니! 확실히 말이야, 7층이야? 8층이야?"

그가 그렇게 다그치자, 수현은 대답하지 못했다. 잃어버린 기억처럼 그의 시간도 어딘가 잘려나가 있었다. 남수는 이번에는 정화와 눈을 맞추었다.

"저는 지하철역에서 들어와 구두 매장으로 갔어요. 거기 직원들이 제가 신고 간 신발이 너무 낡았다고 버리는 바람에, 울컥 화가 치밀었고요. 갑자기 나도 모르게 참고 참았던 감정이 솟구치는 거예요. 너무 힘들었거든요, 아무한테도 말할 수 없었지만… 우리 가족들, 내 미래… 정말 견딜 수가 없었거든요."

어느새 그녀는 울먹거리고 있었다.

"왜 하필 그때 그랬는지는 모르겠는데, 왈칵 눈물이 나는 거예요. 나를 조롱하는 것만 같은 그 사람들 표정을 보니까, 나도 모르게 눈물이… 여하튼 그래서 새 구두를 신고 지하철역으로 가려고 하다가… 백화점 매장을 좀 돌아다녔고… 지하철역 쪽으로 나가는 출구를 찾아다니다가… 발이 자꾸 아파왔는데, 지하철역으로 가는 길이 아닌가… 맞아요, 그래서 여기에 들어왔던 것 같아요. 지하철역으로 가는 길을 찾아서… 지금 생각해보니, 아마 그랬던 것 같아요."

그녀의 이야기는 이상하게도 지하철역 주변을 서성거렸다.

"그게 정확히 몇 층이었지?"

"3층인가, 4층인가… 원래 백화점이 그렇잖아요? 파는 물건에 집중시키려고 시계 같은 것도 없애고 통로도 꼬불꼬불 만들고… 그래서 저도 헷갈려서……."

그녀는 끝내 말을 잇지 못했다. 어디에서, 몇 층으로 들어왔는지 정확히 기억하는 사람은 아무도 없었다. 그저 빨간 띠가 문을 가로막고 있었다는 것만 기억할 뿐, 그곳이 어디였는지 아무도 확신하지 못했다. 남수는 구석에 쪼그려 앉은 노인에게 눈을 돌렸다. 어딘지 낯이 익은 노인은 자꾸 그의 눈길을 피하고 있었다.

"할아버지는 여기 어떻게 들어오셨어요?"

여전히 몸을 웅크린 채, 그는 엉뚱한 방향으로 고개를 들었다.

"여기 비상구에는 어떻게 들어오셨냐고요? 몇 층에서 들어오셨는지, 혹시 기억하세요?"

그러나 노인은 대답도 하지 않은 채, 휘휘 손을 젓기만 했다. 모른다는 이야기 같기도 했고, 말하고 싶지 않다는 몸짓 같기도 했다. 그게 아니라면 겁에 질려 무작정 두 팔로 막아서는 나약한 몸짓이기도 했고.

"분명해요, 어느 정신 나간 자식놈들이 여기다가 버린 게 틀림없어요. 그런 양반이 어떻게 어디서 들어왔는지 알겠어요?"

목종은 노인을 향해 끌끌 혀를 찼다. 그때였다. 갑자기 그들의 머리 위에서 직직 전기의 파동이 끓어오르는 소리가 들려왔다. 어디서 들려오는지 알 수 없는 소리는 붉게 물든 공간을 쩌렁쩌렁 울렸다. 너무 선명하고 또렷해서 오히려 귀가 아플 정도였다.

"아, 아… 들리십니까? 건물 안에 시민들 계세요?"

그 소리는 마치 붉은 등 속에서 쏟아져 나오는 것만 같았다.

"이 방송을 듣는 시민분들은 지금 즉시 아래로 내려가시기 바랍니다. 위로 올라가시는 것은 위험하오니, 지금 즉시 모두들 아래쪽 1층 출구 근처로 오세요. 그곳에서 차분히 구조를 기다리시면, 저희 구조대가 순차적으로 구조를 진행하도록 하겠습니다."

이거라는 듯 목종이 활짝 웃었다.

"바로 이거지! 이게 바로 희망의 계시지, 봤지? 긍정적으로 믿고 희망하면 반드시 돌아오게 되어 있는 이 세계의 보상. 희망의 힘은 이런 거라고, 알아들어?"

그는 머리 위에서 들려오는 목소리가 시키는 대로, 제일 먼저 계단 아래로 뛰었다. 정체를 알 수 없는 그 소리는 반복해서 아래로, 아래로 내려가라고 종용하고 있었다. 이제야 나갈 수 있게 되었다고 생각하는지 잠든 환이를 깨우며 지애도 감격에 겨워 흥분을 감추지 못했고, 정화도 안도의 숨을 내쉬며 수현의 손을 움켜쥐었다. 수현은 구석에 쪼그려 앉은 노인을 부축하며 조심스럽게 아래쪽 계단으로 향했다.

그러나 남수는 어쩐지 발걸음이 떨어지지 않았다. 자꾸만 알 수 없는 불안이 피어오르고 있었다. 회의하고 의심하는 못난 습성이라고 생각하려 하는데도, 그의 발걸음은 더욱 무거워졌다. 돌아보니 말을 쏟아내고 있는 붉은 등은 어쩐지 날름거리는 듯했다. 시간의 혓바닥을 마주하고 있는 듯 그는 기분이 더러웠다.

그러고 보니 모두는 있는 힘을 다해 간신히 여기까지 올라와 놓고, 또다시 제 발로 걸어 내려가고 있었다.

이젠 셀 수도 없을 만큼, 여러 번째였다.

12

아래로

목종의 말처럼, 희망의 힘은 셌다. 더 이상 움직이지 못할 만큼 시켰으면서도, 계단을 내려가는 그들의 몸짓은 거침이 없었다. 서로에게 의지한 채 일사분란하게 아래로 뛰는 모습은 흡사 군무 같았다. 모두가 한마음으로 믿고 있는 것을 증명하듯 한 치의 어긋남도 없었다.

제일 앞에서 뛰고 있던 목종은 숨을 헐떡이면서도 사람들에게 다시 이렇게 소리쳤다. '희망이란 그렇게 쉽게 얻어지는 것이 아닙니다. 인내하면서 고통을 참고 견뎌야 얻어지는 것이 바로 희망이지요. 자, 모두들 힘냅시다!'

용기를 북돋우려는 그의 말에 힘이 날 법도 한데, 사람들의 숨소리는 더욱 거칠어졌다. 가까스로 올랐던 무수히 많은 계단을 한달음에 내려오면서도, 땀을 흘리는 그들의 얼굴에 후회나 회한은 남아 있지 않았다.

"잠깐요!"

제일 앞서서 내려가던 목종이 손을 들었다.

"사람들 소리가 들려요!"

허리를 짚은 채 헐떡거리면서도, 그는 단번에 여러 층의 계단을 뛰어내렸다. 땀이 범벅인 모두의 얼굴엔 희미한 미소가 번져 갔다.

"어서들 내려오세요, 여기 사람들이 있어요!"

나선형으로 꼬인 계단 아래서 들려온 그의 목소리는 너무도 경쾌했다. 그제야 안도의 눈빛을 주고받으며, 그들은 마지막 온 힘을 다해 계단에 내려섰다. 온몸을 짓누르는 피로 때문에 신음을 뱉으면서도, 그들은 있는 힘껏 입을 벌려 웃고 있었다.

마침내, 그들의 앞에 계단을 가득 채운 사람들의 무리가 나타났다. 여전히 몇 층인지 알 수 없는 붉은 빛깔 등불 아래에, 삼삼오오 사람들은 계단 여기저기에 나누어 앉거나 서 있었다. 서로 다른 차림새였지만, 출구를 찾는 간절함만큼은 모두의 눈빛 속에 꼭 같았다. 그들도 역시 무수히 많은 계단을 오르내렸던 건지, 저마다 목덜미엔 땀이 번들거렸다. 몇몇은 손으로 이마를 훔쳤고, 몇몇은 무릎을 짚은 채 허리를 숙였다. 뜨거운 숨을 토하고 있는데도, 그들을 감싸고 있는 침묵은 어쩐지 무겁고 선뜩했다.

사람들의 한가운데, 주머니가 여러 개 달린 조끼를 입은 한 남자가 서 있었다. 조끼의 가슴팍에는 '윤중토'라는 이름의 자수가 뜯겨져 보푸라기가 너덜거렸다. 그는 사람들을 둘러보며 한탄 섞인 어조로 열변을 토하고 있는 중이었다. 사람들은 그의 이야기를 들으며 생각에 잠기기도 했고, 팔짱을 껸 채 반쯤 돌아서 있기도 했다. 모여 있는 사람들끼리 내밀한 이야기를 주고받거나, 고개를 절레절레 저으며 그 자리에 털썩 주저앉기도 했다. 그런 그들을 향해 중토는 더욱 큰 소리로 외치고 있었다.

"내 말을 들어요, 내려가면 안 된다고요! 정작 우리들은 이렇게 아래층에 한데 몰아놓고, 지금 이 사태에 책임을 져야 할 놈들이 자기들만 살겠다고 위로 도망을 치려는 속셈인 거라고요!"

"그게, 무슨 소리죠?"

눈을 동그랗게 뜨며 목종이 다가섰다.

"이건 나 속임수라고요, 속임수! 애초부터 아래로는 빠져나가질 못해요. 아까 소리 못 들었어요? 건물이 기울어지면서 아래는 이미 무너져 출구가 막혀버렸어요. 그래서 어차피 아래로는 못 나간다고요! 지금 방송을 듣고 계속해서 사람들이 아래로 몰려들고 있는데, 정작 구조는 옥상에서 진행되고 있다고요. 미군 헬기를 동원해, 이 회사 사장이랑 간부들, 그리고 위쪽 사무실 층에 거주하던 기업인들을 먼저 빼내려 하고 있는 거라고요! 정작 이 사태에 책임을 져야 할 놈들이 우리들을 사지로 몰아넣고, 자기들만 도망치려 하고 있는 거라고요, 지금!"

어느새 위쪽 계단에서 또 다른 사람들의 무리가 내려와, 남수 일행의 등 뒤에 차곡차곡 모여 섰다. 영문을 모르는 그들의 거친 숨소리는 또다시 묵직한 침묵 속을 헤매고 있었다.

"이 사람이 지금 어디서 그런 유언비어를 퍼뜨리고 있어? 그게 말이 돼요? 고작 몇 명 구하자고 구조대가 이 많은 사람들을 사지로 끌어넣고 있다는 게, 그게 지금 말이 되는 거냐고? 당신 목적이 뭐야? 당신이야말로 다른 목적이 있어서 그 따위 거짓말을 하고 있는 거 아냐?"

목종이 큰 눈을 부라렸다.

"이 사람이? 지금 건물이 언제 넘어갈지도 모르는데, 이 많은 사람들을 어떻게 다 구한단 말이오? 지금 문 밖에서는 이미 구조 작업이 진행되고 있어! 그 사람들을 구하는 것만도 1분 1초를 다투는 일인데, 여기에 갇힌 우리들까지 구할 엄두가 나느냐고, 지금! 문 너머에서 하는 이야기를 내가 다 들었어! 저 밖에서 문을 열 수도 있는데 지금 안 열고 있는 거고, 여기 안에도 열쇠를 가진 놈이 있는데, 그놈도 지금 문을 열지 못하고 있는 거라고요! 일단 밖에 사람들을 먼저 빼내야 하니까, 사람들이 한꺼번에 몰려 그나마도 제대로 구할 수 없을까 봐, 지금 밖에서는 서로들 쉬쉬하고 있는 거라고요! 이 사람이 아무것도 모르면서 지금 누구를 거짓말쟁이로 몰아?"

침을 튀기며, 그의 말들은 작은 공간을 쩌렁쩌렁 울렸다. 목종은 불안으로 웅성거리고 있는 사람들을 향해 돌아섰다.

"자자, 여러분! 이 아저씨 이야기 믿지 마세요! 괜히 혼란만 부추기고 있는 거니까, 방송에서 말한 대로 아래로 내려가서 구조를 기다리자고요! 다 절차와 순서가 있는 겁니다. 그러니까 질서 있게 지시대로 따르는 것이 우리가 해야 하는 일이라고요! 자자, 내려갑시다! 내려가서 구조를 기다립시다!"

모여 있는 사람들을 비집고, 목종이 먼저 아래쪽 계단으로 내려섰다. 그러나 뒤엉킨 인파 속에서 날 선 소리가 들려왔다.

"저 사람 말이 맞으면 어쩔 거요? 아래로 내려갔다가 꼼짝없이 매장당하면 당신이 책임질 거야?"

또 한쪽 구석에서 다른 목소리가 들려왔다.

"건물이 기울어지는 게 말이 돼요? 내가 이런 건물 폭파 해체 작업을 좀 해서 아는데, 한쪽으로 기울어지면 끝이야, 건물의 하중 때문에 이대로 서 있지를 못하는 거라고!"

또다시 웅성거림이 들끓었고 목종이 팔을 휘저었다.

"자자, 맘대로들 생각해요! 책임이라는 게 어디 있어요? 잘되면 자기 탓이고 잘못되면 남 탓하기 바쁜 그런 세상에, 책임이라는 말이 무슨 쓸모가 있어요? 다 각자의 기준이 있는 거잖아요? 각자의 기준에 따라서 살아남아야지, 여기 이 좁은 구석에 갇혀서까지 어떤 놈한테 책임을 뒤집어씌우고 싶은 거요?"

그의 말은 거침이 없었다.

"이성적으로 생각해보자 이거야, 이 절체절명의 순간에 누구를 믿고 무엇을 믿어야 할지 합리적으로 생각해보라고요! 우리가 믿어야 하는 것이 저 사람이 문 너머로 들었다는 말인지, 머리 위에 구조대가 들려주는 말인지, 그걸 생각해보라고요! 나 참!"

생각해볼 필요도 없다는 듯, 그는 성큼성큼 아래로 내려갔다.

몇몇 사람들이 눈치를 살피다가 그의 뒤를 따랐고, 위로 올라가야한다고 말했던 중토는 코웃음을 치며 위쪽 계단으로 향했다. 그러자 또다시 몇몇 사람들이 그를 따라 다시 위쪽으로 올라서고 있었다.

웅성거리며 모여 있던 사람들은 그렇게 각자의 기준에 따라 위 아래로 흩어지기 시작했다. 좁은 계단을 꽉 채우며 늘어섰던 사람들은 어느새 뿔뿔이 흩어졌고, 이제 다시 텅 빈 공간에 남수와 그 일행들만 남아 있었다.

정화가 어쩌면 좋으냐고 물었고, 지애는 그 자리에 털썩 주저앉았다. 수현은 성급하게 몇 계단 뛰어오르다가, 다시 몇 계단 아래로 내려섰다. 그러나 이내 그는 다시 올라와 정화의 곁에 쪼그려 앉았다. 노인은 또다시 제일 구석에 몸을 동그랗게 말고는 고개를 들이밀었고, 남수는 붉은 등불 아래에 서서 멍하니 불빛을 올려다보고 있었다. "엄마, 나 오줌 마려!" 환이는 그렇게 말해놓고 구석에 가서 바지를 끌렀다. 비릿한 오줌 냄새는 순식간에 붉은 공간을 가득 채웠고, 서로 다른 방향으로 갈라선 사람들의 인기척은 그렇게 조금씩 멀어지고 있었다.

또다시 그들은, 닫힌 문 앞에, 붉은 등 아래에, 여전히 나갈 곳을 찾지 못한 채 고립되어 있었다.

파란 트레이닝복을 입은 남자가 아래쪽 계단에서 나타나 위쪽 계단으로 사라졌지만, 아무도 그를 따라 일어서지 않았다. 전에도 그를 본 적이 있던 정화는 그의 뒷모습에서 눈을 떼지 않고는, "아까 내려갔던 사람인데……." 힘없이 중얼거렸다.

또다시 바닥에 주저앉은 그들은 여전히 아무것도 결정하지 못하고 있었다. 어느 쪽으로 가야 할지 누구를 따라야 할지 고민을 거듭할수록, 그들의 결심이나 믿음은 자꾸 무너져내렸다. 길을 잃어버린 그들에게 여기 이곳은, 불안과 두려움만이 남은 고독한 현재였다.

"1층은… 없잖아요."

벽에 기댄 수현이 웅얼거렸다.

"어차피 저 사람들은 1층에 도착하지 못할 거야. 아저씨도 봤잖아요? 거기에 1층은 없었잖아요? 우리도 결국 찾지 못했잖아요? 저 사람들도 못 찾을 거예요. 거기에 도착하지 못하거나 지나치거나, 1층에 구조대가 있든 없든 문이 열렸든 닫혔든, 사람들은 자신이 서 있는 곳 어디라도 자신 있게 그곳이 출구라고 말할 수 없을 거예요."

"그게 무슨 말이에요?"

그에게 기댔던 정화가 물었다.

"우리가 내려갔었거든요. 근데… 끝까지 내려가지 못했어요. 끝이 없는 것 같았어요. 어디든… 없어요, 끝이라는 거."

"그럼 저 사람들은요? 저 사람들 내려갔잖아요?"

정화가 인적이 사라진 아래쪽 계단을 가리켰다.

"결국엔 가지 못할 거예요. 끝없이 내려가면서, 왜 1층이 나오지 않는 거냐고 말하겠죠. 그리고 혹시 지나쳤나 하는 생각에 다시 올라오고, 그러다가 구조대의 방송을 듣고 다시 또 내려가고… 끝없이 내려가도 밖으로 나갈 수 있는 그곳에 도착하지 못한 채, 계속해서… 계속해서 내려가겠죠. 희망을 떠올리면서, 그들이 말하는 희망이란 걸 떠올리면서요."

서늘해진 침묵이 조용히 그들의 머리 위에 내려앉았다. 또 다른 고요 속으로 그들은 한없이 미끄러져 들어가고 있었다.

"그럼, 우리는 어차피 나갈 수 없는 거였네요? 아무리 방송에서 출구가 몇 층이라고 말해주더라도, 우리는 어차피 아무도 나갈 수가 없었던 거네요?"

울음을 삼키는지, 그녀의 두 볼이 불룩해졌다.

"여기는… 여기 이곳은 도대체 뭘까요? 나갈 수 있는 길이란 게, 있기는 한 걸까요? 흑!"

얼굴을 움켜쥐며 지애가 와락 울음을 터뜨렸다. 놀란 환이가 굽은 팔을 들어 그녀의 어깨를 어루만졌다.

남수는 아래쪽 계단에서 올라와, 다시 또 위로 향하는 자신의 모습을 보고 있었다. 기필코 가닿고 말겠다고 혼자만의 숫자를 세어가며 치열하게 발을 내딛던 몸짓, 무작정 몸을 밀어 올리는 것만이 가장 고귀한 생존의 방식이라고 믿었던 확신. 또다시 아래쪽 계단에서 그가 나타났고, 다시 위쪽 계단으로 사라졌다. 그의 눈앞에, 기억 속 그의 환영은 끝없이 제자리를 맴맴 돌고만 있었다. 얼굴이 하얗게 질려 밭은 숨을 내쉬며 기어이 쓰러졌고, 이마로 바닥을 짓찧으며 울부짖고 또 울부짖을 때까지.

"엄마, 벽이… 울어."

또다시 자신의 소변자국을 문대던 환이가 벽을 올려보며 중얼거렸다. 무슨 말인지 알아들을 수 없어 지애가 고개를 들었는데, 아이의 작은 손바닥 아래 붉은 벽이 떨고 있었다. 미약하게 흔들리던 진동이 갑자기 커지더니, 흐느낌 같은 굉음이 사방에서 쏟아져 내렸다. 사람들이 사라졌던 계단의 위아래서, 뒤엉킨 비명들이 솟구쳤다.

"엄마!"

휘청거리며 환이가 주저앉았고, 엉금엉금 기어 지애가 아이를 끌어안았다. 붉게 물든 사방의 공간이 미친 듯이 몸을 떨었고, 당장이라도 무너져내릴 듯 건물은 요동치고 있었다. 붉은 벽들이 갈라지며 흙먼지를 토했고, 난간이 휘어지며 기괴한 소음이 귀를 찢었다. 그들을 둘러싼 세계가 몸부림치면서, 온통 절규하고 있었다.

"올라가!"

남수가 환이를 빼앗아 안고 위로 뛰었다. 수현은 노인을 부축하며 그를 따라 내달렸다. 비명을 토하며 지애도 기어올랐고, 그녀를 따라 뛰며 정화는 오열하고 또 오열했다. 형편없이 만신창이가 된 그들의 머리 위로, 세상의 파편들이 한꺼번에 쏟아져 내리고 있었다.

마침내 시작된, 세계의 균열이었다.

13

다시 위로

사력을 다해, 그들은 또다시 위로 내달렸다. 벽을 찢는 굉음과 균열은 계속해서 그들을 쫓았다. 계단에 쓰러져 반쯤 정신을 잃은 정화의 손을 끌어 쥐고 수현도 위로 뛰었고, 벌벌 기듯 오르고 있는 지애는 아예 통곡을 하고 있었다. 남수는 엄마를 외쳐 부르는 환이를 끌어안고 정신없이 두 다리를 움직였다. 날 것으로 드러난 공포 때문에 그의 두 눈도 시뻘겋게 충혈되어 있었다. 머리 위에서 우수수 떨어져 내리는 흙먼지들 때문에 그의 허리는 잔뜩 굽었다. 붉은 빛을 내쏘고 있는 천장은 당장이라도 무너져내릴 듯했다.

안간힘을 쓰며 몸을 움직여도, 다시 또 제자리로 돌아오고야만듯한 기시감은 그들의 공포를 더욱 끌어올렸다. 불을 딛고 선 듯 있는 힘을 다해 뛰었지만, 위태로운 종말의 광경은 연거푸 그들 앞에 들이닥쳤다. 벌벌 떨고 오열하는 그들의 모습을 내려다보며, 머리 위에 붉은 등은 이리저리 흔들리며 춤을 추고 있었다.

멍한 눈으로, 남수는 울고 있는 지애를 바라보았다. 더 이상 한 발짝도 움직일 기력이 없어, 그들은 또다시 잠긴 문 앞에 무릎을 꺾으며 쓰러졌다. 이리저리 금이 간 벽 한가운데 꼿꼿이 서서, 차가운 철문은 그들의 머리 위에 팔짱이라도 끼고 있는 듯했다.

그러고 보니, 슬픔이란 걸 잃어버렸다. 언제나 그는 그것이 쓸모없는 감정이라고 믿고 있었다. 눈 주위가 시뻘게지면서도 그것이 슬픔 때문이란 걸 몰랐다. 지독하고 고약한 분노가 치밀어 올라, 짐승처럼 울지 못하고 눈물이 흘렀을 뿐이라고 생각했다. 슬퍼하지 않는 것이 강한 것이며, 위태롭지 않은 단단한 삶이란 눈물을 흘리지 않는 것이라고 확신했다. 무엇엔가 마음을 빼앗겨 심장이 아려올 때면, 감정의 낭비라고 치부해버렸다. 가뜩이나 구차하고 처연한 삶인데, 슬픔이란 보잘것없는 시간에 깃발을 꽂는 것이라고 여겼다.

허우적거리며 맨 뒤에서 뛰어오르던 지애는, 두 귀를 틀어막고 발작적으로 고함을 지르기 시작했다. 죽기 싫다고, 이렇게 죽을 수는 없다고 외치는 그녀의 절규는, 사방에서 들려오는 굉음과 경쟁이라도 하듯 허공을 찢었다. 피를 토하듯 소리를 지르면서도, 주저앉아버린 그녀의 두 다리는 꼼짝도 못한 채 벌벌 떨었다.

오열하는 그녀를 보고 있다가, 남수는 주머니에 손을 집어넣었다. 여전히 차가운 감촉으로 만져지는 그것을 슬쩍 어루만졌다. 달라지지 않았다. 아무것도 달라지지 않았다. 아무도 모르게 또 다른 결심을 준비하던 그의 모습은 여백처럼 드러난 문 위에 쉽게 그려졌다. 다른 뜻이 있었던 것은 아니었다. 그저 대비를 하고 싶었던 것뿐이었다. 이제 마지막 순간이 다가오고 있으니, 농락당하지 않는 삶의 마지막을 준비하기 위해. 삶의 마지막 순간마저 시간의 손에 빼앗기지 않기 위해.

붉게 물든 벽 위에, 그는 또다시 두 글자를 떠올리고 있었다. '다시.' 그래, 다시!

어느새 온 사방을 뒤흔들던 진동은 조금씩 잦아들고 있었다. 굉음을 몰아내며 밀려든 고요는 더욱 묵직하게 좁은 공간을 짓눌렀다. 여기저기 바닥에서 위로 길게 치솟은 균열의 흔적들은, 높다랗게 키를 키워 그들을 위협하고 있었다.

"다시… 또 들려와요."

닫힌 문에 기댔던 수현이 겁에 질린 목소리로 중얼댔다.

"비명인 줄 알았는데, 아까는 분명 구해달라는 말이었는데… 지금 들어보니 아닌 것 같아요."

남수가 벌게진 눈을 들었다.

"웃음소리예요. 웃음소리가 들려요."

참혹함으로 그의 두 눈이 일그러졌다.

"비명인 줄 알았는데… 어쩌면 환호성일 수도 있겠다는 생각이 들어요. 잘 들어보니, 그 사이사이에 희미한 웃음소리도 섞여 들려오고요."

쿵쿵, 그는 힘없이 문을 두드렸다. 문 위에 귀를 바싹 대고 존재하지 않는 신호라도 기다리는 듯, 그들의 환호에 박자를 맞추듯 그는 힘없이 손을 움직였다.

"어떤 게… 더 무서울까요? 이 문을 열고 밖으로 나갔을 때, 불이 나든 무너지든 피투성이의 참혹한 광경을 만나는 게 더 끔찍할까요, 아니면 웃고 떠들며 축제를 벌이고 있는 사람들을 만나는 게 더 끔찍할까요?"

닫힌 문을 등진 채, 그는 또다시 목덜미를 꺾었다.

"우리는 여기 이렇게 살기 위해 발버둥치고 있는데… 여기서 이렇게 살려달라고 애원하고 있는데, 저 바깥에선 살아남은 사람들의 수를 헤아리며 우린 이렇게 잊히고 마는 건 아닌지……."

그는 손바닥으로 얼굴을 쓸어내렸다.

"아저씨가 말한 게… 이거예요? 쓸모없는 희망이란 게 이런 거예요? 우리의 희망과, 저 사람들의 희망이 다르잖아요? 같은 곳에 갇혀 있는데, 왜 이렇게 다른 거죠? 이 문 때문에… 고작 이 문 하나 때문에, 우린 왜 이렇게 달라야 하는 거죠?"

무엇을 놓아버렸던 건지, 그는 아이처럼 엉엉 울었다.

"왜 울어요? 아직 안 끝났어요. 여긴 끝이 아닐 거예요. 끝일리가 없어요. 변한 건 아무것도 없잖아요? 그냥… 그냥 조금 건물이 흔들렸고, 벽이 좀 갈라졌고… 사람들의 비명 소리가 들렸고 문 밖에서 웃음소리가 들려온 거지, 변한 건 아무것도 없어요. 울지 마요, 울지 말아요."

애써 침착하려 했지만, 정화도 울음을 잔뜩 문 채였다. 고이는 눈물을 지우려고 남수는 더욱 크게 눈을 떴다. 울고 싶은 생각 따위 싹 사라지고 없었다. 잃어버린 감정 따위를 안타까워하고 있을 때가 아니었다. 이 막막한 공간 속에선 다른 것이 필요했다. 살아남기 위해, 희망이나 행복 따위가 아닌 다른 것이 절실했다. 지상의 감정으로 가늠할 수 없는, 나를 여기까지 끌고 온 결심이나 믿음 이전에 우리들을 일으키던 근원적 에너지. 우리가 아니라, 우주를 탄생시킨 시간의 의지.

쏟아져 내리는 피로감에 휩쓸리지 않기 위해, 남수는 자꾸 머리를 털어냈다. '다시, 다시!' 마음속으로 그렇게 외치며 천천히 심호흡을 하고 목덜미를 주물렀다. 그러나 이완된 혈관 속으로 그의 다짐은 조금씩 흐트러지고 있었다. 잠을 닮은 몽롱함이 지그시 그의 몸을 내리눌렀다. 궁지에 몰린 모두에게 필요한 것이 무엇인지 여전히 알지 못한 채, 그렇게 그의 의식은 조금씩 희미해지고 있었다. 그들의 머리 위로, 천천히 붉은 밤이 찾아오고 있었다.

오늘도 나는 계단을 오른다. 양손엔 무수히 많은 상자들이 탑처럼 쌓였다. 오늘 나에게 할당된 일들이다. 나의 생존을 유지하는 일상, 나의 목숨을 연명하는 배상. 묘기라도 하듯 비틀거리면서도, 나는 두 팔로 그것들을 끌어안고 계단을 오른다. 오늘 안에 배달해야 하는 상자는 이백 서른 개. 몸이 좋지 않아, 지난달에 너무 많이 쉬었다. 이번 달에는 지입료와 자동차세, 거기다가 사업자 등록에 대한 지난 6개월 치 부가세 세금 고지서까지 한꺼번에 날아들 것이다. 공휴일도 없이, 한 달 꼬박 뛰어도 손에 쥘 수 있는 돈은 거의 없다. 할 수만 있다면 한 개라도 더 배달을 해야, 그나마 최소한의 생활비를 마련할 수 있을지도 모른다.

계단으로 올라서는 두 다리에 신경을 곤두세운다. 점점 얄팍해지고 있는 장딴지에 힘을 준다. 머리 위까지 쌓아올린 상자들은 휘청거리는데, 드르륵 허리춤에서 전화벨이 울린다. 꼭대기에 쌓았던 상자들이 우르르 떨어져 계단 아래로 굴러간다. 도리없다. 물건을 따라, 나는 뛰고 또 뛰어야 한다.

손에 남은 물건들을 내려놓고, 떨어진 상자들을 향해 뛴다. 간신히 상자들을 끌어안고 다시 뛰어오르며, 휴대폰 속에 소리친다. '여보세요, 여보세요?' 그런데 전화를 건 누군가는 대답이 없다. 다시 상자들을 쌓아 가까스로 두 손에 받쳐 들고 계단을 오르는데, 허리춤에 휴대폰이 또다시 드르륵 흔들린다. 정수리가 뜨거워진다, 욕설이 토해진다. 상자를 떨어뜨리지 않기 위해 잔뜩 허리를 굽히면서, 동시에 흔들리는 휴대폰에 떠밀리지 않기 위해 애를 쓰면서, 이번에는 끝까지 계단을 오른다. 휴대폰이 허리춤을 부여잡은 것도 아닌데, 주머니 속의 진동은 거세게 나를 떠밀고 있다.

한 생 살이 인간의 삶에 도무지 무슨 물건이 이토록 필요한 건지. 물건을 놓치지 않기 위해 안간힘을 쓰면서, 물건 아래에 깔리지 않도록 온 힘을 다해 떠받치면서, 마침내 나는 계단 끄트머리에 올라선다. '여보세요? 여보세요?' 거친 숨을 몰아쉬며 나는 휴대폰을 들고 말한다. 또다시 대답이 없나 싶더니, 멀리서 아득한 목소리가 들려온다. 여러 겹의 벽을 뚫고 들려오는 듯 희미한 음성이다. '아저씨, 아저씨!' '네, 말하세요!' 나는 목청을 높여 대답한다. '아저씨, 아저씨!' 그러나 내 목소리는 그에게 가닿지 않는 모양이다. 휴대폰을 들여다보니, 화면 위에 뜬 얼굴이 없는 사람은 나를 향해 씩 웃고 있는 것 같다. 아니다, 웃음소리가 들린다. 휴대폰 속에서, 잔뜩 짓눌린 비겁한 웃음소리가 희미하게 새어나온다.

고개를 드니, 벽 위에 문이 있다. 문 옆에 초인종이 보인다. 벌벌 떨고 있는 손을 들어 초인종을 누른다. 그러나 문 너머에서도 대답은 없다. 휴대폰 속에서 기어나온 웃음소리와 나를 부르는 희미한 외침만이 온 사방을 부유한다. 기우뚱거리는 상자 옆에, 내 몸은 쪼그라든다. 갑자기, 나는 여기 이곳이 너무도 두렵다.

'아무도… 없어요?' 그러나 문 너머는 너무도 고요하다. '여기… 사람 있어요, 사람 있다고요!' 나도 모르게 나는 그렇게 소리친다. '아저씨, 아저씨!' 사방의 벽이 몸을 떨며 나를 부르고, 벽의 입이 벌어지며 웃음소리가 새어나온다. 심장이 쪼그라든다, 오금이 저려온다. 서로 다른 말들을 쏟아내고 있는 것들이,

아무 말 하지 않고 나를 가로막은 채 꼼짝 않고 있는 것들이, 나는 너무도 두렵다, 너무도 두렵다!

'도… 도와줘요, 여기 사람 있어요!' 순간 머리 위에서 번쩍 불이 켜진다. 타오르는 불덩이처럼 주홍색 불빛을 쏟아내고 있는 등이다. 천장에 달라붙은 등이 흔들리는가 싶더니, 그 속에서 계시 같은 한 마디가 쏟아진다. '다시!'

'도와줘요, 여기 사람이 있어요! 도와줘요!' 그러나 입을 벌린 벽은 더욱 큰 소리로 웃었고, 머리 위에 목소리는 나를 찍어누르듯 계속해서 명령한다. '다시, 다시!' '여기, 사람 있어요!' 웃고 있는 입과 타오르는 두 글자가 한 덩어리로 뒤엉키더니, 내 머리 위로 쏟아진다. '여기 사람 있다고요! 사람이 있어요!' 벌벌 떨며 울고 있는 나를, 한입에 집어삼킨다.

"아저씨, 아저씨!'

부르르 몸을 떨며 남수는 눈을 떴다. 깨어보니, 그는 철문 아래에 쓰러져 있었다.

"괜찮은 거요? 정신이 들어요?"

낯선 초로의 남자가 계속해서 그의 몸을 흔들었지만, 그러나 남수의 시선은 그의 어깨 너머에 박혀 있었다. 붉은 벽 위에, 글자가 있었다. 인간의 것이 아닌 몸체로 쓰인 두 글자, 꿈속에서 그를 집어삼켰던 두 글자가 그의 눈앞에 선명하게 새겨져 있었다. 얼음물 속에 고꾸라진 듯 그는 벌떡 몸을 일으켜, 남자의 멱살을 움켜쥐었다.

"뭐야, 당신이야? 당신이 저따위 걸 적어놓은 거야!"

놀림이라도 당한 사람처럼 그는 남자의 목을 마구 흔들었다.

"당신 뭐야, 당신이 열쇠를 가진 거지! 그런 거지! 말해, 우릴 여기 가둬놓고 무슨 짓을 하려는 거야! 말해, 말하란 말이야!"

영문을 모르겠는지, 멱살을 잡힌 그는 잔뜩 겁에 질렸다. 간신히 남수를 밀치며 쓰러진 그의 등 뒤에서, 크레파스를 든 환이가 어설프게 웃고 있었다. 소리를 지르는 남수를 보자, 아이는 들고 있던 크레파스를 슬그머니 등 뒤로 감췄다.

"뭐… 뭐야? 너 이 새끼… 뭐야! 왜 이따위 걸 적어놓는 거야!"

시뻘겋게 핏줄이 몰린 눈을 부라리며, 그는 환이에게 마구 소리를 지르고 있었다.

"아빠, 무… 무서워! 힝!"

황급히 지애의 품으로 도망쳐, 환이는 고개를 파묻었다. 아이의 손에 있던 크레파스는 지애의 야윈 가슴팍에 마구 칠해지고 있었다.

"말해! 왜 그랬냐고! 왜 저따위 낙서를 해대고 있는 거냐고! 왜, 왜!"

휘어진 아이의 팔을 꺾으며, 남수는 아이를 잡으려고 버둥거렸다. 겁에 질린 아이는 지애의 품속에서 자지러지듯 울었다. 지애도 너무 놀라, 그를 막아서며 악다구니를 썼다.

눈물이 흘렀지만, 슬픈 것은 아니었다. 슬픔은 어차피 그에게 존재하지 않는 감정이었다. 그저 알고 싶었다. 이 모호하고 흐릿한 공간 속에 왜 그따위 말들을 적어넣어, 불안과 분노를 부추겼는지 그는 반드시 알아야 했다. 자신을 농락하고 자신의 삶을 집어삼켰던 것이 바로 그 철부지라니, 거대한 환멸이 지금 그를 집어삼키고 있었다.

그러나 대답을 한 것은 환이가 아니라, 지애였다. 기억나지 않느냐고, 당신이 어린 환이에게 끊임없이 외쳤던 말이 바로 그것이 아니었느냐고 그녀는 소리쳤다. 제대로 몸도 가누지 못하는 아이를 세워놓고, 일어서는 연습을 하라고 계속해서 외치던 말이 바로 그 한 마디가 아니었느냐고, 그녀는 핏대를 세웠다. 밥을 먹으러 가거나 침대에 갈 때에도, 한 번도 아이를 도와주지 않고 양손과 무릎을 써서 바닥을 기어가게 했으며, 쓰러져 울먹이는 환이에게 눈물은 아무 짝에도 쓸모없다고, 이 세상 그 누구도 너를 도와주지 않는다고 소리치지 않았느냐고, 지애는 그에게 고함을 질렀다.

또다시 사방을 뒤흔드는 진동이 밀려온 것도 아닌데, 남수는 휘청거렸다. 휘청거리며 차가운 문에 머리를 찧었다. 그러고 보니, 생각났다. 물건을 배달하던 아파트 단지에 주민이 내다버린 자전거 하나를 주워와, 환이 앞에 내던졌던 기억이 있었다. 아이의 발을 억지로 페달에 묶고 안장에 앉힌 채, 그는 아이와 함께 자전거를 언덕 위에서 밀어버렸다. 다리를 제대로 움직이지도 핸들을 조종할 수도 없는 아이가 아스팔트 바닥에 내동댕이쳐졌을 때, 그는 그 모든 것이 너를 위한 것이라고 소리쳤다. 아무도 도와줄 사람은 없다, 네가 두 발로 일어서야 한다. 세상은 너를 위해 존재하지 않는다, 네가 세상을 딛고 일어서야 한다.

피를 흘리며 울고 있는 아이를 다시 자전거에 앉혀 언덕 아래로 밀어버리며, 남수는 그 모든 것이 생존의 법칙이라고 확신했다. 이토록 잔인하고 냉혹한 세계 속에서, 아이에게 잔혹을 가르치는 스스로가 참으로 이성적이며 현명한 것이라고 굳게 믿었다. 환이가 자전거와 함께 뒤집혀 울며 자지러졌을 때, 그는 어깨를 커다랗게 부풀리며 이렇게 외쳤다. "다시! 아무도 도와주지 않아! 다시, 다시!"

지애의 품에서 엉엉 울고 있던 환이가 남수를 향해 고개를 들었다.

"다시, 다시!"

눈물을 뚝뚝 흘리면서도, 아이는 얼어붙어 버린 남수 앞에 그렇게 외치고 있었다. 주르륵 그의 두 눈에도 눈물이 흘렀다. 슬픔은 아니었다. 결코 슬픔일 리가 없다고 그는 생각했다. 그것은 이미 소멸한 감정이며 폐기되어버린 시간들일 뿐이라고, 그는 다시 또 되뇌었다.

그러나 남수는 그대로 허리를 꺾으며 바닥에 엎어졌다. 붉게 물든 바닥에 엎드린 채, 그는 엉엉 울었다. 이유는 알 수 없었다. 그저 계속해서 눈물이 흘렀다. 몸속에 어떤 주머니가 터졌는지 눈물은 줄줄 샜다. 놀란 눈으로 모두가 지켜보고 있는데도, 그는 더욱 더 목소리를 높여 오열했다. 바닥에 나뒹굴며 울고 있는 아빠를 보며, 환이는 지애의 품에서 고개를 쭉 뺐다. 그리고 작은 입을 오물거리며, 이렇게 외쳤다.

"다시! 아무도… 도와주지 않아! 아빠, 다시!"

지애의 품에 안긴 채, 환이는 울먹울먹했다. 괜찮다고, 네 탓이 아니라고 그녀는 계속해서 아이를 토닥거렸다. "내가 낙서해서 그래?" 아이가 물었고, 지애는 구석에 돌아앉은 남수를 슬쩍 보고는, 고개를 절레절레 저었다. "아니야, 무서워서 그래. 아빠도 지금… 많이 무섭거든. 아빠도, 엄마나 환이처럼 겁이 많은 사람이거든. 안 그런 척해서 그렇지, 원래… 아빠도 겁이 많은 사람이거든." 그렇게 고개를 끄덕여놓고, 이번에는 그녀가 눈물을 찍어냈다. 모두의 두려움 때문이라고 해놓고 나니, 어쩐지 그녀의 얼굴에 드리웠던 공포도 조금씩 희미해지는 듯했다.

"그럼, 나 이제 그림 그려도 돼? 벽에다가 그림 그려도 돼?" 환이가 반색하며 물었다. "그래, 그려." 지애가 대답했다. "그럼, 이제 엄마 나 야단 안 칠 거지?" "그래, 야단치지 않을게. 마음껏 그려. 그리고 싶은 거, 마음껏." 환이는 신나 하며 지애의 품에서 빠져나갔다. 그리고 허리춤에 찬 가방에서 크레파스를 꺼내 구부러진 팔을 들어, 한 획 한 획 글자들을 쓰기 시작했다. 온 사방 벽을 가득 채우며, 아이는 또다시 '다시'라는 두 글자를 쓰고 있었다. 이토록 참혹하고 혼란스러운 세계에 전하는, 아이만의 계시였다.

남수를 흔들어 깨웠던 50대의 남자는, 자신의 이름을 허명식이라고 했다. 어울리지 않는 청바지에 분홍색 니트를 걸쳐 입은 그는 억지스레 웃고 있는 인형 같았다. 그는 자신을 명예퇴직을 목전에 둔 가장이라고 소개했다. 20년 넘게 근무했던 회사에서 내쫓기지 않으려고 발버둥치고 있는 중이라며, 분홍색 니트를 들어 보이며 "젊게 보이려고 별짓을 다하죠?" 묻고는 털털 웃었다.

하지만 어제도 하루 종일 했던 일이라곤, 시간대별로 근무 일지를 쓰는 일이 전부였다고 했다. 따로 구체적인 업무를 주지도 않으면서, 시간대별로 회사에서의 하루 일과를 작성해 보고하게 하고 제대로 일을 하지 않는다며 시말서를 강요받는 것이, 요즘 자신에게 주어진 하루 일과라고 말했다. 며칠 전에 아내가 다니는 회사의 전화번호를 알려 달라면서 팀장이 직접 아내를 만나겠노라 으름장을 놓았을 땐, 벼랑에라도 몰린 기분이었다고 했다. 혈압이 높은 아내에게 혹시 나쁜 일이 생기는 것은 아닐까 전전긍긍하다가, 오늘은 아예 회사에도 가지 않고 이곳 백화점에서 국민학교 동창을 만나기로 했던 거라며, 옆에 있던 짧은 파마머리 여자를 엄지로 대충 가리켰다.

두 분이 부부인 줄 알았다고 정화가 말했을 때, 그들은 약속이나 한 듯 손사래를 쳤다. 국민학교를 다닐 때에도 그리 친하지 않았고, 친해진 것은 재작년 동창회에서 다시 만나 서로 근처에 살고 있다는 것을 알고 난 후라면서, 그녀는 다시 한 번 손을 저으며 거듭 아니라고 말했다. 자신에게 눈을 흘기는 그녀를 보며, 남자는 그저 사람 좋게 허허 웃고만 있었다. 그들은 서로를 허 씨, 김 씨, 그렇게 불렀다.

김해숙이라고 자신의 이름을 밝힌 김 씨 여자는 오십여 년이 훌쩍 지난 시간은 분명 엄청난데, 그 모든 것들이 모두 뒤엉켜 어디론가 사라져버린 것 같다고 했다. 정말 나이를 들어가면서 이렇게 모든 기억들이 잊혀가는 것이 자연스러운 일인지, 그녀는 한숨을 뱉으며 금세 시무룩해졌다. 허 씨 성을 가진 남자는 곁에서 다정하게 그녀의 어깨를 토닥였다.

"없어지기는 왜 없어져? 우리가 기억을 못하고 있는 것뿐이지, 다 있어. 그대로 있어. 그때 그 시절이 즐겁고 좋았으면 됐지, 그게 지금 기억나든 기억나지 않든 무슨 상관이야? 여기서 또 즐겁고 재미나게 살면 되는 일이지."

허 씨는 듬직한 풍채를 더욱 크게 부풀렸다.

"네가 지금 그렇게 팔자 좋게 이야기할 수 있니? 당장 내일 모레 회사에서 쫓겨나게 생겼다면서?"

"아, 못할 건 뭐냐? 여기 이렇게 이 꼴로 갇혀 있어보니, 나가기만 한다면야 무슨 일이든 다 할 것 같더라, 야. 너는 안 그러냐? 여기 이렇게 갇히고 보니, 저기 바깥세상이 그리워지지 않어?"

그러나 김 씨는 쉽사리 입을 열지 못했다.

"모르겠다, 나는."

"어? 교수님 사모님이 왜 이러셔? 너, 네 남편 유명한 일류대학교의 잘나가는 교수라고 자랑도 엄청 했잖아? 장관 자리에 추대되고 그런다면서? 지금쯤 그 잘난 남편이 너를 얼마나 찾고 있겠어? 근데 그렇게 약해빠진 소리를 해?"

"나를… 찾는다고?"

그렇게 되물어놓고, 그녀는 피식 웃고 말았다. 앙다문 입술엔

하지 못한 말들이 엉겨 있는 듯했다.

"저분은 어떻게……?"

수현이 위쪽 계단에 앉은 여자를 눈짓으로 가리켰다. 몸매가 드러나지 않는 자루 같은 티셔츠를 기다랗게 늘어뜨려 입고서, 그녀는 그 속에 다시 짙은 색 바지를 끼워 입었다. 어깨까지 오는 머리카락을 앞으로 늘어뜨려, 그녀는 얼굴을 반쯤 가리고 있었다. 호기심 가득한 사람들의 눈빛을 알고 있으면서도 그녀는 아무 말 하지 않은 채, 붉은 벽만 보고 있었다.

"저 아가씨는 아무 말도 안 해. 위에서 처음 봤을 때부터 그저 묵묵히 저렇게 따라다니기만 하더라고. 자기는 글공부를 하고 있다고 말한 게 전부야. 젊은 아가씨가 좀 밝게 웃고 그러지, 우중충하게 하고 다니면서 말이야. 금이 아가씨, 무슨 말이라도 해봐요. 여기 사람들이 궁금해하잖아?"

그러나 고개를 돌려 사람들에게 대답을 한 것은 오히려 김 씨였다.

"이름은 금이래요. 송금이. 나이는 잘 모르고… 아가씨, 이제 우리 다 같이 힘을 모아서 나갈 방도를 궁리해봐야 하는 거잖아요? 그러니까 무슨 말이라도 해봐요!"

김 씨가 좀 더 큰소리로 다그쳤지만, 그녀는 아무것도 듣고 있지 않은 사람처럼 묵묵부답이었다. 눈두덩이 얇은 두 눈에 피로가 쌓였는데, 꽉 다문 입술은 꼼짝도 하지 않았다.

출구를 찾아 위로 올라가다가, 방송을 듣고 다시 아래로 내려가던 참이었다고 김 씨가 말했다. 수현이 맨 처음 이 비상구 안으로 들어온 것이 몇 층이었느냐고 묻자, 두 사람은 또다시 서로의 얼굴만 봤다. 허 씨가 5층이나 6층일 거라고 말했지만, 그 역시 확신하지는 못했다. 조끼를 입은 남자와 몇몇 사람들이 위로 올라가면서 구조는 옥상에서 진행 중이라고 말했는데, 자신들은 머리 위에서 들려오는 방송을 따라 아래로 내려가던 중이었다고 허 씨는 말했다.

"우리 명식이는 참 말도 잘 들어요." 옆에서 김 씨가 밉지 않게 이죽거렸고, "그럼 어쩌냐? 평생 그렇게 살아왔는걸. 하라는 일만 하고, 시키는 대로 죽어지내는 것이 내 인생이었는 걸." 그는 그렇게 얼버무리고는, 자조적인 투로 덧붙였다. "그래, 그 사람들 말마따나, 열쇠를 가진 놈들이 따로 있기는 하지." 미안했던지, 김 씨는 그의 옆구리를 꼬집으며 활짝 웃었다.

그럼 아무도 출구를 찾지 못했던 거냐고, 허 씨가 물었다. 수현은 끝없이 아래로 뻗어 있던 계단에 관해 이야기했다. 그리고 조금씩 건물이 기울고 있을지도 모른다는 자신의 생각까지도, 지금까지 만났던 사람들에 관한 이야기까지 모두 다 그들에게 털어놓았다. "정말 그게 그리 힘든 일인가?" 허 씨는 혼잣말하듯 중얼댔다. "이 길을 따라 죽 내려가면 되는 일인데, 아니면 이리로 죽 올라가면 되는 일이고."

그러나 그곳에 있는 누구도 대답할 수는 없었다. 그들 중 누구도, 그가 말한 그토록 쉽고 단순한 일을 끝까지 해낸 사람은 아무도 없었다. 어디로도 끝까지 가보지 않았고, 어디에도 도착하지 못했다. 그 모든 시간이 허망하고 어리석다고 느껴졌는지,

그들의 낯빛은 자꾸 침울해졌다. 그리고 그들 너머에서 환이는 또다시, 사방 벽 가득히 글자들을 채워 넣고 있었다.

'다시'라는 두 글자였다.

14

다시

붉은 빛깔의 벽에 매달려 환이는 천천히 글자를 따라 팔을 움직이고 있었다. 마음대로 몸을 움직일 수 있는 누군가에겐 채 1분도 걸리지 않을 글자들을, 아이는 획을 세고 서로 다른 곳에 획을 교차하며 그리듯 적어 내려가고 있었다. 쉽게 한 번에 써내려간 글자라면 쓰는 사람의 습관에 따라 일정한 형태가 있겠지만, 가까스로 손을 움직여 아이가 적고 있는 글자들은 모두가 다 다른 모양이었다. 서로 다른 방향으로 휘어지고 기울어지면서, 그 선들이 맞닿아 만든 글자들은 같은 것이 하나도 없었다.

어차피 똑같은 글자였지만, 아이가 적고 있는 말들은 모두 다 다른 뜻을 전하고 있는 듯했다. 큰 것은 큰 대로, 작은 것은 작은 대로, 그리고 비뚤어진 것들은 비틀린 대로. 그렇게 한쪽 벽을 가득 채우며, 그곳에 쓰러진 모두에게 서로 다른 말을 건네고 있었다.

남수는 언젠가 아이가 화가가 되고 싶다고 했던 것이 기억났다. 물론 그는 말도 안 되는 일이라고 생각했다. 선 하나도 제대로 그을 수 없는 팔을 지닌 아이가, 화가가 되는 것은 애초에 불가능한 일이라고 믿었다. 그러나 형체도 알아볼 수 없을 정도로 제멋대로인 선들이 가득한 스케치북을 보여주며 환이는 이렇게 말했다. "내가 그린 나무는 다 달라. 내가 그린 집들도, 내가 그린 산들도 다 달라. 내가 그린 엄마하고 아빠도 다 달라. 내 손은 마술 손이야."

환이가 그렇게 말해놓고 신이 나서 웃었을 때, 이불 속에서 힘없이 아이의 스케치북을 넘겨보던 지애는 말이 없었다. 땀에 젖은 옷들을 바닥에 내던진 남수도 아이를 등지며 주저앉았다. 아무도 자신의 말에 대답하지 않았고 누구도 그림을 보아주지 않았지만, 환이는 또다시 스케치북을 펼쳐 이해할 수 없는 그림을 그리곤 했었다.

희망이나 꿈같은 것은 아니었을 것이다. 그렇다고 이제 여섯 살짜리 아이가 행복이나 미래를 가늠하고 있을 리도 없었다. 서로에게 말을 잃은 채 등을 지고 있던 그와 아내 사이에서, 아이는 스케치북 안에 혼자만의 세상을 조용히 그려나가고 있었다. 모두가 달라서, 그래서 아이에겐 더욱 예쁘고 신나는 세계였다.

남수는 계속해서 심호흡을 하고 있었다. 이상하게도, 자꾸 눈물이 흘렀다. 그동안 어디에 고여 있던 것인지, 까맣게 잊어버렸던 시간을 떠올릴 때마다 자꾸 몸속 어딘가가 흥건해졌다. 스스로를 조롱하고 농락했던 것이 바로 자신의 언어였다는 사실을 떠올릴 때마다, 눈물은 끊임없이 차올랐다. 언제나 비관적이고 염세적이었으면서도, 그것이 자신의 삶을 일으켜 세운 근원임을 알고 있으면서도, 아이 앞에 그는 점점 더 얼굴이 붉어졌다. 뉘우치고 반성하는 부끄러움은 아니었는데, 그림을 그리는 환이를 생전 처음 정면으로 바라보며 자꾸 몸이 배배 꼬였다. 아이의 휘어진 등 뒤에서 그의 몸은 더욱 납작하게 엎어졌고, 눈가에 흐르는 눈물은 끊일 줄을 몰랐다. 그토록 어리석었던 시간을 한꺼번에 길어올리려는지, 소주 한 병을 통째로 들이켠 것처럼 그의 몸속은 계속해서 타올랐다. 붉은 등불 아래에서, 그는 온통 그렇게 빨갛게 물들고 있었다.

"공중통로요? 그런 게 있어요?
작은 눈을 크게 뜨며 김 씨가 물었다.
"그럼 우린 왜 못 봤지?"
공중통로가 있을지도 모른다는 정화의 이야기에, 허 씨는 고개를 갸웃했다.
"우리가 얼마 못 올라간 건지도 모르지. 꽤 많이 올라왔을 거라고 생각했던 건 우리뿐이지, 실제로 얼마 올라가지 못했던 걸지도 모르잖아? 조금만 더 올라가면 공중통로가 있었을 텐데, 그러면 그것도 모르고 바보처럼 내려온 거네?"
"아뇨, 확실하지는 않아요. 저희도 그곳을 찾고 있기는 하지만, 아직 못 찾았거든요. 몇 층인지도 확실치 않고, 또⋯⋯."

수현은 사람들의 불안한 표정을 살폈다. 공중통로 같은 것은 없다고 말하던 벽 너머의 목소리를, 그들은 똑똑히 기억하고 있었다.

"없을 수도 있어요. 저도 제 눈으로 보지는 못했거든요."

비장한 눈빛으로 그는 선을 그었다.

"눈에 보이는 게 전부는 아니죠. 지금은 사소한 거에라도 의지해야 하지 않아요? 무슨 짓이든 해봐야 하는 거잖아요? 공중통로가 있다는 확신도 없지만, 그렇다고 없다고 단정 지을 수만은 없잖아요?"

김 씨는 이곳을 빠져나갈 수 있다는 생각만으로, 잔뜩 상기되어 있었다.

"아니지. 이런 때일수록 정확하고 냉정하게 판단을 해야지. 성급하게 행동했다가는 괜히 시간을 낭비하는 걸 수도 있어."

생각 많은 사람처럼 허 씨는 팔짱을 꼈다.

"어차피 아래로 내려가도 출구는 찾을 수 없는 거라면서요? 어디가 1층인지, 어디가 끝인지 어차피 아무도 가보지 않았다면서요? 그럼 마찬가지 아니에요? 공중통로나, 아래에 있는지 없는지도 모를 출구나 결국 똑같은 거 아니냐고요?"

"아니지. 일단 건물에 갇히면 먼저 지상으로 내려가서 구조를 기다리는 게 원칙이니까, 엘리베이터 이용은 삼가면서 비상계단을 이용해 무조건 아래로 내려가야 하는 거지."

"그래서 너는 이렇게 여기에 꼼짝없이 갇힌 거니?"

계속 어깃장을 놓는 그가 얄미웠는지, 김 씨는 그에게 눈을 흘겼다.

"이건 예외적인 상황이지. 비상구가 사람들 대피하라고 만든 곳이지, 누가 이렇게 여기에 갇히게 될 줄 알았나?"

"그러니까 원칙이 무너진 게 아니냐고. 네가 좋아하는 그 원칙이라는 걸 따랐다가 다들 이 모양 이 꼴이지 않느냐고? 그런데도 그 원칙을 계속 따라야하는 거냐고, 내 말이!"

그러나 허 씨도 물러서지 않았다.

"그렇게 생각하면 모두 다 엉망이 되어버리는 거지. 하나의 원칙이 무너졌다고 해서 다른 것까지 무너뜨리면, 그땐 정말 걷잡을 수 없게 돼. 이런 때일수록 더 확실히 원칙을 떠올리고, 그걸 지키려고 노력해야 하는 거라고. 폭동이라는 게 괜히 일어나는 게 아니야. 넌 집에만 있어서 세상이 어떻게 돌아가는지 감이 안 잡혀 그럴 수도 있겠지만……."

부아가 치미는지 김 씨는 버럭 소리를 질렀다.

"그렇게 원칙을 잘 지키며 똑똑한 애가 회사에서는 왜 쫓겨났니? 그게 회사의 원칙이라면 그냥 잠자코 쫓겨나면 되지, 뭐하러 그러고 끝까지 버텼냐고?"

순식간에 얼굴이 붉어져 허 씨는 눈을 치켜떴다.

"너 어떻게 그런 말을……?"

"잠깐요."

수현이 두 사람 사이를 가로 막았다.

"지금 그런 걸로 싸우실 때가 아니잖아요?"

입을 앙다문 채, 김 씨는 팩 돌아앉았다. 허 씨는 계속해서 어이없다는 듯 너털웃음을 지었다. 위로 가야 하는지 아래로 가야 하는지, 해답이 없는 논쟁은 또다시 그렇게 엉뚱한 곳으로 흘러가 버렸다.

"올라갑시다."

더 이상 헤어나올 수 없을 것만 같던 침묵을 깬 것은, 이번엔 남수였다. 대답하는 사람은 없었다. 그들은 또다시 그 모든 시간이 고스란히 반복될까 두려워하고 있었다.

"올라가던 중이었잖아요? 그러니까, 올라가야죠."

투덜대듯 허 씨가 물었다.

"그럼 우리는? 우리는 내려가던 중이었는데?"

그러자 남수는 망설임도 없이 이렇게 대답했다.

"그러면 내려가시면 되죠. 우리는 올라가던 중이었으니까 올라가고, 세 분은 내려가던 중이셨으니 내려가면 되는 거죠."

너무도 쉽고 명쾌한 대답에, 사람들은 서로의 눈치만 살폈다. 그렇게 난해했던 논쟁이 이토록 쉬울 리가 없다고 생각하면서도, 딱히 아무도 이의를 제기하지 못했다.

"난 이 사람들 따라서 위로 올라갈 거야. 난 아래로는 안 가. 이 사람들이 말한 공중통로를 찾아서 위로 올라갈 거니까."

김 씨는 허 씨 들으라는 듯 목청을 높였다.

"그럼 나도 위로 올라갈래."

허 씨는 다급하게 덧붙였다.

"너는 왜? 아래로 내려가던 중이었잖아? 공중통로도 믿지 않는다면서? 원칙이 있는 거라면서?"

"네가 올라가니까, 너를 따라서 나도 올라간다고."

"무슨 원칙이 그렇게 멋대로야?"

"이건 내 원칙이야, 내가 지키고 있는 나만의 원칙이라고. 그러니까 넌 상관 마."

그들은 계단에 앉았던 금이라는 여자에게도 물었지만, 그녀는 언제나 그랬던 것처럼 대답이 없었다. 누구에게나 마찬가지였듯이, 어차피 그녀에게도 위든 아래든 상관없는 모양이었다.

이제 맨 앞에 선 것은, 환이였다. 아이는 손에 크레파스를 든 채, 계단을 따라 오르며 마음껏 벽에 낙서를 하고 있었다. 그림 같기도 하고 글자 같기도 한 가지각색의 선들은, 붉기만 했던 벽의 모습을 순식간에 바꾸어놓았다. 언제나 제자리를 돌고 있는 것만 같았는데, 환이의 낙서로 이제 그들은 지나온 곳과 지나가야 할 곳을 알게 되었다. 그저 위압적으로만 느껴졌던 사방의 벽들이 하나의 기호로 각자의 표식을 갖게 되면서, 모두 다르게 보이기 시작했다. 그림이나 글자가 그려진 벽과 그렇지 않은 벽으로 나뉘어, 처음으로 그 혼란스럽기만 했던 세계가 정돈되고 있었다.

자신을 위해 커다란 여백으로 드러난 세계에, 환이는 신이 나서 마음껏 그렸고 또 썼다. 아이에게 그곳은 끊임없이 반복되는 혼란스럽고 두려운 세계가 아니라, 그저 무한대로 펼쳐진 커다란 스케치북이었다. 더 이상 보아주는 사람도 없이, 등진 사람들 너머에서 그릴 필요도 없었다. 아이의 그림은 이제 혼돈에

빠진 그들을 이끄는 마술 같은 표식이었다.

 계단을 오르면 오를수록, 진동은 더욱 심해졌다. 처음에는 손을 대고 가만히 느껴야 할 만큼 미약한 것이더니, 이제는 발아래에 확연한 떨림이 느껴졌다.

 진동의 의미를 알지 못하는 환이는 매번 제일 먼저 위층으로 올라가, 다시 또 텅 빈 벽에 그림과 글자들을 채웠다. 붉은 벽 위에 조금씩 깊어지는 균열을 따라 나뭇가지와 잎사귀를 그려 넣어 키 큰 나무 한 그루를 만들기도 했고, 시멘트 조각이 떨어져 나온 자리에 돛을 달고 물결을 만들어 벽 위에 작은 배를 띄우기도 했다. 그저 붉은 빛을 받아 붉은색이었던 똑같은 벽은, 키 큰 나무들이 솟아 있는 저녁 무렵의 산속 오솔길이 되기도 했고, 작은 배가 떠가는 노을빛의 바다가 되기도 했다. 그렇게 계속해서 다른 것을 그리고 또다른 것을 쓰던 환이를 바라보다가, 수현은 문득 이렇게 물었다.

 "환이야, 혹시 숫자도 쓸 줄 알아?"

 "응, 당… 연하지."

 작은 가슴을 쭉 내밀며, 아이가 대답했다.

 "그럼, 이제부터 올라갈 때마다 문 옆 벽에다가 숫자도 같이 적어볼래?"

 그러자 환이는 반색하며, 지애를 향해 물었다.

 "정말? 그… 래도 돼?"

 지애는 천천히 고개를 끄덕였다. 그러자 아이는 망설임 없이 닫혀 있는 문 옆에 숫자를 적기 시작했다. 어떤 숫자를 써야 할까 모두들 망설이는 기색이 역력했는데, 아이는 거침없이 벽 위에 숫자 '2'를 적어 넣었다. 그러자 정화가 물었다.

"왜, 그 숫자야?"

환이의 대답은 명확했고, 미소가 담뿍 담겨 있었다.

"저 아래가… 1이니까, 여기는… 2지."

"그럼 네가 엄마 아빠랑 지금까지 올라왔던 데는? 너 지금까지 굉장히 많이 올라왔잖아? 몇십 층은 올라왔을걸?"

그건 틀렸다고 말하듯 허 씨가 크게 팔을 벌렸다. 그러자 환이는 또다시 제일 먼저 위층으로 올라가며 이렇게 대답했다.

"거긴… 나중에 쓸 거야. 나중에… 위에 올라… 갔다가, 나중에. 그러니까 괜찮아."

그렇게 말해놓고 환이는 또다시 올라가, 문 옆에 숫자 3을 적어넣었다. 틀렸든 틀리지 않았든 이름도 없고 정체도 알 수 없었던 붉은 벽과 닫힌 문은, 이제 환이가 적어넣은 숫자의 벽과 문이 되었다. 그 숫자가 틀렸다는 것을 알지만, 그들은 이제 자신들이 지나온 곳을 말할 때 몇 번의 벽이라거나 혹은 몇 번의 문이라고 말할 수 있게 되었다.

숫자 4를 적고 숫자 5를 적어가는 환이를 따라 다시 계단을 오르며, 그들은 어쩐지 두 다리에 힘이 생겼다. 이제 그들은 자신들이 도착하게 될 곳을 떠올릴 수 있으며, 얼마나 많은 층을 올라왔는지도 알 수 있게 되었다. 환이가 적어놓은 숫자로 그들의 시간이나 기억은 이제 결코 아무 의미 없이 소모되지 않을 것이며, 그들은 반드시 또 다른 숫자로 존재하게 될 머리 위 어딘가를 향해 나아갈 수 있었다. 왜 그런 곳에 갇히게 되었는지, 왜 머리 위에 등은 붉기만 하며 문은 그토록 단단히 닫혀 있는지 여전히 아무도 알 수 없었지만, 분명 그들의 두려움과 혼란은 훨씬 덜했다.

환이가 적어놓은 숫자들을 이정표 삼아, 그들은 계속해서 계단을 올랐다. 확연히 느려졌지만, 차분히 계단을 오르는 그들의 발걸음은 이제 쉽게 흔들리지 않았다.

아이가 붉은 벽에 22라는 숫자를 적어놓았을 때, 위쪽 계단에서 군복 차림의 청년 다섯이 내려왔다. 모자도 벗어버리고 단추도 풀어헤친 채, 그들은 아이처럼 서로에게 장난을 치고 있었다. 몸집만 커다랬지, 환하게 웃는 그들의 웃음소리는 아이처럼 순박했다. 22라는 숫자 옆에 '다시'라고 적고있는 환이를 흘끗 보다가, 그들은 사람들을 빙 둘러보고는 아무 말도 없이 다시 계단 아래로 뛰었다.

"저기요." 수현이 그들을 불러 세웠지만, 맨 뒤에 내려가던 얼굴에 여드름이 가득한 청년이 흘끗 돌아본 것이 전부였다. 어깨춤에 달린 견장은 무엇엔가 찢겨나간 듯 너덜거렸지만, 상관없다는 듯 그는 다시 다른 동료들을 따라 아래로 뛰었다. 묵직하게 울리는 군화 발소리는 좁은 공간을 울리며 아득하게 멀어져 갔고, 안타까운 표정으로 김 씨가 끌끌 혀를 찼다.

"아유, 저 총각들 어떡해. 우리가 같이 데리고 가야 하는 거 아냐?"

그러자 허씨가 대답했다.

"우리가 어디로 데리고 갈 수 있겠어? 시키는 대로 해야 하는 것이 저 친구들의 일인데. 머릿속이 복잡하고 생각이 많아지면 견딜 수 없는 곳이야, 거긴. 내려가라면 내려가야지, 별 수 없지."

한숨을 푹 쉬며 그는 환이를 따라 위쪽 계단으로 올라섰다.

조금 더 올라가니 높은 힐을 신은 20대의 두 여자가 위쪽 계단에서 내려왔고, 그들의 양손엔 번쩍거리는 가방 여러 개가 가득이었다. 쇼핑을 하던 중에 갇히게 되었는지, 쇼핑백 속에 담긴 서로 다른 크기의 가방 여러 개를 소중하게 양 손에 든 채, 그들은 남수 일행을 지나쳐 아래쪽 계단으로 총총 사라졌다. 다시 몇 계단을 오르니, 연신 휴대폰을 들여다보며 통통 뛰는 걸음으로 가볍게 아래로 뛰고 있는 젊은 청년이 나타났다.

"전화가 되나요?"

정화가 다급하게 물었지만, 그는 휴대폰을 들어 보이며 "게임하는 건데요."라고 말하고는 다시 아래쪽 계단으로 내려가 버렸다.

또다시 사람들의 다리에 경련이 일어날 즈음, 은발의 노신사가 위쪽 계단에서 내려섰다. 당연히 이번에도 모른 척 지나가리라 생각하며 길을 내주었는데, 그는 남수 일행을 보자 대뜸 소리를 질렀다. 내려가라는 방송을 듣지 못했느냐, 왜 하라는 대로 하지 않느냐, 나이든 어른들이 몸도 성치 않은 애를 데리고 이게 무슨 짓이냐, 그는 남수 일행을 붉은 벽에 세워놓고 일장 연설을 늘어놓았다. 부모가 되었으면 책임 있게 행동해야지 이무슨 경우 없는 짓이냐, 욕설이나 다름 없는 손가락질을 하며 그는 끌끌 혀를 찼다.

참지 못하고 허 씨가 무어라 대꾸를 하려 했지만, 김 씨는 그의 옷깃을 잡아끌었다.

"요즘 젊은 것들은 어깃장이 자기들 할 일이라고 생각하는 건지, 나 원 참!"

그렇게 한탄하며 노신사가 내려가자, 김 씨가 들으라는 듯 이렇게 말했다.

"자기가 하는 건 조언이고, 남이 하는 건 어깃장이지. 나도 원참!"

다리도 아프지 않은지, 여전히 신이 나서 위쪽으로 오르는 환이를 따라 그들은 계속해서 걸음을 옮겼다. 아래로 내려가는 사람들을 만날 때마다, 수현은 그들의 뒷모습을 오래도록 바라봤다. 확신이 없더라도 그들을 위해 자신 있게 공중통로에 관해 말해주어야 하는 것은 아닌지, 흐릿하고 모호하기만 한 자신의 본성이 틀린 것은 아니었는지, 계단을 오르며 그는 자꾸 생각이 많아지는 듯했다. 아래로 내려가는 더욱 더 많은 사람들이 나타났지만, 이제는 더 이상 아무도 그들에게 말을 건네지 않았다.

닫힌 문 옆에 아이는 29라는 숫자를 썼다가, 그 뒤에 5를 적어 넣고는 손으로 문질러 지웠다. 엉겁결에 29라는 숫자도 지웠다가 30이라고 적고는, 다시 고개를 갸웃거리더니 그 뒤에 4를 적어놓고 또 다시 손으로 뭉개 지워버렸다. 썼다 지우고 다시 썼다가 지우는 아이의 몸짓을 보며, 사람들은 아마도 숫자가 헷갈리는 모양이다 싶었는데, 갑자기 그들의 머리 위에서 엄청난 인기척이 물밀듯 밀려 내려왔다. 곧이어 같은 교복을 입은 남녀 학생 여럿이 우르르 계단에 나타났다. 옆으로 물러선 채 아무 말도 하지 못하고 있는 남수 일행을 그들은 무심히 바라보기도 하고 서로 장난스런 웃음을 주고받기도 하면서, 무리의 이끌림을 따라 계속해서 아래로, 아래로 내려가고 있었다. 무리를 인솔하고 있던 교사가 떠들지 말라고 소리치기도 했고, 앞 사람을 잘 보며 장난치지 말고 내려가라고 학생들의 머리를 쥐어박기도 했다. 아이들이 끊임없이 밀려 내려오는 모습을 보면서, 정화는 자신도 모르게 울먹거렸다.

"저대로, 그냥 내버려둬도 괜찮은 걸까요? 무어라 말이라도 해줘야 하는 거 아닐까요?"

"우리가 뭐라고 할 수 있겠어? 우리도 결국 우리 살 궁리만 하고 있는 건데."

한숨짓듯 그렇게 말해놓고, 지애는 다시 일행들을 따라 위쪽 계단으로 발을 내딛었다.

족히 수백 명은 되어 보이는 무리 제일 끄트머리에서, 아이들은 휴대폰을 들어 여기저기 사진을 찍었다. 붉게 물든 공간 속에서 귀신 흉내를 내기도 했고, 자신들에게 카메라를 들이대며 활짝 웃기도 했다. 휴대폰을 들여다보며 웃던 여자 아이 하나가 문득 뒤를 돌아보았는데, 안타깝고 안쓰러운 눈빛을 하고 있던 정화와 눈을 맞추고는 빙긋 웃었다.

어서 오라고, 그리로 가면 안 된다고, 제대로 된 손짓 한 번 하지 못하고 있던 정화는, 그저 아이를 보며 울먹거리고만 있었다. 교복 치마를 펄럭거리며 그 아이가 다시 계단 아래로 총총 사라질 때까지, 그녀는 아무것도 하지 못하는 자신의 두 손을 계속해서 허리춤에 문질러 닦았다.

무기력하고 잔인한 시간이,
그렇게 엇갈려 흐르고 있었다.

15

31층반

"죽은 건지도, 몰라요."

'31'이라는 숫자를 보고 올라왔지만, 그들은 환이가 적어놓았을 '32'라는 숫자에 도착하지 못한 채 그 중간에 주저앉았다. 밭은 숨을 내쉬며 모두가 뜨거운 적막에 휩싸였을 때, 머리카락으로 얼굴을 감춘 여자는 그렇게 중얼거렸다.

"어쩌면 우리⋯ 죽은 건지도 모른다고요."

몇 발짝 올라가지 못한 채 그들은 꼼짝할 수 없는 피로에 휩싸여 있었다. 간신히 고개를 들어 웅얼거리고 있는 그녀를 봤지만, 그녀의 말을 제대로 들은 사람은 아무도 없었다. "뭐라는 소

리야, 재?" 그렇게 물은 것은 김 씨였고, 그녀의 짧은 파마 머리
도 이미 땀범벅이었다. 목덜미에 엉긴 땀을 닦아내며 그녀도 그
렇게 말해놓고는 그만이었다. 허씨에게 생수병을 건네받으며,
그녀 역시 거친 숨을 몰아쉬고 있었다.

"아빠, 안… 올라와?"

머리 위에서 계단 난간 밖으로 환이가 고개를 내밀었다. 아마
아이는 이미 그들의 머리 위에 '32'라는 숫자를 쓰고 난 후인지
도 모른다. 어쩌면 모두가 알지 못하는 사이, 그토록 위태로운
걸음으로도 그 위에까지 먼저 올라가, 이미 '33'이라는 숫자마
저 적어놓고 내려온 것인지도 모른다. 그러나 아이의 물음에 대
답을 한 것은 남수도 지애도 아닌, 반쪽짜리 얼굴의 그녀였다.
하지만 그것은 아이의 물음에 대한 대답도 아니었고, 그 흔한
끄덕임도 아니었다.

"우리요, 우리 모두 다… 이미 죽은 건지도 모른다고요."

구석에서 보따리처럼 몸을 웅크리고 있던 노인이 슬쩍 고개를
들었다. 그의 눈 밑에 경련이 일었다.

"아까부터 계속 그게 무슨 소리예요, 아가씨? 아가씨, 정신이
좀 어떻게 된 거 아냐? 여기 이렇게 이 나이 먹고 낑낑거리고 있
는 사람들 안 보여? 젊은 사람이 어떻게 해서든 살 궁리는 하
지도 않고, 엉뚱한 이야기나 하면서 시간을 낭비하고… 글공부
하는 아가씨라고 해서 그런 줄로만 알았는데, 엉뚱한 상상이나
하면서 집에만 갇혀 지내고 그러는 거 아니에요?"

얼굴을 감춘 여자는 하나뿐인 눈으로 그녀를 노려보았다. 하

지만 그것이 전부였다. 그녀는 자신을 다그치는 김 씨에게 어떤 말도 하지 않았다. 그녀의 말을 부인하는 것도 아니었고, 사과의 의미를 담은 침묵도 아니었다. 오히려 그녀의 눈빛은 상관없다는 투였다. 어차피, 지금 이 모든 것들은 상관없을지도 모른다고.

"너는 왜 자꾸 그러냐? 젊은 아가씨가 자기 꿈을 이루겠다고 그렇게 애를 쓰며 살고 있는데, 왜 그렇게 사람을 이상하게 몰아?"

"아니, 저 아가씨가 처음부터 그랬잖아? 자기 글 쓰는 공부한다는 것도 쥐어짜듯 간신히 한마디 들은 거였잖아? 늙은이들이 이렇게 허덕이고 있는데, 하다못해 힘드시지 않느냐 빈말이라도 하기를 해, 손이라도 잡고 잠깐이나마 부축을 해주기를 해? 그저 정신 나간 사람처럼 저렇게 앉아 헛소리만 중얼대고 있으니, 나 원."

화풀이라도 하듯 그녀는 퉁명스럽게 중얼댔다.

"넌 왜 나잇값도 못하고 엉뚱한 데 화풀이냐? 아가씨, 신경 쓰지 말아요. 이 아줌마가 그냥 힘들어서, 자기 몸이 고되어서 그러는 거니까 아가씨가 이해해요, 응?"

허 씨는 애써 힘겹게 웃었다. 누구하고든 불편한 관계를 만들지 않으려는 오랜 직장 생활의 습성이었다. 그러나 얼굴을 감춘 그녀가 작은 입을 오물거리며 말한 것은, 이번에도 그의 물음에 대한 대답이 아니었다.

"우리… 전부 똑같은 데로 들어왔어요."

그제야 수현이 고개를 들었다. 그에게 기대 있던 정화도 귀를 기울였다.

"빨간 띠로 막혀 있던 곳, 절대 문을 열어서는 안 되는 곳. 언제나 우리들 곁에… 거기에 있지만, 무슨 일이 있어도 절대 들어가서는 안 되는 곳."

나쁜 기억이라도 떠올리는 사람처럼 그녀가 몸을 떨었다.

"뭐야, 그럼 다들 같은 데로 들어온 거야? 나는 아무도 못 봤는데?"

허 씨는 두 눈을 끔뻑거렸다.

"같은 데 아니라니깐. 저 아가씨가 지금 이상한 소리 하는 거야. 우리는 5층인가 6층에서 들어왔고, 저 사람들은 삼사 층에서, 저 총각은 지하에서 들어왔다잖아?"

정신 나간 소리라는 듯 김 씨가 손을 저었다.

"어차피 여기도 31층이 아닌데?"

허 씨가 벽에 적힌 숫자를 가리켰다.

"그러면 결국 마찬가지인 거 아냐? 모든 건 우리 짐작이지, 사실 우리도 몇 층에서 들어온 줄 모르는 거잖아? 삼사 층이나, 오륙 층이나… 지상층이나 지하층이나, 우린 지금 여기가 어디인지 거기가 어디였는지 알지 못하는 거 아냐?"

당신들도 마찬가지 아니겠느냐, 그는 동의라도 구하듯 모두를 둘러보았다.

"길이 어긋났겠죠. 우리는 먼저 아래로 내려갔거든요. 몇 층이든 간에, 그냥 길이 어긋난 것뿐이죠. 그치 여보?"

대답을 하는 대신, 남수는 다시 금이를 올려보았다. 울먹거리던 그녀는 이제 아예 절규하고 있었다.

"죽고 싶었잖아요! 다들 죽고 싶었던 거잖아요! 맞잖아요, 흑흑!"

갑작스런 그녀의 외침이 붉은 벽에 튕기며, 계단의 소용돌이 속으로 까마득히 사라졌다. 그녀가 소리를 지르는 바람에, 그곳에 있던 모두는 부르르 몸을 떨었다. 그녀가 외친 말들이 기억의 수면 아래 잠겨 있던 시간을 슬그머니 건져 올리고 있었다.

"무… 무슨 소리를 하는 거야? 이봐, 아가씨. 내가 우리 딸 같아서 하는 이야긴데, 지금은 다들 힘들잖아? 그렇죠, 아가씨? 그러면 이러는 게 아니야. 이렇게 약해지면 안 되는 거라고. 물론 알아요, 알아. 힘든 거, 무섭고 두려운 거. 하지만 여기 무섭지 않은 사람이 어디 있어? 모두들 있는 힘을 다해 이 힘겨운 시간을 버티고 있는데, 아가씨가 밑도 끝도 없이 그런 이야기를 해버리면, 모두들 기운이 빠지지 않겠느냐고? 이런 때일수록 서로 토닥이고 위로하면서……."

그런데, 허 씨가 잔소리를 늘어놓는 그녀의 말을 잘랐다.

"근데… 너도, 죽고 싶었냐? 아니지? 너는 아니지?"

당황한 듯 김 씨가 눈을 크게 떴다.

"이게 무슨 소리야, 갑자기?"

"아니, 나는 뭐… 저 아가씨 말대로 그렇기는 했는데, 너도 혹시 그런 적이 있나 해서… 말도 안 되잖아, 너는? 나야 뭐, 요즘 잘리기 직전인데다 돈 돈 돈하는 마누라쟁이에 자식새끼들 때문에, 하도 인생이 허망해 몇 번 한강 다리를 오락가락하기는 했다만… 너야, 뭐……."

머쓱한지 그가 목덜미를 어루만졌다.

"내가 뭐? 사람이 살면서, 죽고 싶지 않았던 사람이 어디 있니? 어디서 어떻게 살든 내내 즐겁고 재밌기만 한 삶이 어디 있어? 내가 잘나가는 교수 마누라라서 무조건 행복해야 돼? 잘난 자식새끼들 있고, 금은보화 싸안고 있으면 입 닥치고 있으란 거야, 뭐야?"

"뭘 또 그렇게까지 이야기 하냐? 그냥… 네가 행복해 보였으니까, 그래서… 그래서 그런 거지."

그는 김 씨와 눈을 맞추기 싫어, 수현과 정화에게 눈을 돌렸다. 그리고 곁에 앉았던 남수와 지애도 둘러보았다. 그러려고 그랬던 것은 아니었는데, 영락없이 그는 그들에게 당신들도 죽고 싶었던 적이 있지 않았느냐, 그렇게 묻고 있는 꼴이었다. 어떤 대답을 삼키고 있는지, 그들은 하나같이 그의 눈길을 피했다. 불편한 공기를 견디지 못하겠는지, 허 씨가 먼저 일어나 다시 위쪽 계단으로 돌아섰다.

"어디 가?"

볼멘소리로 김 씨가 물었다.

"어여 올라가던 거나 올라가야지, 여기 이러고 앉아 있으면 뭐가 나오냐? 자꾸 헛소리나 찍찍 하게 되지."

그의 말끝에 한숨이 엉겼다. 정화도 올라가자고 수현을 채근했고, 생각에 사로잡혔던 그도 노인을 부축하며 일어섰다. 허리가 잔뜩 굽은 노인은 울고 있던 금이의 어깨를 툭툭 두드렸고, 지애는 그녀에게 눈을 흘기며 먼저 올라섰다.

남수의 머릿속에는 차마 말하지 못했던 기억이 자꾸 꿈틀거렸다. 아무도 모르게 조용히 숨겨놓았던 결심, 끝내 이루지 못하고 계속해서 만지작거리고만 있던 시간. 주머니 속에서 뾰족하게 일어선 생각의 칼끝을 더듬거리며, 그는 식은땀을 흘리고 있었다. 모두의 머리 위에서 환이는 어서 올라오라고, 어디인지 알지도 못하는 곳으로 빨리 올라가자고 그들을 채근하고 있었다.

처음도 끝도 알 수 없는 먼 길이,
그렇게 그들의 앞에 끝없이 펼쳐져 있었다.

남수는 얼마 올라가지 못하고 또다시 주저앉아버린 사람들 앞에 서 있었다. 그의 두 다리도 뻣뻣해졌지만, 그들 곁에 앉기는 싫었다. 어차피 삶이나 죽음 따위가 아니더라도, 그는 지금 여기에서 이렇게 무너지고 싶지는 않았다.

환이는 닫힌 문 옆에 39를 적고 있었다. 그러나 아무도 그곳이 39층이라고 생각하지는 않았다. 그것은 그저 이름 없는 시간 위에 적은 표식. 끊임없이 여러 번 이어지고 겹쳐지던 시간 속에, 아이가 손을 움직여 이름 붙인 계단 속 계단, 세계 속 세계. 그러고 보니, 우리들의 삶이라는 것도 마찬가지 아닌가? 어지럽게 교차되고 어긋나는 시간 위에, 어느 무심한 손이 적어놓은 인간, 시간, 그리고 삶. 하루, 일 년, 그리고 일생. 남수는 붉은색 벽 위에 음각으로 새겨지는 서로 다른 이름을 되새기고 있었다.

이제 환이도 힘겨웠는지, 아이는 더 이상 앞장서 위로 올라가 40을 쓰려 하지 않았다. 그저 39라는 숫자 아래에 계속해서 '다시, 다시' 두 글자를 적고 있었다. 모두가 서로 다른 생김이었지만, 어차피 똑같은.

"아냐… 아닐 거야, 이건 아냐!"

침묵을 깨트린 것은 발작 같은 수현의 외침이었다.

"왜 그래요, 왜 그러는 거예요?"

마구 고개를 젓고 있는 그를 보며, 정화가 놀라 물었다.

"나는… 난 단 한 번도 죽고 싶다는 생각 같은 거, 하지 않았어요. 난 정말 살고 싶었다고요, 제발… 제발 단 한 순간만이라도 보통 사람처럼, 그렇게 살아보고 싶었다고요! 이건… 이건 아니에요, 이럴 리가 없어! 아냐, 절대… 절대!"

그러나 그의 두 눈은 이미 잔뜩 겁에 질렸다.

"그럼요, 아니에요. 당연히 그럴 리가 없죠. 걱정 말아요, 그런 일은 없어요. 우리 다 이렇게 생생히 느끼고 있잖아요?"

그녀가 그의 손을 끌어 자신의 가슴 위에 올려놓았다.

"여기, 여기 심장을 느껴봐요. 느껴지잖아요? 분명히 느껴지고 있잖아요? 그렇죠, 느껴지죠? 그러니까, 아니에요. 절대… 절대 아니니까, 걱정하지 말아요."

그녀는 잔뜩 웅크린 수현의 몸을 조심스레 감싸 안았다. 그의 등을 쓰다듬고 있는 그녀의 고갯짓은 어쩐지 간절했다.

"저 아가씨 말 신경 쓸 필요 없어요. 사람이 궁지에 몰리면 별 해괴한 생각들이 다 드는 법이라고."

김 씨가 입을 삐죽였다.

"그래요, 마음 약하게 먹지 말고 힘내라고. 분명히 구조된다는 믿음을 가지고, 우리가 할 수 있는 걸 다 해봐야 하는 거라고. 살아야지, 반드시 살아야지! 이렇게 선명하게 다들 살고 싶은 마음이 간절한데, 당연히 살아야지, 암!"

그러나 그들의 다짐 사이에, 또다시 적막이 흘러들었다. 건물을 흔들고 있는 진동은 그들의 불안을 더욱 부추기고 있었다. 질식할 것만 같은 침묵을 견디지 못하고, 지애가 소리쳤다.

"왜 그래요, 다들? 아니라고 말하면서, 이미 그럴지도 모른다고 생각하는 투잖아요? 다들 입으로는 아니라고 말하지만, 정말 그러면 어쩌나 벌벌 떨고 있잖아요?"

환이를 끌어안으며 그녀는 아이의 몸 여기저기를 매만졌다.

"여기… 여기 분명히 느껴지잖아요? 숨도 차고, 몸도 힘들고, 배도 고프고, 목도 마르고… 여기 이렇게 다 만져지잖아요? 근데 그게 무슨 말도 안 되는 소리예요? 괜히 그런 생각으로 기운을 낭비할 필요 없는 거라고요!"

얼굴을 감춘 여자가 심판관처럼 선언했다.

"기억이니까요."

쓸모없는 소리라고 말해놓고, 어느새 그들은 그녀의 말에 귀를 기울이고 있었다.

"죽음이라는 거, 어차피 그건 살아왔던 시간에 대한 기억이잖아요? 밤에 우리가 꾸는 꿈처럼, 살아서… 살아서 우리가 했던 생각들, 만났던 사람들, 겪었던 일들… 그 모든 것들이 한데 뒤엉켜 만들어내는 게 바로 꿈인 것처럼, 죽음도… 결국 그런 기억이겠죠. 어떻게 살았는지, 어떤 인생을 살아왔는지에 따라 달라지는 기억이요."

누구든 아니라고 소리를 질러야 하는데, 자신도 모르게 그들은 스스로의 기억을 더듬고 있었다. 심장이 뛰고 피로하고 허기지며 목이 말랐던 기억까지. 너무도 여러 번, 살고 싶다고 간절히 외치던 기억까지.

"말도 안 돼! 우리가 죽은 거라면 왜 이렇게 힘들게 계단을 오르내리고만 있겠어? 왜 이렇게 빠져나가지 못해 안달인 채로 이러고만 있겠느냐고? 말이 안 되잖아, 이건?"

몸부림치듯 소리를 지른 건 허 씨였다. 그러나 이번에도 반쪽 얼굴을 감춘 금이는 담담하게 대답했다.

"이거밖에… 모르니까요."

처음으로 그녀가 사람들을 향해 고개를 들었다. 얼굴의 반쪽을 감추었던 머리카락 아래에, 칼로 그어진 흉터가 보였다. 칼끝을 세워 깊이 찔러넣어 그은, 그 무엇으로도 지우지 못한 채 감출 수밖에 없었던 시간의 흔적. 차마 아무에게도 말할 수 없었던, 그녀의 기억.

"우리가 할 줄 아는 건, 이것밖에 없었으니까요. 우린 처음부터 다른 걸 꿈꿀 줄 몰랐어요. 언제나 이렇게 갇혀서, 제자리를 돌듯 맴돌면서… 위로 가든 아래로 가든 끝내 도착할 수 없는 어딘가를 헤매기만 하면서."

울먹이며 그녀는 손톱을 물어뜯었다. 허 씨와 김 씨의 입이 벌어졌다. 수현에게 기댔던 정화의 두 눈엔 눈물이 그렁그렁했고, 환이를 쓰다듬던 지애의 손은 허공에 얼어붙었다.

"집어치워!"

닫힌 문에 기댔던 남수가 소리 지르며 일어섰다.

"꼭 이렇게까지 해야겠어? 아무리 우리가 할 수 있는 게 없더라도, 이렇게까지 상황을 극단으로 몰고 가야 마음이 편한 거야?"

자꾸 명치 아래를 찌르는 기억을 그는 애써 지워내고 있었다.

"그래, 비관… 알지, 그런 비관. 나도 그래봤어. 모든 걸 최악의 상황으로 몰고 가, 나를 그 안에 가두고 틀어박혀 있는 거… 그런 짓 나도 해봤다고."

눈가가 촉촉해지던 그는 지애의 품에 안겨 있는 환이를 가리켰다.

"그럼 저놈은?"

떨고 있는 그의 손 아래, 환이는 크레파스 가루가 묻은 자신의 손가락을 쿵쿵거리고 있었다.

"여기에 갇혀서도 여전히 웃으면서, 신나게 뛰어다니며 살고 있는 저놈은?"

환이를 바라보는 그의 두 눈에 또 다시 눈물이 그렁그렁했다.

"저놈이 증거야! 우리가 죽지 않았다는 증거. 나처럼 형편없는 인간과는 다르게, 우리들처럼 곪을 대로 곪아 썩어빠지기 직전인 인간들과는 다르게, 언제나 즐겁고 유쾌하게 세상을 살아내고 있는 저놈, 저놈이 바로 우리가 지금 죽지 않았다는 증거라고!"

아빠의 모습이 낯선지, 환이는 눈을 동그랗게 떴다. 바로 그거라는 듯 허 씨가 무릎을 쳤다.

"그래, 맞아! 저 아이가 죽고 싶어 했을 수는 없잖아? 이제 겨우 대여섯 살이나 되었을 아이가 죽고 싶어 했다니, 그건 말도 안 되는 거잖아, 안 그래?"

그의 말에 동의하듯 모두의 눈빛은 금세 환해졌다. 그러나 환이를 바라보는 금이의 한쪽 눈은 견딜 수 없이 처연했다.

"저 아이는… 죽은 게 아니라, 살해당했겠죠."

주머니 속에 있던 날카로운 것이, 마침내 그의 기억 한가운데를 도려내고 있었다. 거칠게 온몸을 흔들던 심장 박동은 더 이상 들리지 않았다. 뜨거웠던 남수의 몸은 어느새 차갑게 식어가고 있었다.

"허… 헛소리야! 말도 안 돼… 자, 갑시다! 올라갑시다! 이따위 헛소리는 들을 필요도 없어! 이 여자, 여기다가 내버려두고 우리끼리 올라갑시다! 저런 여자 필요 없어요, 우린 우리 살 궁리만 하면 되는 거라고요!"

그러나 계단을 오르는 남수의 발걸음은 마치 도망이라도 치듯 성급했다. 사람들은 그를 따라 일어서지 못하고 놀란 눈으로 그의 뒷덜미만 보고 있었다.

"안… 가요? 그, 그래요. 다들 힘들 테니까… 내가 내 손으로 찾아올게요. 공중통로… 거기 내가 찾아올 테니까, 다들 여기에서 꼼짝 말고 있어요, 알았죠?"

온통 빨갛게 달아오른 얼굴로, 그는 계단을 뛰어오르기 시작했다. 픽픽 가슴을 치면서, 꿈틀거리는 기억을 짓누르면서 그는 마른 숨을 뱉고 있었다. 생존을 확인하려는 듯 그의 호흡은 더욱 과장되었고, 계단을 뛰어오르는 두 다리에 그는 애써 불끈거리는 힘줄을 그려 넣었다. 그토록 오랜 시간 계단을 오르내렸는데도 여전히 기운이 남아 있다는 사실이 이상하기도 했지만, 그것은 그저 너무도 간절한 생존의 열망이라고 믿었다. 바깥에서는 차마 꿈꾸지도 못했던 아들의 미래를 짓고 자신의 미래를 짓기 위해, 이제야 그를 일으켜 세운 고마운 생존의 의미임에 틀림없다고, 그는 확신했다.

그런데 성급하게 여러 층의 계단을 뛰어오르던 그의 두 다리는 또다시 굳게 닫힌 문 앞에 멈춰 섰다. 뛰지 않는 심장이라도 토하려는 듯 그는 입을 벌린 채 다물지 못했다. 억지로 토해내던 숨소리도 사라지고 없었고, 그를 따라오던 사람들의 인기척도 새빨갛게 지워져버렸다.

그의 눈앞에, 의자가 있었다.

굳게 닫힌 문 앞에, 의자 하나가 놓여 있었다. 익숙한 의자였다. 기억 속에서 어디론가 사라져버렸던 의자. 한쪽 다리가 망가져 사람이 앉지 않으면 기울어질 수밖에 없었던 그 의자가, 세 개의 다리만으로 굳게 닫힌 문 앞에 꼿꼿이 세워져 있었다. 마치 그를 기다리듯이, 이제야 진정으로 한 아이의 '아버지'가 된 그를 기다리고 있듯이.

"아… 아냐, 이럴 리가 없어! 이건… 이건 아냐, 아냐!"

남수는 의자를 집어 들어 바닥에 팽개쳤다. 산산이 부서지며 아라베스크 문양의 나무 조각들이 바닥에 흩어졌다. 부서진 조각들은 다리라도 달린 듯 데굴데굴 굴러 계단 아래로 떨어졌다. 발길질을 하고 짓밟으며 그는 눈에 보이는 모든 것들을 걷어찼다. 그토록 혐오하고 증오했던 아버지를 짓밟듯이, 여전히 아버지와 조금도 다르지 않은 모습으로 살아왔던 자신을 증오하듯이.

이성을 잃은 그의 두 눈에, 붉은 등이 보였다. 여전히 똑같은 색의 불빛을 쏟아내고 있는 머리 위의 덩어리. 저것 때문이다, 모든 게 다 저것 때문이다! 저 붉은 등불 때문에 모두들 정신이 혼미해지며 환각을 느끼고 있는 것임에 틀림없다!

남수는 주머니에 들었던 칼을 꺼내 들었다. 손바닥 위에 놓인 그것은 길고 아득한 시간의 문을 건너온 듯 부쩍 낡아 있었다. 붉은 빛이 드리워, 그건 피로 물든 것만 같았다.

"아냐, 아니라고!"

칼을 높이 쳐들어, 그는 붉은 색 등을 향해 내던졌다. 비현실적인 속도로 날아가던 칼은 정확하게 등에 꽂혔고, 칼끝이 닿자 붉은 빛을 내뿜던 등은 퍽 소리를 내며 깨졌다. 유리가 사방에 튀어 흩어졌고, 모든 층을 밝혔던 등불들이 삽시간에 꺼져버렸다. 그를 둘러싼 세계는 순식간에 또다시 암흑에 휩싸였다.

무너진 무덤의 봉분 위에 앉은 듯 층층이 드리운 암흑의 색을 들여다보려는데, 갑자기 그의 머리 위가 환해졌다. 위쪽과 아래쪽에 차례대로 다시 불이 켜지고 있었다. 그런데, 붉은색이 아니었다. 이번에는 바다 속을 닮은 청록색 푸른빛이 온 사방을 차갑게 감싸고 있었다.

푸른 빛 등불 아래,
떠오른 시체처럼 그의 온몸은 퍼렇게 질려 있었다.

16

푸른 아래

바닷물 같은 푸른빛이 쏟아져 내리자, 사람들은 눈을 감았다. 수장(水葬)되는 영혼들처럼 본능적인 몸짓이었다. 다른 태양 아래 선 듯 손바닥으로 눈을 가리고 화석처럼 몸을 말았지만, 순식간에 그들을 덮친 시퍼런 불빛은 시간과 공간을 뛰어넘어 모든 것을 집어삼켰다. 머리 위에 붉은 불빛 하나로 뜨겁기만 했던 사방은 금세 식어버렸고, 수십억 년 전의 태초처럼 그들의 세계는 차가운 불빛에 휩싸여 굳어가고 있었다.

뻑뻑한 눈을 들어 푸른 등을 올려다봤지만, 달라진 것은 없었다. 굳게 닫힌 문의 틈새는 여전히 견고했고, 위아래로 끝도 없이 뻗어 있는 계단은 푸른빛으로 소용돌이쳤으며, 건물을 흔들고 있는 진동은 밀물처럼 멀리에서 밀려오고 있었다.

환이 혼자만 "바다다!"하고 환호했고, 아이는 자신이 그린 그림과 글자들이 바닷속에 빠졌다며 좋아했다. 그리고 푸르게 변해버린 벽 위에, 이번엔 바닷속 풍경을 그려 넣기 시작했다.

무엇엔가 흠뻑 젖어 비틀거리는 걸음으로, 남수는 위쪽 계단에서 내려왔다. 그러나 사람들은 그에게 아무것도 묻지 않았다. 그가 왜 다시 내려왔는지 알지 못한 채, 그들은 다시 돌아온 그를 있는 그대로 받아들였다. 푸른 불빛 아래에 달라진 것은 없듯이, 끝없이 오르내리는 우리들의 숙명도 달라지지 않았을 거라고, 이미 그들은 그렇게 결론지어버렸다.

남수도 그들에게 의자에 관해 말하지 않았다. 그걸 부수었고, 머리 위의 등불까지 부수어버린 것이 자신이라는 이야기도 하지 않았다. 그는 그저 바닥에 떨어진 칼을 들어 다시 주머니에 집어넣고 내려왔다. 푸른빛에 잠긴 사람들의 얼굴은 많은 것을 묻고 있었지만, 아가미가 돋친 듯 그는 입을 벌리지 않았다.

또다시 몸을 일으킨 것은 허 씨였다. 헤엄이라도 치는 사람처럼 짧은 팔을 커다랗게 움직이며, 그는 계단 난간을 붙들고 위로 올랐다. 머리 위의 또 다른 바다를 그리워하듯 환이는 허 씨를 앞지르며 제일 먼저 위층으로 올랐고, 무언가에 이끌리듯 사람들도 그들을 따라 일어섰다. 몇 층 더 올라가니 바닥에 떨어져 깨진 유리와 나무 조각들이 발견되었지만, 이번에도 사람들은 그것에 관해 묻지 않았다. 깨어지고 부서진 것들 앞에, 그저 자꾸 몸을 떨었을 뿐이었다.

환이는 이제 벽 위에 물고기를 그렸다. 모두 다 같은 모양의 물고기들이었다. 지휘라도 하듯 아래로 선을 내려 긋고, 다시

둥그렇게 팔을 휘둘러 곡선을 그은 다음, 꼭 그만큼의 곡선을 반대쪽에 그어 직선의 반대쪽 끝에 가닿게 했다. 위쪽 곡선과 아래쪽 곡선이 만나도록, 휘어진 직선 하나를 더 그려 넣어 아가미를 만들었고, 또 다른 곡선으로 씩 웃고 있는 입을 그렸다. 크기만 달랐을 뿐, 모든 물고기들은 그렇게 직선 하나와 여러 개의 곡선이 맞닿아 벽 위의 바다 속에 탄생되었다.

푸른빛으로 물든 바다 같은 벽에 환이가 '44'라는 숫자를 적어 넣었을 때, 사람들은 또다시 그 숫자 아래 기대어 앉았다. 벽 위에 물고기를 그리는 아이를 바라보며, 그들은 말이 없었다. 그때, 심연 같은 계단 아래쪽에서 인기척이 들리더니 익숙한 한 사람이 모습을 드러냈다. 푸른 빛 아래여선지, 시무룩한 그의 표정은 어쩐지 더욱 창백해 보였다. 그는 아래로 내려가라는 구조대의 지시를 따라, 제일 먼저 앞서 내려갔던 목종이었다.

그는 열쇠를 가진 사람을 만났다고 했다. 희끗한 머리를 가지런히 빗어 넘긴 채 모든 것을 초월한 눈빛과 두툼한 입술을 지니고 있던 그는, 자신이 들고 있던 번쩍거리는 가방 위에 올라서 사람들 앞에 뒷짐을 지고 있었다고 했다. 그런데 문을 열지 않고 자기 앞에 사람들을 불러 모으기만 하더라는 것이었다. 열쇠를 가지고 있다면 당장 문을 열어 사람들을 빠져나가게 하면 되는 일인데, 그는 자신의 앞에 모인 사람들에게 줄을 세우며 차례를 기다리라고만 했다고, 목종은 말했다.

"열쇠를 보여주시오!" 사람들 속에서 누군가 그렇게 외쳤는데, "여러분이 나갈 준비가 될 때까지 열쇠는 보여줄 수 없소. 지금 열쇠를 보여줬다간 이 좁은 비상구 안에서 나뿐만 아니라, 여러분들까지 위험에 빠지게 되어 있소. 그러니 먼저 질서를 지키며 차례대로 모여서시오!" 그는 그렇게 말하며 더욱 높이 턱을 치켜들었다고 했다.

위쪽 계단에서 계속해서 사람들이 몰려 내려왔고, 아래쪽 계단에서도 끊임없이 사람들이 올라왔으며, 그렇게 몰려든 사람들이 가지고 있던 돈을 내밀고 차고 있던 시계나 반지를 내밀면서, 순식간에 고성과 주먹질이 오가기 시작했다고 했다. 좁고 꽉 막힌 공간이 아수라장이 되어버린 것은 순식간이었다고 말하며, 그는 부르르 몸을 떨었다.

구조대의 지시대로 그저 문 앞에서 구조를 기다리다가 문을 열고 이곳을 빠져나가기만 하면 될 줄 알았는데, 어쩌면 처음부터 그것은 불가능한 일이었던 건지도 모르겠다며, 그는 고개를 떨구었다. 생각해보니 아무도 그가 가진 열쇠를 보지 못했을 뿐더러, 그가 자신의 열쇠와 들어맞는 문 앞에 서 있는지도 확신할 수 없었다고 했다. 어쩌면 또다시 열쇠가 맞는 문을 찾아 계단을 오르내려려 할지도 모른다고 생각하니, 믿고 있던 것이 한꺼번에 무너져내리는 기분이었다고 그는 말했다.

"그런다고 올라왔어요? 그건 내려가라는 지시를 따르는 게 아니잖아요?" 수현이 그렇게 묻자, 목종은 두려움이 가득한 눈으로 이렇게 대답했다. "어차피 사람들 때문에 막혀서 더 이상 내려갈 수도 없었어. 저 사람을 믿지 마라, 저 사람의 열쇠는 쓸모없는 걸지도 모른다, 그렇게 외쳐야 할 것 같았는데……."

차마 하지 못한 마지막 말을 그는 오래도록 입에 머금었다. 자신도 모르게 비관적이 되어버린 스스로가 견딜 수 없었던지, 그는 한참을 망설이다가 결심한 듯 다시 입을 열었다.

"그때, 머리 위에서 다시 구조대의 목소리가 들려왔어. 도대체 왜 안 내려오는 거냐고. 그렇게 게으르고 나태해서 무슨 출구를 찾겠다는 거요, 그따위 수동적이고 타성에 젖은 자세로는 절대 살아남을 수가 없다고, 살고 싶지 않은 거냐고, 그렇게 게을러빠져서는 살아남을 자격이 없는 거라고 다그치는데……."

떠올리기 싫은 광경을 생각하는 듯, 그의 두 눈이 푸른 허공 속을 헤맸다.

구조대의 방송을 듣고 사람들은 더욱 큰 소리로 악다구니를 쓰며 뒤엉켰다고 했다. 문 쪽으로 다가가기 위해 자신의 앞을 가로막은 사람들을 때리고 짓밟으며 모든 사람들이 서서히 그렇게 피투성이가 되어갔다고 했다. 붉은 불빛 아래에 온통 범벅인 핏자국들은 신기하게도 선뜩하지 않고 장난스러웠다고 했다. 쓰러진 사람을 다시 걷어차고 살려달라고 소리치는 얼굴을 발로 뭉개면서도, 사람들은 죄책감을 느끼지 않았다고 했다. 닫힌 문 앞엔 그렇게 피범벅이 된 사람들이 뒤엉키며 쌓여가는데, 시체를 짓밟고 서서도 희망을 떠올리는 사람들은 해맑았다며 목종은 머리칼을 움켜쥐었다.

숨을 헐떡이며 잔뜩 몸을 웅크린 채, 그는 울먹이는 목소리로 간신히 이렇게 쏟아냈다. "그런 게, 내가 믿고 있던 희망이라니… 내 삶을 지탱하리라 믿었던 것이 고작 그런 거였다니, 그 순간은 정말… 죽고 싶었어."

　다시 또 그들은 계단을 오르고 있었다. 변함없는 똑같은 걸음이었지만, 그들의 머릿속엔 목종이 뱉은 마지막 말 한 마디가 뜨겁게 명멸하고 있었다. 오직 희망 하나만을 믿고 살아왔던 그의 참혹함을 이해하면서도, 죽고 싶다는 그의 말 한 마디는 또 다른 것을 일깨우고 있었다. 머리카락으로 얼굴을 감춘 금이는 말이 없었다. 환이를 따라 제일 먼저 위로 오르는 그녀의 등짝은 어느새 활짝 펴졌다.

　잔뜩 부풀어 오른 두려움으로 그들의 발걸음은 느려졌는데, 앞서 올라갔던 환이가 계단 끄트머리에 멀뚱히 서 있는 것이 보였다. 제일 앞서 사람들보다 먼저 뛰어올라 갔으니, 언제나 그랬듯 또다시 숫자를 적고 물고기들을 그리고 있을 거라 생각했는데, 아이는 밀랍 인형처럼 꼿꼿이 서서 무언가를 바라보고 있었다.

　환이의 뒤에 올라서던 허 씨는 아이가 보고 있던 것을 목격하고는 몸이 굳었고, 그 뒤에 올라서던 김씨도 "에구머니나!" 비명을 지르며 그의 뒤로 몸을 숨겼다. 정화도 얼굴을 감싸 쥔 채 고개를 돌렸고, 수현과 목종도 두 눈을 찡그렸다. 뒤늦게 지애가 올라와 황급히 환이의 눈을 가렸지만, 소용없었다. 그들은 이미 모두 똑똑히 보고 있었다. 굳게 닫힌 문 앞에, 푸른 등불 아래에, 검게 변해버린 채 쓰러진 누군가의 주검을.

　시체는 짙은 색 작업복 점퍼에 싸여 있었다. 오래도록 문을 두

드렸던 건지, 두 손의 손바닥은 시커멓게 멍들었고 손톱에는 피
딱지가 엉겨 있었다. 한쪽 구두가 벗겨진 다리는 살아 있다면
가능하지 않았을 방향으로 꺾여 있었고, 감은 건지 뜬 건지 양
쪽 눈자위는 찢겨진 살점처럼 늘어졌다. 힘없이 벌린 입 속으로
피가 엉겨 붙은 검은 혀가 보였다.

　허리를 구부린 채 힘겹게 계단을 올라선 노인은, 눈앞의 시체
를 보고도 담담하게 몸을 돌려 다시 또 위로 향했다. 정화도 노
인을 따라 황급히 계단 위로 뛰었고, 허 씨와 김 씨도 몸서리를
치며 그들을 따랐다. 지애도 환이를 끌어안고 계단을 올랐고,
목종은 단발의 욕설을 뱉으며 훌쩍 뛰어올랐다.

　남수와 수현은 시체 앞에 물끄러미 섰다. 눈앞에 드러난 주검
의 모습을 놓치지 않으려는 듯 그들은 샅샅이 들여다보고 있었
다. "얼마나… 된 걸까요?" 수현이 물었고 남수는 대답하지 않
았다. "나가지 못해, 문을 두드리다가 혀를 깨문 걸까요?" 그가
다시 물었지만, 이번에도 남수는 대답하지 않았다. 그 대신 그
들의 뒤에서 얼굴을 감춘 금이가 이렇게 속삭였다. "죽은 게 아
니라, 도망친 거죠. 저리로 나가면 무언가 달라질 거라 생각하
고서는… 멍청하기는!" 그렇게 말해놓고 그녀는 또다시 계단을
오르고 있었다. 버려진 주검 앞에 그녀의 얼굴은 어쩐지 홀가분
해 보였다.

　겨우 서너 층이나 더 올랐을까, 그들은 더 이상 올라서지 못
하고 쓰러졌다. 오금이 저려오는지 허 씨는 연신 다리를 두드렸

고 김 씨도 떨고 있는 제 몸을 쓰다듬었다.

"그게 말이 되나? 우리 갇힌 지 얼마나 됐다고."

"오래전부터… 거기 그렇게 있었던 건지도 모르죠."

어느새 목종은 노인의 곁에 그처럼 잔뜩 몸을 웅크렸다.

"이 등이 켜지기 훨씬 전부터, 여기 이 건물이 완성되기 훨씬 전부터… 거기에 갇혀 출구를 찾다가, 스스로 목숨을 끊었던 건지도 모르죠."

언제나 희망만을 말했었는데, 푸른 등불 아래 그는 침울했다.

"우리 원래 모르고 살았잖아요? 저 위에서 무슨 일이 일어나는지, 저 아래에서 어떤 일들이 벌어지고 있는지… 지금도 여전히 알지 못한 채, 관심도 없는 채로 그렇게 살고 있는 거잖아요? 그렇게 간절히 문을 두드리는 사람이 있었는데… 우리가 행복한 미래를 꿈꾸며 살아가는 동안에도, 그 사람은 죽을힘을 다해 간절하게 문을 두드리고 있었을 텐데……."

"너 뭐야?"

거칠게 되물은 것은 남수였다.

"너 이 새끼, 그런 소리 하려면 당장 내려가! 네가 좋아하던 희망, 그거 아래에 있다며? 그러면 너도 열쇠 가진 놈의 모가지를 비틀어서라도 그걸 찾았어야지, 왜 여기까지 따라 올라와 헛소리를 하고 앉았어?"

목종의 고개가 힘없이 꺾였다.

"모르겠어요. 난… 알 수 없을 것 같아요."

답답한지 그가 크게 심호흡을 했다.

"있겠죠, 그거… 네, 난 믿어요. 있을 거예요. 근데… 분명한 건, 그게 아래에 있거나 위에 있는 건 아닌 것 같아요. 그 죽은 남자도 그걸 찾아 있는 힘을 다해 문을 두드렸겠지만 결국 그렇게 되고 말았으니… 그래도 있다고 믿어야 하는 거라면, 그건 너무……."

그는 자꾸 말을 잃었다. 그토록 오래 외쳐왔던 그 말을 입에 담지 못하는 그의 입술은 떨고 있었다. 그 모습을 노려보던 남수가 불쑥 일어서 사람들에게 외쳤다.

"올라갑시다! 이러고 있을 시간이 없어요! 저런 놈들, 쓸데없는 소리 들으며 머리만 어지럽게 하지 말고, 무조건 위로 올라가 가능한 많은 층을 확인해서 공중통로든 뭐든, 나갈 방법을 찾읍시다! 어서요!"

남수에게는 오직 한 가지 생각뿐이었다. 여기 이곳을 빠져나가 탈출한 현실을 증명하는 것만이, 이 환각을 깨트릴 유일한 방법이라고 그는 확신했다.

"자, 일어나요! 일어납시다!"

"아뇨."

주저앉은 사람들을 억지로 일으키는 그를, 수현이 가로막았다.

"난… 알아야겠어요."

떨고 있는 자신의 다리를 그는 연신 쓰다듬었다.

"아무것도 모른 채, 이대로 무작정 올라가긴 싫어요. 알아야겠어요, 분명히… 이 발걸음의 의미를, 내가 왜 여기를 올라가고 있는지, 어디로 가고 있는 건지.”

그러나 그렇게 말해놓고, 그는 이내 와락 울음을 터뜨렸다. 믿을 수 없는 대답을 들어버린 듯 그는 겁에 질려 있었다.

“아니… 이미 알고 있는 건지도 모르겠어요. 네, 그래요. 이제 알 것 같아요. 이제 모든 걸 알 것만 같아요.”

남수가 그의 뒷덜미를 잡아 세웠다.

“너 이 자식! 무슨 소리를 하는 거야? 빨리 안 일어나? 나가서 너 하고 싶은 거… 그래, 그 수술… 그거 해서 살아야지, 너도 보통 사람처럼 평범하게 살아야지!”

그러나 수현은 눈물이 범벅인 채로 천천히 고개를 가로저었다. 힘겨웠지만 그는 또렷하게 말하고 있었다.

“내가 원했던 게… 결국 수술은 아니었어요. 처음부터, 그것이 내 삶의 목표가 될 수는 없는 거였어요.”

영문을 모르는 사람들의 눈빛이 호기심과 깨우침으로 뒤엉켜, 그를 넘겨보고 있었다.

“내가 원한 건, 잃어버린 나를 찾기를… 아무런 이유나 설명도 요구하지 않고, 있는 그대로 나를 받아들여 주는 사람들 곁에서… 그 속에서 진정한 내 모습을 찾게 되기를, 그리고 무엇보다… 진심으로 나를 사랑해줄 단 한 사람을 갖게 되기를… 그거뿐이었어요.”

조심스럽게 마지막 말을 꺼내며, 그는 정화를 보고 있었다. 대답이라도 하듯 그녀는 활짝 웃었다.

“생각해보니까, 다 있어요. 여기 이곳은 잔인하게 두 개로 나

넌 세상도 아니고, 여자든 남자든 그런 것 상관없는… 그저 모두가 다 살기 위해 몸부림치는, 오직 살아남기 위해 똑같이 애를 쓰며 서로가 서로에게 의지할 수 있는 그런 세상이잖아요? 이 무겁기만 한 육체의 껍데기를 벗어버리면 자유로워질 거라고… 내 모든 꿈이 이루어질 거라고 생각했는데, 지금 여기… 이렇게 다 있어요!"

흔들리는 그의 두 눈에 작은 바다가 고였다. 푸른빛 바다를 담은 눈으로, 그는 자신을 보고 있는 사람들과 천천히 눈을 맞추었다. 꿈을 마주한 듯 감격적인 얼굴이 되어, 그는 미소를 지으며 눈물을 흘리고 있었다.

"나… 정말… 죽었나 봐요. 다 이루어졌어요, 순식간에 모든 내 꿈들이… 소원들이 다 이뤄졌어요! 나, 정말 죽은 게 맞나 봐요."

갑작스런 그의 고백에 모두는 넋을 잃었다.

"그게 무슨 소리야, 인마! 정신 차려! 정신 차리라고!"

울고 있는 그의 목덜미를 흔들며 남수가 소리쳤다.

"뭐, 뭐야? 이게… 무슨 소리야? 죽어? 우리가… 죽어?"

처음 듣는 이야기라는 듯 목종이 눈을 크게 떴다. 그러나 하지 못한 말을 잔뜩 머금은 그의 양 볼은 금세 부풀어 올랐다. 어떤 시간의 물결에 휩쓸리는지, 그는 얼굴을 움켜쥐었다. 평생토록 허황된 희망을 쫓아 살다가 한순간 무너져내린 기억이, 거대하게 일렁이며 그를 덮치고 있었다.

"아니 정말 왜 이래요, 다들? 그럼 난… 그럼 난 뭐야? 난 그런 꿈같은 것도 없었어요. 아무 것도 바라던 게 없었다고요! 난 우리 아이들, 내 남편… 평생을 바치며 함께해줄 거라고 믿었던 내 가족들과 영원히 함께하는 게 꿈이었는데, 지금 여긴 아무도 없잖아요? 내가 그토록 함께하고 싶었던 내 가족들은, 지금 내 곁에 없잖아요? 그럼 난 뭐야, 도대체?"

눈이 동그래져 김 씨가 사람들을 둘러봤다. 그런데 그녀의 곁에 앉았던 허 씨가 힘겹게 입을 열었다.

"너는… 어쩌면 나 때문인지도 모르겠다."

"뭐…야?"

힘겹게 오물거리는 그의 입 속으로, 검은 혀가 보였다.

"나 때문에… 네가 이렇게 여기에, 나랑 같이 갇혀 있는 모양이야."

굵은 목을 늘어뜨리며 그는 탄식했다.

"나는 그저 내가 사랑했던 너를 마지막으로 다시 한 번 만나고 싶었는데… 행복할 거라고 믿었던 네가 너무 힘들어해서… 너를 어떻게든 그 끔찍한 현실에서 구해주고 싶기는 했는데… 아마 그래서 내가 너를 여기에, 데리고 온 모양이다. 미안하다, 미안해."

그의 고개가 푹 꺾였다.

"무, 무슨… 이런 말도 안 되는……."

그러나 그녀는 끝내 말을 잇지 못했다. 잘려나간 듯 사라져버렸던 기억 한 자락이 그녀의 머릿속에서 꿈틀대고 있었다. 평생토록 단 한 사람만을 사랑해왔으며, 너무 늦기 전에 이제 그 사람을 찾아가야겠다고 말했던 남편. 아버지를 말려달라고 애원하는 그녀에게, 어른들의 문제이니 어른들이 알아서 하시라 차갑게 외면해버리던 자식들의 얼굴이 시간의 물결을 가르며 그녀에게 떠밀려왔다. 겉으로 보기엔 행복하고 아름다웠지만, 홀로 고독하고 참혹했던 시간들이 떠올라 그녀는 가슴을 쥐어뜯었다. 웩웩 마른 토악질을 하며, 그녀는 구석에 얼굴을 박았다.

"왜들 그래요, 다들? 이게 무슨 말도 안 되는 일이냐고요? 아니에요, 아니라고요! 그건 정말 아니라고요!"

몸부림치듯 지애가 일어섰다.

"그럼 우리 애는요, 당신들 말이 사실이라면… 우리가 정말 모두 죽은 거라면, 육신의 덫에서 벗어나 영혼뿐이라면… 여기 이 나뭇가지처럼 휘어진 팔, 여전히 비틀려 있는 이 다리… 이 틀어진 얼굴! 정말 우리가 다 죽은 거라면, 우리 애가 아직도 이럴 수는 없는 거잖아요? 언제나 족쇄 같기만 했는데… 저 몸에 갇혀서 우리 아이가 얼마나 힘들게 살고 있었는데… 죽어서까지 이렇게 산다니, 이건 말도 안 되는 일이잖아요!"

그러자, 그녀의 곁에 앉았던 환이가 기울어진 입을 벌려 또박또박 말했다.

"난… 괜찮은데? 나, 안… 이상한데?"

"뭐라고?"

어느새 그녀의 두 눈 속에도 푸른 물빛이 일렁이고 있었다.

"엄마가, 나… 예쁘다고 했잖아? 나, 지금처럼 예쁜… 내가 좋은데? 나는, 괜찮은데?"

울음을 삼키다가, 지애는 환이를 끌어안으며 쓰러졌다. 아이는 그녀의 품에 안겨서도 계속해서 "나 예쁘지? 나 안 이상하지?" 물었고, 지애는 연신 고개를 끄덕이는 수밖에 없었다. "그래 예뻐, 당연히 예쁘지." 그렇게 말하며 아이의 얼굴을 쓰다듬는 것이, 지금 그녀가 할 수 있는 전부였다. 그러고 보니, 아이의 꿈은 그저 마음껏 온 세상에 그리고 싶은 모든 것들을 그리고 싶다는, 그것 하나뿐이었다.

"정신 차려! 다들 왜 이래! 정신을 놓으면 안 돼, 지금 다들 너무 지치고 힘들어, 환각에 빠져 있는 거라고! 누구나 그럴 수 있어, 그렇게 되는 거야! 극단의 상황에 몰리면, 누구든 다 그렇게 되고야 마는 거라고! 이거… 진짜가 아냐, 다 가짜야! 당신들 머릿속에 있는 거, 그거 다 가짜라고! 망상이야!"

어느새 울음바다가 되어버린 사람들의 머리 위에, 남수는 있는 힘을 다해 소리쳤다. 그는 기어이 바지춤에서 칼을 꺼내 사람들 앞에 내밀었다.

"그래, 봐 이거! 이거… 내가 끔찍한 짓을 저지르려고 … 나한테, 우리 가족들한테… 끔찍한 짓을 저지르려고 샀던 칼이야! 하지만, 난 아무 짓도 하지 않았어. 아무 짓도 하지 않았다고! 그냥… 그냥 나도 모르게… 그런 생각을 했을는지는 모르지만, 어쨌든 난 아무 짓도 하지 않았다고! 아무도 안 죽였다고!"

그는 사람들 앞에 일일이 칼을 내밀어 보여주고 있었다. 얼굴을 감춘 금이에게도 다가가며 그는 칼을 내밀었다.

"봐, 깨끗하지? 피 한 방울 안 묻었지? 내가… 내가 누굴 죽였다면, 이게 이렇게 깨끗할 수는 없는 거잖아? 그렇지?"

그때였다. 계단 아래서 또다시 사람의 인기척이 들려왔다. 누군가 타닥타닥 계단을 뛰어오르고 있었다. 파란 트레이닝복을 입은 남자였다. 또다시 그는 도망이라도 치듯 사람들을 피해, 위쪽 계단으로 뛰어올랐다. 그런데 갑자기 위쪽 계단에 앉았던 금이가 몸을 일으키더니, 순식간에 남수의 손에 있던 칼을 빼앗아 들었다. 그리고는 파란 트레이닝복을 입은 남자에게 달려들어 그를 향해 휘둘렀다. 그의 몸통에, 그의 다리에 그녀는 마구 칼을 찔러 넣었다.

"죽어, 죽어!"

남자의 몸에서 피가 솟구쳤고, 너덜거리며 그의 다리가 찢겨져 나갔다. 그런데도 금이는 멈추지 않고 계속해서 남자의 뒷덜미를 붙들며, 그의 등줄기에 마구 칼을 꽂았다.

"내가 널 그냥 둘 줄 알았어? 죽어서도⋯ 죽어서도 너를 쫓아다닐 거라고 그랬지? 죽이고 또 죽이면서, 너를 따라다닐 거라고 그랬지! 영원히 너를 죽이고 또 죽일 거라고 그랬지! 죽어, 죽어!"

미친 듯이 소리를 지르며 그녀는 계속해서 그를 난도질했다. 눈물과 땀이 범벅인 그녀와, 피범벅이 되어가는 그가 한데 뒤엉켰다. 반쯤 잘려나간 다리를 끌며 고통에 몸부림치면서도, 그는 또다시 계단 위로 도망치려 하고 있었다. 마치 그것만이 자신이 해왔던 유일한 일이라는 듯, 그것이 자신의 형벌이라는 것을 증명하듯, 피 흘리는 몸을 질질 끌면서도 그는 있는 힘껏 위로 내달리고 있었다.

"거기 서!"

들고 있던 칼을 내던지며, 피범벅이 된 손을 휘적거리며 금이는 그를 따라 뛰었다. 살려달라며 도망치던 자신을 따라와 유린하던 그 남자의 몸짓을, 그녀는 고스란히 되갚아주고 있는 중이었다.

시뻘건 피로 범벅이 된 칼은,
정확히 남수의 발아래 떨어졌다.

이제 그의 칼과 그의 두 손은,
온통 피투성이였다.

17

물고기의 충

피가 묻은 손을, 그는 멍하니 들여다본다. 그러나 그의 손에 담긴 피는 붉은색이 아니다. 그것은 오히려 검다. 검은 물속에 손을 담근 듯 그의 손엔 검은 액체가 흘러내리고 있었다. 위쪽으로 뻗어 있는 계단 위에도 검은 얼룩은 잘려진 꼬리처럼 여기저기 흩어졌다. 얼굴을 감춘 금이의 비명은 메아리치며 계단을 따라 흘러내렸고, 닫힌 문 앞에 사람들은 입을 틀어막은 채 파랗게 질려 있었다. 두 다리를 늘어뜨린 채, 살아 있다면 가능하지 않았을 파리한 얼굴이 되어 거대한 문 앞에 늘어졌다. 좀 전에 그들이 목격했던 주검과 꼭 닮은 모습이었다.

사방을 뒤흔들고 있는 진동은 일정한 간격으로 끊임없이 그들을 떠밀고 있었다. 서로 다른 목적지로 향하는 기차들이 필연적으로 한 곳에 모여들듯이, 그곳에서 또다시 누군가를 내려놓

물고기의 충 215

고 다른 누군가를 태워 서로 다른 방향으로 흩어지듯이.

그러나 이제는 그들 모두가 기차 안에 몸을 싣고 있었다. 기차가 다가오거나 떠나가는 것이 아니라, 이미 그들을 태우고 어디론가 떠나려 길고 거대한 몸을 떨고 있었다. 아득한 비명의 기적(汽笛)을 울리고 또 울리면서.

그러고 보니, 이건 자신의 구두가 아닌지도 모르겠다고 정화는 털어놓았다. 마지막 순간에 가장 갖고 싶었던 것이 바로 이 새 구두 한 켤레여서, 그래서 지금 그것이 손에 들려 있는 걸지도 모르겠다며 그녀는 울음을 터뜨렸다. 백화점에 도착해 새로 산 신발 때문에 난 상처라고만 생각했는데 그게 아닐지도 모르겠다며, 그녀는 연신 발뒤꿈치를 만지작거렸다. 상처를 더듬고 있는 그녀의 손가락 밑으로 어설프게 붙인 반창고 아래 으스러진 뼈가 들여다보였다. 숨 쉬기가 힘들었는지 가슴을 움켜쥐었는데, 사라진 한쪽 가슴이 푹 꺼졌다. 그제야 그녀는 자신을 깔아뭉개며 지나가는 거대한 쇳덩이를 보고 있었다.

"뭐래… 이게 다 무슨 일이래?"

울먹이며 김 씨가 눈물을 훔쳤다.

"울지 마라, 네가 울면 내가 맘이 아프다."

허 씨는 차마 그녀와 눈을 맞추지 못했다.

"쓸데없는 소리 하지 말고 잠자코 있어. 그렇지 않아도 머리 아프니깐. 그러니까… 그래서 괜찮았던 거야? 목도 마르고 배도 고프고 그랬는데, 어떻게 된 게 두 다리가 멀쩡하게 움직여지더라니."

다리를 만지작거리며 그녀는 무릎과 발 여기저기를 손으로 더듬거렸다.

"이렇게 생생한데, 이렇게 진짜 같은데……."

그러나 그녀는 견디기 힘들었던 끔찍한 기억일수록 그렇게 생생하기만 하던 것을 이내 깨달았다. 이렇게 여기에 갇혀서도 여전히 아프고 한스러운 것이 못내 안타까웠지만, 겨우 그것뿐이었던 바깥의 삶도 이제서야 너무도 애달팠다.

삐죽 입이 나온 환이의 곁에서, 지애는 아예 바닥에 엎드려 울고 있었다. 이제야 그토록 씩씩해져버린 자신을 알겠다는 듯이. 삶이라면 가능하지 않았을 용기와 인내가 어디에서 생겨난 건지, 왜 저 바깥에선 그렇게 살지 못했던 건지, 모든 기억과 회한이 한꺼번에 그녀의 머리 위에 쏟아져 내리고 있었다.

"내가 생각했던 건, 이런 게 아니었는데……."

힘겹게 허 씨가 입을 열었다.

"내가 원했던 죽음은, 이런 게 아니었어. 이따위 어울리지도 않는 옷들 다 벗어버리고, 마음껏 여기저기를 자유롭게 여행하는 거였지. 아무것도 상관하지 않고 고민할 필요도 없이, 여기 이 사람과… 언제나 그리웠던 여기 이 사람과, 거추장스런 이 몸뚱이 다 털어버리고 자유로운 천국을 마음껏 즐길 수 있을 거라고 생각했어."

그는 아이처럼 빙그레 웃었다.

"나는 말이야, 내 등에서 하얗고 커다란 날개가 돋아날 거라고 생각했거든. 그래서 마음껏 이 세상을 날아다니며, 살아서는 미처 가보지 못했던 세계를 여기저기 날아다니면서 해보지 못했던 일들도 하고 그러면서 평화로운 시간을 보낼 거라고 생각했거든."

"넌 나이를 먹고도 여전히 그렇게 유치하냐?"

김 씨는 믿지 않게 눈을 흘겼다.

"그럼 너는? 너는 죽고 나면 어떨 거라고 생각했는데?"

그의 물음에 그녀는 곰곰이 생각에 잠겼다. 그러나 쉽게 입을 떼지 못했다. 한 번도 그런 것을 생각해본 적이 없었다. 모든 젊음을 내어주고 희생한 보상으로 평화로운 노후의 시간들이 기다리고 있으리라 믿었을 뿐, 그 너머의 시간까지는 미처 헤아릴 틈이 없었다. 그 모든 고난과 고민이 사라지면 어디서든 무엇이든 할 수 있을 거라, 그저 그렇게 막연히 짐작하곤 했고. 김 씨는 허망한 눈빛으로 푸른 등불을 올려다보았다.

"아냐, 이럴 리가 없어. 내 희망은… 희망은 이런 게 아니야. 그게… 그게 이럴 리가 없어. 죽었든 살았든, 내가 믿고 있는 것들이 이럴 리가 없어. 아냐, 이건 아냐."

머리를 움켜쥔 채, 목종은 연신 고개를 저었다. 기어이 눈물을 삼키고야 마는 그의 뒤에서, 울음이 묻은 정화의 목소리가 들려왔다.

"저는… 아빠를 만날 줄 알았어요."

수현의 품에서 그녀는 더욱 작게 몸을 웅크렸다.

"어릴 때 돌아가신 아빠를 꼭 다시 만나게 될 줄 알았어요. 아빠가 지은 작고 예쁜 집에… 문 앞에서 아빠가 나를 기다릴 줄 알았어요. 아빠는 뭐든 만드는 걸 좋아했거든요. 뭐든지 아빠는 다 고치고 다 만들고 그랬거든요."

그녀가 수현의 팔뚝을 더욱 세게 움켜쥐었다.

"수고했다, 애썼다… 엄마 병간호하면서 사느라 힘들었지? 아빠가 곁에서 힘이 되어주고 싶었는데, 그러지도 못하고… 혼자서 아등바등 사느라 힘들었지? 그러면서… 아빠가 나를 꼭 안아줄 거라고 생각했어요."

또다시 그녀의 두 볼은 울음으로 불룩해졌다.

"아빠한테 투정도 부리고, 왜 한 번도 우릴 도와주지 않았느냐고, 죽어서라도 우릴 지켜줘야지 거기서 뭐하고 있었느냐고 아빠한테 막 뭐라고 하고 싶었는데… 여기서도 할 수 있는 건 아무것도 없네요. 흑흑."

연신 그녀의 등을 어루만지며, 수현은 그녀의 아빠처럼 가슴을 활짝 열었다.

"전부 다 틀렸네요, 그죠? 나도 죽고 나면 이 몸을 벗어버리고 진정한 제 자신의 모습을 찾을 줄 알았는데… 이 육체를 벗어버린 나는 멋지고 잘생긴 청년일 거라고 생각했는데, 아무것도 변하지 않았어요. 이런 나로 태어났으니 이런 나로 죽는 게 당연한 건지, 또다시 이렇게 무언가를 찾아 끊임없이 오르내려야 하고… 그저 나 하나만 이기적으로 생각하며 살아야 하고, 죽으면 그제야 비로소 자유로워질 줄 알았는데, 아니네요? 그죠?"

아무도 대답하지 않았다. 갇힌 곳이 달랐을 뿐, 그들의 삶이 그러했듯이 그들의 죽음도 여전히 사방이 꽉 막힌 채였다.

남수는 바닥에 엎드려 울고만 있는 아내를 봤다. 그는 여전히 증명된 이 시간을 믿지 못하고 있었다. 피범벅이 된 손이 눈앞에 선명했지만, 언제나 그랬듯 그는 그 모든 것들을 불신했고 또한 회의하고 있었다.

아니다, 난 죽지 않았다! 이건 죽음이 아니다. 길고 지루한 잠처럼, 이건 피로에 지친 몸이 꾸는 백일몽일 뿐이다. 이 공간에 갇혀 있듯이 우리는 지금 알 수 없는 환각 속에 갇혀 있을 뿐, 여기 이곳은 죽음이 아니다. 죽음일 리가 없다!

그러나 남수는 바지춤에 손바닥을 문질러 닦다가, 그대로 얼어붙었다. 갑자기 불쑥 고개를 든 한 가지 질문 때문이었다.

그렇다면 이것은 삶인가?
이렇게 살아야 하는 시간을,
진정 삶이라 말할 수 있는가?

모두가 겁에 질려 잔뜩 웅크리고 있는 사이, 또다시 계단 위에서 계시 같은 음성이 들려왔다. "올라가죠." 위쪽으로 향하는 계단 끄트머리에, 온몸에 피가 범벅인 금이가 서 있었다. 한쪽 눈을 번뜩이며 그녀는 거친 숨을 몰아쉬었다. "저 놈은 어쩔 수 없이 또 내려올 거예요. 저렇게 끝없이 오르내리며 도망쳐야 하는 게, 저놈이 받은 형벌이거든요. 그러니까, 올라가죠. 어차피 다들 올라갈 거잖아요?"

다시, 그들은 계단을 오르고 있었다. 이제 그들은 더 이상 피로하거나 숨이 차지 않았다. 그래선지 의지를 잃어버린 그들의 몸은 그녀의 부름에 쉽사리 일어섰다. 일렬로 계단을 오르며, 그들의 발걸음은 더욱 느려졌다. 어디로 향하는지 왜 그곳으로 가야 하는지 알지 못한 채, 낯선 시간의 부름을 따라 그들은 한 발, 또 한 발 내딛고 있었다.

남수는 또다시 계단을 오르고 있는 자신을 받아들일 수가 없었다. 계단 위에서 그의 두 다리는 열심히 움직이고 있었지만, 겨우 한 발 크기의 공간에 발을 내딛는 것은 그의 의지가 아니었다. 그가 계단을 오르는 것이 아니라, 그를 둘러싼 세계의 자전(自轉)을 따라 그의 육체가 계속해서 발을 내밀고 있었다.

아니다, 나는 이 세계를 받아들이지 않겠다! 믿지 않겠다! 이토록 편협하고 폭력적인 세계를, 나는 혐오하고 또 혐오한다! 증오하고, 다시 증오한다!

더 이상 뛰지 않는 그의 심장 아래서, 너무도 익숙한 감정이 끓어오르고 있었다. 언제나 그를 일으켰던 힘이었고, 그토록 척박했던 삶 속에 그를 이끌었던 근원이었다. 죽음이란 감금 속에 다시금 그에게 생을 불어넣고 있는 것은, 역설적이게도 비관이었다. 간절히 죽고자 했던 결심이 거꾸로 비추는, 삶을 향한 반영(反影)이었다.

환이는 또다시 사람들의 맨 앞에 섰다. 당장에 넘어지기라도 할 것처럼 위태로우면서도 아이의 발걸음은 경쾌했다. 그 누구보다 제일 먼저 위층으로 올라가, 아이는 푸른 벽에 물고기 그림을 그렸다. 다시 또 한 층을 올라가 더 많은 물고기를 그렸고, 다시 또 올라가 더욱 더 많은 물고기들을 벽에 그려 넣었다. 온통 벽 위에 서로 다른 방향으로 헤엄치는 크고 작은 물고기들이 가득한데, 먼저 올라갔던 환이가 또다시 난간 밖으로 고개를 내밀었다. 사람들을 향해 빨리 올라오라고 손을 흔들고 있었다.

다시 한 번 다른 주검을 만나게 되는 건 아닐까, 기대보다는 두려움으로 그들은 계단에 올라섰다. 다시 제자리로 돌아온 것만 같은 똑같은 문 앞에, 익숙한 얼굴이 그들을 기다리고 있었다. 수염이 덥수룩하게 나고 머리가 헝클어진 채, 그는 엉엉 울고 있었다. 중토였다. 아래로 내려가라는 구조대의 지시를 거스르며, 당당하게 위로 올라섰던 사람이었다. 머리 위에 들려오는 구조대의 이야기는 거짓이라 말하며, 우리의 생존은 저 아래에 있지 않고 위에 있다고 확신했던 사람.

그는 사람들을 보자 더욱 더 서럽게 눈물을 흘렸다. 아무리 올라가도 끝이 보이지 않더라고 그는 말했다. 아무리 계단을 올라도, 있는 힘껏 달려도 도무지 그 끝에 가닿을 수 없더라고. 그러고 나니, 옥상에 도착한다고 하더라도 그 문이 열려 있을까 의심이 들더라고 말했다. 열쇠도 없이 그 문을 열 수 있을까 도저히 자신이 없더라고 했다. 아무리 몸부림쳐도, 그놈들은 그렇게 탈출을 하고 우린 여기에 이렇게 남아 버려지는 걸지도 모른다 생각하니 두 다리가 꼼짝도 하지 않더라 말하며, 그의 얼굴은 온통 눈물범벅이 되었다. "끝이 보이질 않아, 애초부터 끝

은 없어. 이건 끝나지 않는 거야, 아무 소용없어! 모든 게 다 쓸
모없어!" 컥컥거리며 그는 차마 마지막 말을 뱉지 못하고 있었
다. 모두의 기억 속에 사라졌던 말이었고, 그들이 갇혀버린 이
세계의 이름이었다.

수현은 조용히 그에게 다가가, 그래도 포기하지 말고 함께 올
라가자고 말해주었다. 이제 우리도 왔으니, 다 같이 힘을 내서
함께 올라가보자고. 물론 그들에게는 이미 사라져버린 거짓 용
기였다. 계단을 오르고 있는 그들의 의지는 고작 영혼의 이끌림
이었으며, 자신들은 끝내 어디에도 도착하지 못하리란 현실을
그들은 이미 조금씩 받아들이고 있었다.

그의 손길에 중토는 쉽게 눈물을 닦았고, 그들을 따라 다시
몸을 일으켰다. 그에게 필요한 것은 마침내 그곳에 도달하고야
만 성취감 따위가 아니었는지, 그들의 가벼운 손길에도 쉽게 몸
을 일으켜 그는 다시 계단을 오르고 있었다.

또다시 계단을 오르다가, 그들은 하나둘씩 문 앞에 주저앉았
다. 기억이었다. 아무도 피로하거나 허기를 느끼지 않았지만,
그들은 자신들의 기억이 시키는 대로 또다시 푸른 등 아래에 허
리를 굽혀 모여 앉았다.

"벌레가 보여요." 푸른 등을 올려보던 목종이 샛눈을 뜨며 중
얼거렸다. 무슨 말인지 이해하지 못해, 모두는 그와 등불을 번
갈아 바라보았다. "저 등이요. 동그란 등 속에, 벌레가 있는 것
같아요." 그제야 모두는 눈을 가늘게 뜨고 푸른 등을 올려보았
다. 한참을 올려다보자, 등 안쪽에 꿈틀거리는 것이 보였다.

남수도 등을 올려다보았다. 자신의 눈 속에 꿈틀거리는 것인 줄 알았는데, 동그란 푸른 빛깔의 등 속에 기다란 몸을 가진 벌레가 느리게 움직이고 있었다. "벌레가… 어떻게 저기까지 들어갔지? 저것도 죽은 건가?" 허 씨는 신기하다는 듯 오래도록 등불 속을 지켜봤다. 푸른 불빛 속에 꿈틀거리는 그것을 올려다보았다. 겨우 벌레 한 마리였는데, 그들은 경배라도 하듯 조용했다.

"저 바깥에, 삶이 있어."
축축한 침묵을 걷어내며 남수가 일어섰다.
"당신들 말대로, 여기가 죽음이라면 말이야. 저기 문 밖에 삶이 있는 거지. 멀지 않아, 삶은 가까이 있어. 우리가 저 문 밖으로 나가기만 하면 되는 거야."
그는 닫힌 문에 바싹 다가서는, 손을 들어 문의 온기를 느꼈다. 철제로 만들어졌으니 그저 차가울 줄만 알았는데, 좀 전까지 그곳에 누군가 기댔던 것처럼 미약한 온기가 남아 있었다.
순간 목종이 몸을 일으키더니, 닫힌 문을 향해 있는 힘껏 몸을 날렸다. 힘찬 그의 발길질에 거대한 철문이 부르르 몸을 떨었다. 쾅쾅 소리가 푸른 공간을 쩌렁쩌렁 울렸다. 남수의 말처럼 그 너머에 삶이 있다면, 살아 있는 누군가는 충분히 듣고도 남을 울림이었다.
"소용없어. 그게 그런 식으로 열리는 거라면, 진즉에 열렸겠지."

허 씨가 힘없이 말했지만, 목종은 사람들을 향해 외쳤다.

"포기하지 맙시다, 주저앉지 말아요! 우리… 저 바깥에 살았을 때에도 그렇게 살았잖아요? 그래서 지금 여기 이렇게 주저앉아 있는 걸지도 모르잖아요? 그러니까, 우리 이 세계를… 여기를 뚫고 나가봐요."

그가 또다시 푸른 등을 올려다봤다.

"저기, 저 벌레처럼… 저게 어떻게 저기에 들어갔겠어요? 어딘지도 모르는 여기 이 계단 위에, 끝없이 푸른빛으로 번쩍이고 있는 밀폐된 저 유리등 속에, 어떻게 저게 저기에 들어가서, 저렇게 꿈틀거리고 있겠어요?"

잔잔한 바다 같은 푸른 등 아래에, 그들의 눈빛이 일렁거렸다. 그때였다. 좀 전에 발길질을 했던 문이 꿈틀거리며 흔들리기 시작했다. 건너편에서 누군가 쾅쾅 문을 두드리고 있었다.

"거기 들려요? 들리죠?"

인기척이었다. 닫힌 문 너머에서 들려오는 다급한 목소리였다. 모두는 황급히 철문에 매달려 귀를 댔다. 그러자 미약했던 그 소리는, 작은 공간에 커다랗게 울려 퍼지고 있었다.

"거기… 사람 있죠? 사람 있는 거, 맞죠? 지금 빨리 아래로 내려와요! 십층 아래에 구조대가 지금 문을 열었으니까, 당장 다들 밑으로 뛰어내려오라고요!"

철문에 귀를 댔던 모두의 눈이 휘둥그레졌다.

"시간 없어요, 빨리요! 지금 건물이 무너지기 직전이니까, 어서 서둘러요! 빨리요!"

제일 먼저 김 씨가 아래로 뛰었다. 허 씨도 뒤를 따랐고, 조끼를 입은 중토가 뒤를 이었다. 누구랄 것도 없이 모두는 우르르 계단 아래로 뛰기 시작했다. 또다시 벽에 물고기를 그리고 있던 환이를 들쳐 업고, 지애도 아래로 뛰었다. 당장이라도 곤두박질칠 것만 같은데, 그녀는 자꾸 무너지는 두 다리를 질질 끌며 계단 아래로 몸을 내밀었다. 목종은 큰 걸음으로 여러 개의 계단을 한꺼번에 뛰어 넘었으며, 손을 꼭 잡은 정화와 수현의 얼굴엔 희미한 미소가 번지고 있었다.

그들을 따라 맨 뒤에서 계단으로 뛰다가, 남수는 문득 뒤를 돌아보았다. 몸을 동그랗게 만 노인이 물끄러미 그를 올려다보고 있었다. 어서 오시라고, 그가 손을 흔들었지만 노인은 입을 꾹 다문 채 잠자코 그를 보고만 있었다. 빨리 내려오라고, 살고 싶으면 어서 내려오라고 소리치는 문 앞에서, 노인은 오히려 구석으로 자신의 몸을 들이밀고 있었다. 지친 다리를 두드리며, 연약한 무릎 위에 귀를 대고 누우며, 노인은 그대로 눈을 감아 버렸다.

18

다시 또 아래

"빨리요, 빨리!"

제일 앞에서 뛰고 있던 목종은 뒤도 돌아보지 않은 채 소리를 질렀다. 두 다리가 마음대로 움직이지 않아 넘어지며 계단에 무릎을 찧고 발목이 틀어졌지만, 그는 상관하지 않았다. 환이가 그렸던 물고기들이 다시 나타났고, 다시 또 나타났다. 아래로 뛰고 있는 그들에게 벽 위에 물고기는 역류하며 위로 솟구치는 듯했다. 웃으며 그들의 등 뒤로 솟아오르는 물고기들의 광경은 장엄했는데, 아무도 신경 쓰지 않았다. 그들은 그저 발아래 계단만을 보며 뛰고 있었다. 힘겹게 올라왔던 길을 다시 또 내려가면서도, 그들의 몸부림은 다급했고 망설임이 없었다.

마침내 열 층 아래에 도착해, 맨 앞에 뛰어내렸던 목종이 황급히 문의 손잡이를 돌렸다. 닫힌 문 위에는 물고기들이 웃고 있었다. 손잡이를 돌리는 그의 손길은 성급했고, 닫힌 문은 끝까지 돌아가지 않은 채 덜컥거리며 자꾸 그의 손을 밀쳐냈다.

"열어, 열라고! 우리 여기 있어! 열란 말이야, 열어!"

환이가 적어놓은 숫자 덕분에 층수가 틀릴 수는 없었다. 그의 뒤에 섰던 정화가 벌벌 떨며 울먹이기 시작했다.

"열어요, 열라고요! 우리 여기 있어요, 우리 여기 있으니까 제발 문 좀 열어요!"

환이를 안고 난간에 매달려 간신히 내려서던 지애는 계단 아래에 털썩 주저앉았다.

"뭐야, 왜 안 열려? 여기가 아냐? 여기 아냐?"

허 씨가 다시 아래층으로 뛰었지만, 그곳도 닫혀 있기는 마찬가지였다. 중토가 더 아래로 더 멀리 아래로 뛰었지만, 그를 기다리고 있는 것은 웃는 물고기들뿐이었다. 열린 문은, 어디에도 없었다.

"열어! 열란 말야!"

피를 토하듯 소리치며, 목종이 철문을 두드리고 발길질을 했다. 주먹질을 하는 그의 손등은 이미 퍼렇게 멍이 들고 있었다. 그러자 닫힌 문 너머에서 또다시 사람의 목소리가 들려왔다. 잔뜩 짓누른 웃음 때문에, 그의 말투는 춤을 추듯 오르내렸다.

"흠, 흠… 네, 거기 정말 힘드신 거 압니다. 얼마나 고통스럽고 힘겨우시겠어요? 그곳이 얼마나 답답한지, 저희들도 잘 압니다. 거기보다 넓기는 하겠지만, 저희도 여기에 갇혀 있긴 마찬가지거든요. 여기에 있는 저희들도 참으로 안타까워하고 있어요."

온 마음을 담은 그의 목소리엔 오롯이 진심뿐이었는데, 어쩐지 그것은 그 어떤 욕설보다 지독했다.

"하지만, 그럴수록 힘을 내셔야죠. 긍정적인 마음을 잃지 마시고 운동 삼아 그렇게 계단도 오르내리고 그러시면서, 기운을 되찾으셔야죠. 저희가 여기서 해드릴 수 있는 건 없지만, 언젠가 나갈 수 있을 겁니다. 기다리고 또 기다리면, 때가 오지 않겠어요? 시간이 흐르고 나면 모든 것이 추억이 되고, 그리워지기도 하니까요. 지금이야 그렇게 갇혀 있지만, 모두들 그렇게 희망을 버리지 않고 온 힘을 다해 노력하고 있는데, 반드시 거기서 탈출할 때가 올 겁니다. 그러니까 희망을 가지시고 끝까지! 아셨죠? 파이팅입니다! 저희들도 여기에서 온 마음을 담아 응원하도록 하겠습니다, 힘내시는 겁니다!"

무너지듯 김 씨가 쓰러졌다. 목종이 욕설을 뱉었고, 수현은 있는 힘껏 문을 걷어찼다. 위쪽 계단에서 손에 묻은 피를 바지춤에 닦으며, 금이가 느릿느릿 내려오고 있었다.

"말했잖아요? 저 사람들에게 우린 그저, 조롱거리일 뿐이라고요. 우리의 믿음이나 다짐이 그렇게 아무렇게나 난도질되더라도, 우린 아무것도 할 수 없어요. 여기에 이렇게 갇힌 이상, 우리가 할 수 있는 건 아무것도 없어요."

울음이 터졌고, 비명 같은 탄식이 이어졌다. 열리지 않는 문의 손잡이를 붙든 채 목종은 계속해서 절규했고, 허 씨는 주먹으로 바닥을 내리쳤다. 오열하는 수현을 붙들고 정화도 엉엉 울었고, 환이가 어깨를 흔드는데도 지애는 넋이 나간 듯 두 눈엔

초점이 없었다. 남수는 계단 위에 주저앉아, 웃고 있는 물고기 그림 위에 머리를 찧고 있었다.

가쁜 숨을 내쉬며 아래쪽 계단에서 올라오던 중토는, 열린 문을 찾아 어디까지 다녀온 건지 땀범벅이었다. 다급하게 무슨 일이냐고 어떻게 된 거냐고 거듭 물었지만, 대답할 수 있는 사람은 없었다. 그들은 이미 생존의 언어를 잃어버린 채였다.

"그럼, 여긴… 지옥일까요?"

바다 위에 비가 스미듯 그들의 울음소리는 가뭇없이 사라졌다. 무참히 쏟아지던 빗줄기가 잦아들고, 말간 하늘이 고개를 내민 듯 잠잠한 고요가 찾아왔다. 평화롭다고 말하기엔 너무도 참혹한 고요였다. 투신한 누군가 오래전에 외친 비명처럼, 정화의 목소리만 작은 공간을 아득하게 울리고 있었다.

"여기서 우린 이렇게 끔찍한 벌을 받고 있으니, 그럼 여긴 분명 지옥인 건가요?"

조용히 바다 앞에 선 청년처럼 수현이 고개를 저었다.

"꼭 그렇지만은 않아요."

온 얼굴이 퉁퉁 부어, 그의 미소는 뭉개져 있었다.

"나에게는… 네, 나한테는 그래요. 생각해보면 저기 바깥에서도 마찬가지였겠지만, 지금 여기… 나한테는 꼭 지옥인 것만은 아닌 것 같아요."

힘없는 그의 눈길을, 그녀는 사랑스럽게 바라보았다. 그 속에 손을 담그려는 듯, 그 안에 마음을 씻는 듯 그녀는 번들거리는 그의 목덜미에 얼굴을 비볐다.

"할 말이… 있어요."

또다시 어떤 결심을 하고 있는지, 그가 짧은 숨을 뱉었다.

"나… 정화 씨한테, 하지 못한 말이 있어요."

물고기의 벽에 기대있던 남수가 고개를 들었다. 그가 하려는 말이 무엇인지 그는 알고 있었다.

"나는… 나는 말예요, 나는……."

차마 말하지 못하고 더듬거리는 사이, 정화가 그에게 더욱 바싹 다가앉았다. 진물처럼 흐르고 있는 그의 눈물을 닦고, 부풀어 오른 그의 눈가를 조심스레 쓰다듬었다.

"어차피… 이제 우리에게 이 육체는 아무 의미 없는 거잖아요? 나는 수현 씨를 만났고, 수현 씨가 참 좋은 사람이라는 걸 알겠고… 수현 씨와 있으면 좋아요. 우리 아빠를 만난 것처럼, 어쩌면 그래서 아빠가 자기 대신 수현 씨를 만나게 해준 것은 아닐까, 그런 생각이 들기도 하거든요."

그녀가 팔을 뻗어 떨고 있는 수현의 손을 그러쥐었다.

"어디를 가든 어디에 있든, 같이 있고 싶고 함께 가고 싶고… 지금 우리에게 그거면 되잖아요, 그죠?"

조심스럽게 그녀가 물었다.

"같이… 가줄 거죠?"

말없이 수현은 고개를 끄덕였다. 서로의 손을 꼭 잡은 채, 그들은 푸른 바다 속에 잠겨 있었다. 아무런 소리도 들리지 않고 고요와 평화만이 그들을 감싸고 있는, 서로의 손길과 몸짓으로 앞날을 인도해야 하는 그 곳에, 단 둘이.

"그래, 마음껏 사랑하며 살아."

물끄러미 그들을 보다가, 김 씨가 혼잣말하듯 중얼댔다.

"여기에서 돈이 의미가 있겠니, 그깟 몸뚱이가 의미가 있겠니? 그렇다고 먹고사는 일이 의미가 있니, 가정을 꾸리고 새끼 낳고 잘 사는 그런 미래가 의미가 있겠니? 그저 이 징그러운 계단을 같이 오르내려줄 사람이면 되겠지. 흔들리지 않고, 서로에게 의지해 서로를 토닥이면서 같이."

그녀가 손등으로 눈물을 찍어냈다.

"아유, 여기가 도대체 어디인지는 모르겠다만, 사랑을 하기에는 아주 완벽한 곳인가 보네. 아유, 좋겠다! 좋겠어!"

그녀의 말을 듣던 허 씨가 불쑥 끼어들었다.

"너도 그렇게 살면 되지? 그렇게 부러우면 너도 그렇게 살면 되잖아? 뭘 망설여, 여기에서 뭐가 두려워?"

김 씨는 말끄러미 그의 두 눈을 봤다. 주름이 켜켜이 쌓인 채 푹 꺼진 눈이었다.

"나는⋯ 또 다시 그런 어리석은 삶을 반복할까 봐, 그게 두려워. 저기 밖에서 그랬던 것처럼, 내 바보 같은 삶의 기억이 여기에서까지 다시 엉뚱한 것들을 좇아 살게 할까 봐."

그녀의 한숨은 해무처럼 자욱하게 흩어졌다. 허 씨는 아무 대답도 하지 못했다. 그저 엉덩이를 움직여 그녀의 곁에 조금 더 바싹 다가앉았다.

수현과 정화는 아래로 내려가겠다고 말했다. 여행자처럼 발아래 무수히 뻗은 계단들을 돌아보며, 여기 이 세계를 찬찬히 들여다보고 싶다고 했다. 그러다가 어디든 몸을 눕히고 싶은 곳이 나타나면, 그곳에 작은 집을 삼고 추억을 만들며, 계단을 오르내리는 사람들에게 인사를 건네면서 살겠다고 말했다. 우리가 계단을 오르내릴 때, 누군가 그렇게 환하게 웃으며 인사를 건네주었더라면 여기 이 공간이 그토록 끔찍하지만은 않았을지도 모르겠다며, 그는 봄볕 아래 선 듯 눈부시게 웃었다.

"그게 무슨 소리야? 어차피 다 똑같은데?" 그들과 헤어지는 일이 서운한지, 목종이 다급하게 물었다. 그러자 수현은 이렇게 대답했다. "똑같지 않지. 아무리 똑같아 보여도, 똑같은 건 없지. 여기가 어디인지 우린 왜 여기에 있는지 여전히 알 수 없지만, 우린 어쨌든 다른 곳에 와 있잖아? 제자리를 도는 것 같지만, 여전히 밖으로 나가지 못하고 있지만, 일단 올라서면 그곳은 우리에게 새로운 세계잖아? 다시 돌아내려간다고 하더라도, 그곳은 이미 그때의 거기는 아니잖아?"

그의 말을 이해하지 못해 목종의 고개가 기울어졌는데, 수현은 힘 있게 덧붙였다.

"내가 달라졌으니까, 아무리 그곳이 똑같은 곳이라고 하더라도, 그때의 나와 지금의 나는 달라져 있을 테니까."

괜찮겠느냐고, 김 씨가 물었다. 두 사람은 약속이나 한 듯 서로를 보며 고개를 끄덕였다. 이렇게 서로가 함께 한다면, 삶이라고 말해도 좋고 죽음이라고 말해도 괜찮을 것 같다고, 정화는 쑥스러운 듯 얼굴을 붉혔다.

환이는 허리춤에 찬 작은 주머니 안에서 짙은 색 크레파스 하나를 건네주었다. 푸른빛 아래, 그것이 원래 무슨 색이었는지는 알 수 없었다. 그저 흐리거나 짙을 뿐이었다. 아이는 그것을 건네며, 그들에게 집을 그리라고 말했다. 창문도 그리고 굴뚝도 그리고, 나무도 그리고 새도 그리라고 말했다. 호랑이도 그리고 사자도 그리라고 말했을 때 정화는 퍽 웃음이 터졌지만, 환이는 여전히 진지한 눈빛으로 이렇게 말했다. "나는 물고기들을 다 그리고 다시 내려올게. 그러니까 그때까지 기다려, 알았지?"

정화는 아이의 눈 속을 들여다보다가, 꼭 끌어안아 주었다. 이 좁고 혼란스러운 공간 속에 아이가 만들고 싶은 것이 얼마나 거대한 세계였던 건지, 그녀는 그제야 알 것만 같았다. 모두가 포기해버린 여기 이 공간을, 그 작은 손으로 얼마나 열심히 다시 짓고 있었던 건지. 이미 환이의 눈 속엔 갖가지 생명체로 가득한 또 다른 세계가 펼쳐지고 있었다.

하지 못한 말이 남은 듯, 수현은 남수 앞에 망설이고 있었다. 그리고 그는 말 대신, 자신의 후드 점퍼 안으로 손을 집어넣어 무언가를 꺼내 내밀었다. 그의 손바닥에 담긴 것을 보며, 남수는 턱 숨이 막혔다.

칼이었다. 반으로 접힌 속에, 날카로운 결심을 숨긴 몸통. 그의 손바닥 위에 작은 돌기가 남수를 가리키며 불쑥 솟아 있었다. 그의 것과, 똑같은 칼이었다.

"이제… 이거, 필요 없을 것 같아요." 그는 그렇게 말하며 그것을 내밀었지만, 남수는 어떤 말도 할 수 없었다. 자신이 감추고 있던 것을 그도 감추었던 것뿐인데, 가슴 속에서 자꾸 게워지는 것이 있었다. 언어로 토해지지 못한 채, 그대로 흩어져버리고 마는 말들이 있었다. 자신도 모르게 허우적거리며 남수는 그 칼을 다시 그의 품에 안겨주었다. "왜요?" 수현이 물었지만, 남수는 대답할 수가 없었다. 조여 오는 숨통을 견디기 힘들어, 그는 자꾸 고개만 젓고 있을 뿐이었다.

"상어가 올지도 모르잖아." 엉뚱하게도 대답을 한 것은 그의 곁에 섰던 환이였다. 아이는 수현을 올려다보며 다시 한 번 천천히 이렇게 말했다. "상어가 와서, 형아랑 누나랑 물어뜯을지도 모르잖아? 그러면 그걸로 상어 혼내줘야지, 형아랑 누나 지켜야지."

갑작스런 환이의 말을 남수는 이해할 수 없었는데, 수현은 알겠다는 듯 고개를 끄덕였다. 그리고 손에 들었던 칼을 다시 주머니 안에 깊숙이 집어넣었다. 남수는 여전히 상어가 어디에서 나타나고 또 무엇을 빼앗아간다는 이야기였는지 알지 못했지만, 다시 칼을 집어넣는 그를 보며, 그제야 안도의 숨을 내쉬었다.

소중히 서로의 손을 잡은 두 사람은, 천천히 계단을 내려갔다. 분명 끔찍하게도 소용돌이치며 그들을 집어삼키던 공간이었는데, 환하게 웃으며 걸어 내려가는 그들의 몸짓으로 인해, 그곳의 광경은 순식간에 달라져버렸다. 모두의 머릿속엔 여전히 두렵고 참혹한 기억들뿐이었는데, 두 사람을 보며 자신도 모르게 그들은 가장 찬란하고 아름다운 시간을 기원하고 있었다. 그곳에 갇힌 이래로 한 번도 꿈꾸어본 적 없었던 화려한 시간이었고, 어긋나지 않은 채 한데 어우러진 튼튼한 소망이었다.

이번에는 계시에 이끌리거나 부름에 몸을 일으킨 것도 아닌데, 그들은 또다시 계단을 오르고 있었다. 고작 조롱당하기 위해 한 달음에 뛰어 내려왔던 계단을 다시 올라가는 길이었고, 환멸과 분노를 견디기 힘들어 온몸으로 오열하고 난 후였는데, 이상하게도 힘겨움은 덜했다. 천천히 계단을 오르며 환이가 그려놓은 물고기들을 구경하며, 그들의 발걸음은 기하학적으로 꾸며진 전시장이라도 관람하는 듯 느릿느릿했다. 김 씨가 커다란 물고기 한 마리를 가리키며 허 씨를 닮았다고 놀렸을 때, 모두의 웃음은 퍽 터졌다. 허 씨도 머쓱한지 물고기 앞에 그저 배시시 웃고 있었다.

크기만 다른 똑같은 물고기 그림인 줄 알았는데, 어쩐지 모든 것이 달라졌다. 같은 직선과 곡선의 엇갈림이었고 같은 모양의 웃음이었는데, 물고기들은 이전과는 분명 다른 표정이었다. 실제로 푸른 바다 한가운데를 헤엄치듯 물고기들은 모두 서로 다른 방향으로 꿈틀거리고 있었다.

"다… 다르네?"

감격에 겨워 지애가 입을 열었다.

"여기 문도, 저 불빛도, 여기 이 계단도… 똑같은 줄 알았는데, 모두 다 달라."

환이는 칭찬이라도 기다리듯 그녀 앞에 환하게 웃었다.

"왜 몰랐을까? 이렇게 다 다른데, 이렇게 모두 다 달랐는데…
우린 왜 똑같다고만 생각했던 걸까?"

그녀처럼 계단을 오르던 발길을 멈추어, 사람들은 서로 다른
계단 위에 섰다. 지쳐 쓰러진 것이 아니라, 올라가다가 도중에
멈춰선 것은 처음이었다. 그리고 그들은 천천히 각자의 주변을
둘러보았다. 서로 다른 위치에서 바라본 광경은 또 제각각이었
다. 같은 공간 안에 같은 모습으로 서 있었는데, 모두 각자 자
신만의 세계를 바라보고 있었다.

"아유, 여기가 아니었으면 좋았을 걸. 저 밖이었다면, 우리 환
이랑 더 오래오래 행복하게… 슬퍼하고만 있지 않고 마음껏 자
유롭게 살았을 텐데. 이제 겨우 여섯 살인 우리 환이, 그동안이
라도 즐겁고 행복하게 살게 해줄 수 있었을 텐데."

울음을 삼키며 지애가 환이를 꼭 끌어안았다.

"엄마가… 미안해, 정말 미안해. 엄마가 바보 같아서… 우리
환이 지켜주지도 못하고, 엄마가 바보 같아서 정말 미안해."

물고기를 구경하느라 죽 뺀 환이의 얼굴에, 그녀는 자신의 두
볼을 비볐다. 곱은 손을 들어, 아이가 그녀의 눈물을 닦았다.
"엄마, 바보 아냐. 엄마도 예뻐. 환이 닮아, 예뻐." 그렇게 말하며
아이는 계속해서 그녀의 얼굴을 쓰다듬고 있었다.

천천히 오래도록 그렇게 달라진 공간을 구경하며 계단을 올
라가니, 보따리처럼 동그랗게 허리를 구부린 노인이 닫힌 문에
기대어 앉아 있었다.

"할아버지!"

환이가 좋아하며 두 팔을 벌렸고, 노인은 처음으로 주름진 얼굴을 들어 환하게 웃었다. 아이처럼 환하게 웃는 노인의 얼굴이 너무도 아름다워, 그들은 서로를 얼싸안는 두 사람의 모습을 먹먹한 눈빛으로 바라보았다. 수현이 말했던 것처럼, 그들을 반기는 누군가의 환한 웃음만으로 그 작은 공간은 또다른 세계로 변해 있었다. 그곳에서는 가능하리라 믿지 않았던, 새로운 시간의 도래였다.

모두 함께 다시 또 계단을 올랐고, 환이는 계속 그림을 그렸다. 직선으로 시작해, 곡선과 곡선을 이어 그린 물고기들이었다. 그런데 이제는 그들 모두 성급하게 계단에 발을 올려놓지 않고, 환이가 그리기를 모두 끝낼 때까지 아이의 그림을 천천히 구경했다. 행위 예술이라도 관람하듯 보통 사람은 흉내 낼 수조차 없는 손짓과 몸짓으로 그림을 그려가는 환이의 뒷모습을, 그들은 조용히 바라보았다. 환이가 물고기 하나를 그리면 그제야 다시 계단을 올랐고, 다시 또 물고기를 그리기 시작하면 멈춰 서서 그 광경을 지켜보았다. 아이가 그림 그리는 모습을 바라보며, 누군가는 서고 누군가는 앉고 누군가는 계단에 기대어 비스듬히 눕기도 했다. 또다시 그들은 계단을 오르다 말고 주저앉았는데, 이제 더 이상 아무도 조급해하거나 서두르지 않았다.

환이가 61이라는 숫자를 적고 그 주변에 다시 물고기를 그리기 시작했을 때, 위쪽 계단에서 인기척이 들려왔다. 다급한 누군가의 발걸음은 빠르게 계단을 뛰어 내려오고 있었다. 남자였다. 마흔이나 되었을까, 그는 편안한 자세로 환이의 그림을 구경하는 사람들을 보자, 숨을 몰아쉬며 이렇게 소리쳤다.

"헉헉… 공중통로가 나타났어요!"

사람들의 두 눈이 휘둥그레졌다.

"지금 저 위에 공중통로가 열려서… 사람들이 그쪽으로 탈출 중이라고요!"

그러나 사람들은 누구 하나 꼼짝도 하지 못했다. 또다시 조롱 당하는 건 아닐까, 그들은 겁에 질려 있었다.

"당신이… 봤어요? 당신 눈으로 본 거요?"

조심스럽게 목종이 물었다.

"이 사람들이 지금? 내가 지금 한 사람이라도 더 구하려고 이렇게 뛰어내려온 거 보면 몰라요? 빨리 올라가요! 사람들이 지금 거기 모두 모여 있으니까, 빨리 올라가라고요!"

그는 그렇게 말해놓고 계단 아래로 뛰었다. "공중통로가 열렸다! 공중통로가 열렸어요!" 소리를 지르는 그의 목소리는 회오리치며 계단을 타고 아득히 멀어지고 있었다.

서로의 눈치를 살피다가, 그들도 계단을 뛰어오르기 시작했다. 여전히 그의 말을 반신반의했지만, 대여섯 층 더 올라가니 확연히 다른 공기가 쏟아져 내렸다. 답답하고 밀폐된 공간이 순식간에 씻기고 있었다.

바람이었다. 분명 바람이었다. 어딘가 외부로 열린 통로를 통해 안쪽으로 밀려들어 오는 새로운 세계의 기운이었다. 신선

한 공기를 한껏 들이켜며, 입을 크게 벌려 호흡하며, 그제야 그들의 눈빛은 감격으로 찰랑거렸다. 마침내, 그들의 눈앞에 그토록 간절히 찾아 헤매던 공중통로가 서서히 모습을 드러내고 있었다.

19

공중통로

앞서 오르던 지애의 머리칼이 나부꼈을 때, 남수는 그만 탄성을 지르고 말았다. 바람에 날리는 머리칼을 처음 본 것이 아니면서도, 그는 눈앞에 다가오는 새로운 세상을 믿을 수가 없었다. 숨통을 꽉 틀어막은 것이 삼키지 못한 결심인 줄 알았는데, 그의 입에서 토해져 나온 것은 어이없게도 탄성이었다. 움푹 팬 두 눈에 눈물이 고이는 것을 알면서도, 그는 그것이 감격 때문이라고는 생각할 수 없었다. 슬픔조차 믿지 못하는 그에게, 그것은 너무도 생소한 감정이었다.

"됐어, 이젠 됐어! 이제 끝난 거야, 다 끝난 거야!"

뒤를 따르던 허 씨가 울먹이고 있었다. 무너져 내리는 김 씨의 몸을 끌어안고 그는 위로, 바람이 쏟아져 내리는 위쪽으로 몸을 밀어 올렸다. 얼굴을 감추었던 금이는 머리카락이 날리는 줄도 모르고 고개를 들어 위를 봤고, 목종과 중토마저 환호성을 지르며 서로를 끌어안았다. 비상이라도 하듯 바람에 떠밀리며 그렇게 또 한 층 올라섰는데, 앞 사람의 등짝에 매달려 그들의 앞을 가로막은 인파가 나타났다. 이미 수십 명의 사람들이 계단 아래 위에 빼곡히 들어차 있었다. 그들은 모두 세찬 바람이 쏟아져 들어오는 곳을 향해 간절히 고개를 들고, 있는 힘껏 목을 빼 머리 위를 넘겨보고 있었다.

푸른 등불 아래 여전히 잠겨 있는 문의 건너편에, 커다란 구멍이 뚫려 있었다. 그러나 그것은 문이 아니었다. 시멘트 덩어리들을 토해낸 채, 허공 속으로 드러난 거대한 구멍이었다. 바깥으로는 잿빛 공중이 바람을 쏟아내며 쌩쌩 지나쳐 갔고, 귀를 찌르는 낮은 파열음이 허물어진 벽을 치며 넘나들었다. 바람이기도 했고 안개이기도 했으며, 어쩌면 구름이기도 했고 그들이 그토록 간절히 바랐던 새로운 세상의 광경이기도 했다.

거의 양팔 너비로 무너져 내린 구멍 앞에, 단정하게 머리를 넘겨 빗고 가부좌를 튼 한 중년 남자가 소리치고 있었다. 그토록 엄청난 바람이 휘몰아치고 있는데도, 그의 머리 모양은 조금도 흐트러지지 않았다. 남자의 가슴에는 두꺼운 책 몇 권이 조심스럽게 안겨 있었다. 푸른 등불 아래에 그것이 검은지 흰지, 금빛인지 은빛인지 알 수는 없었다. 그저 그의 품속에서 푸르스름하게 멍들어 있었다.

그는 그 책을 들고서 사람들의 머리 위로 높이 들어 올렸고, 그러면 한 사람씩 그의 앞으로 나아가 무릎을 꿇었다. 계시라도 기다리는 몸짓의 그들에게 남자가 무언가 알아들을 수 없는 말을 읊조리자, 그들은 거듭 머리를 조아리며 눈물을 흘리다가, 조금도 주저하지 않고 구멍 밖으로 몸을 던졌다. 세찬 바람을 토해내는 회색빛 허공 속으로 사람들의 비명이 아득히 들렸다가 사라지자 남자는 그들이 곧 저 아래에서 신의 부름을 받아 다시 하늘로 올라가게 될 것이라고 선언했다. 여기가 바로 이 끔찍한 세계로부터 구원에 이르는 유일한 길이라며, 그는 계속해서 기도하고 또 기도하라고 외쳤다. 신의 뜻을 믿으며, 의심하지 말 것을 명령했다.

또다시 그의 앞에 모여선 사람들이 두 손을 모으며 무릎을 꿇었고, 연거푸 그에게 머리를 조아리면서 구원을 갈구했다. 그들이 다시 구멍으로 뛰어들고 비명소리가 사라지고 나면, 책을 든 남자는 감격의 눈물을 쏟아내며 그들의 구원이 이루어졌음을 선포했다. 그리고 다시 또 다른 사람들이 그의 앞에 무릎을 꿇었고 이해할 수 없는 그의 기도를 암송하며 울부짖었다. 그의 턱 밑에서 울고 절규하며, 감사하고 거듭 감사하다고 외치고 또 외쳤다. 또다시 구멍 밖으로 몸을 던지는 그들의 몸짓엔 망설임이 없었다.

"뭐… 뭐야? 저기가 공중통로인 거야? 저리로 나가면 정말 살 수 있다는 거야?"

믿을 수 없다는 듯 목종이 물었다.

"살긴 뭘 살아? 그냥 떨어져 죽는 거지. 저 비명 소리 안 들려? 저 소리를 듣고도 저 사람들이 살 수 있다는 말을 믿는 거야?"

중토가 한숨을 뱉었다.

"살 수 있다잖아요? 저리로 나가면 구원받을 수 있는 거라잖아요?"

김 씨는 잿빛 허공을 가리켰다.

"공중통로가 저게 맞기는 한 거야? 누가 말해봐요, 말해보라고요!"

허 씨가 다급하게 사람들을 향해 물었지만, 대답할 수 있는 사람은 없었다. 처음 공중통로에 관해 이야기했던 수현마저, 지금은 그들 곁에 없었다.

"일단 저 사람 말대로 뛰어내리면, 아래쪽 어딘가에 다른 건물로 나가는 통로로 연결되는 게 아닐까요?"

반드시 그래야 한다는 투였지만, 김 씨의 말은 앞뒤가 맞지 않았다.

"그게 지금 무슨 말이에요? 저 양반 말대로 내려가다가 날개라도 생긴다는 거요, 뭐요?"

"아니, 건물 주변에 에어쿠션 같은 거라도 깔려 있지 않을까? 그러면 살 수 있을 거 아냐?"

"아까 비명 소리 못 들었어요? 여기가 10층 20층인 줄 알아요? 저기 밖에 바람 들이치는 거 보면, 못해도 100층은 훨씬 넘는 것 같은데… 여기서 뛰어내려 살 수 있다고요?"

"우리 어차피 죽은 거라잖아요? 어차피 죽은 거, 저리로 나가면 새로운 삶을 시작하게 되는 거 아닐까요?"

목종의 말을 가로막으며 김 씨가 앞으로 나섰지만, 아무도 선

불리 구멍 앞으로 나서지는 못했다. 바깥에서 들이치는 거센 바람에, 뺨을 맞고 서 있을 뿐이었다.

"자, 온 마음을 다해 신을 사랑하시오. 여러분이 처한 고난과 힘겨움을 빌어, 신을 비난하려 하지 마시오. 우리는 아무도 신의 뜻을 헤아릴 수 없으며, 그저 신의 앞에 머리를 조아리는 것이 우리들에게 주어진 몫이오. 지금 우리들의 고난은 전에 없이 혹독하지만, 그러하기에 신은 우리 앞에 우리들을 시험하는 구원의 길을 열어주셨소. 여기 이 구원의 길을 열었소!"

그의 음성은 감격과 흥분으로 떨고 있었다. 촉촉한 그의 두 눈엔 오롯이 진심뿐이었다. 이 좁고 황폐한 세계 속에 무엇을 보고 있는지, 그의 두 눈은 황홀경에 취해 있었다.

"이 구원의 길을 걸을 수 있는 자격은, 오직 믿음뿐이오. 신에 대한 맹목적 사랑과 믿음만이, 여러분들을 이 세계에서 구원할 것이오!"

울먹이는 사람들의 머리 위로, 그는 두 팔을 활짝 폈다. 어서 빨리 신의 품에 안기라고, 미혹한 인간의 열락을 버리고 신에게 귀의하라고 그는 외치고 또 외쳤다.

그가 구멍 너머 허공 속으로 팔을 뻗었을 때, 여기저기에서 서로 다른 음조의 기도 소리가 들려왔다. 저마다의 간절함으로 탄식과 탄성이 뒤엉켰다. 그들 중에 또 다른 사람들이 구원을 외치며 구멍 너머로 뛰어들었고, 그들의 비명은 아득하게 허공 속에 흩어졌다. 그리고 구원을 선언하는 남자의 환호는 더욱 크게 울려 퍼졌다.

"여기요! 우리 아이도 구해주세요!"

소리를 지른 것은 남수의 뒤에 섰던 지애였다. 그녀는 품에 안은 환이를 사람들의 머리 위로 높이 들어 올렸다.

"무슨 짓이야, 지금!"

"살 수 있다잖아! 밖으로 나가서 살든 다시 태어나 살든, 구원받을 수 있는 거라잖아? 나… 우리 아이는 이렇게 끝내게 하고 싶지 않아. 아무것도 못 해줬는데, 우리 같은 부모 만나… 우리처럼 무기력하고 어리석은 어른들 세상에서 태어나, 이렇게 비참하게 살 수 밖에 없었는데… 죽었든 살았든 이렇게 끝내고 싶지는 않단 말이야!"

"정신 차려! 아냐, 이건 아니라고!"

남수가 환이를 빼앗으려고 손을 뻗었다. 그러나 지애의 손길은 완강했다. 사람들을 밀치며 환이를 들어 올린 채, 그녀는 점점 책을 든 남자에게로 다가가고 있었다. 그녀의 머리 위에서 환이가 울부짖었지만, 그녀는 아무것도 듣고 있지 않았다. 그저 이 끔찍한 공간 속에서 탈출하려는 열망뿐, 아이에게 어떻게든 새로운 삶을 살게 해야 한다는 너무도 간절한 의지가 전부였다.

"안 돼! 정신 차려, 정신 차리라고!"

남수가 그녀의 어깨를 잡아챘다. 그러나 그녀의 눈빛은 허공을 헤매고 있었다.

"아냐, 다시 태어나게 할 거야. 당신 때문에 이렇게 된 거… 아니, 나 때문에… 우리 때문에 이렇게 된 우리 아이… 다시 태어

나서, 번듯한 부모 밑에서 예쁘고 건강한 아이로 모두에게 사랑받으며 살게 해줄 거라고! 놔, 이거 놓으라고!"

"여보!"

밀고 밀치며 두 사람이 뒤엉켰다. 그들의 머리 위에서 환이는 허우적거리며 울었다. 또다시 구멍으로 뛰어든 누군가의 비명소리는 더욱 날카롭게 허공을 갈랐고, 책을 든 남자는 구원을 축복했다. 마침내 신의 품에 안겨 평화로운 삶을 시작하게 되었다고, 비로소 축복받은 삶 속으로 인도되었다고.

그때였다. 갑자기 천지를 진동하는 폭발음과 함께, 회색빛 허공 저 아래에서 번쩍 불이 일었다. 모든 것을 순식간에 깨우는, 눈을 뜰 수 없을 정도로 환한 빛이었다. 동시에 사람들의 발밑이 거세게 출렁거리며, 거대한 진동이 건물을 흔들었다. 사방에서 부서진 시멘트 조각들이 떨어져 내렸고, 비명을 지르며 사람들이 이리저리 쓰러졌다. 그러자 넘어진 사람들이 또 다른 사람들을 짓밟고 일어서서 구멍 쪽으로 달음박질치기 시작했다. 책을 들고 있던 남자까지 밀쳐내며, 그들은 점점 더 무너져 내리는 구멍 바깥으로 몸을 들이밀고 있었다.

차례를 지키라고, 이것은 저속하고 이기적인 탐욕에 불과하다고 남자가 호통을 쳤지만, 소용없었다. 사람들은 구멍 바깥으로 손을 뻗으며 몰려들었고, 책을 든 남자는 인파에 떠밀려 구멍 쪽으로 끌려가고 있었다. 들고 있던 책들을 집어던지며 어떻게든 떨어지지 않으려 팔을 뻗었지만, 그의 손에 잡힌 벽은 또다시 힘없이 허물어져 내리고 있었다. 다시 한 번 건물을 뒤흔드는 폭발음이 들려왔고, 거센 바람이 그들을 향해 입을 벌렸다. 뒤엉킨 사람들의 무리와 함께 남자의 몸은 우수수 허공 속으로 곤두박질치고 있었다.

뒤엉킨 비명들은 잿빛 허공 속으로 아득하게 사라졌고, 건물 안의 등불도 불꽃을 뿜으며 꺼져버렸다. 남자가 말했던 신에 대한 사랑이나 믿음, 하다못해 구원을 향해 손을 뻗을 용기조차 없었던 그들의 머리 위에 드리운 것은, 또다시 암흑이었다.

나는 갈색 가방을 열어놓고 물건을 파는 남자 앞에 서 있다. 선글라스를 쓴 그에게 칼을 받아든다. 돈을 건넨다. 고개를 드는데, 그의 곁에 한쪽 얼굴을 감춘 여자가 가방 속을 들여다보고 있다. 그녀는, 그가 나에게 칼을 열어 보여주는 모습을 모두 다 지켜보고 있었을 것이다. 어떤 결심을 하는지, 그녀는 비장한 눈빛으로 길게 목을 빼 꿀꺽 침을 삼킨다.

아내가 앉았던 버스 정류장에 돌아오니, 그녀는 훌쩍거리며 울고 있다. 집으로 돌아가는 버스가 문을 닫고 출발하는 모습을 보면서, 그녀의 울먹임은 더욱 커진다. 그녀의 손을 붙들고 일어서는데, 그녀의 뒤에 도착하는 또 다른 버스에서 여러 개의 주머니가 달린 조끼를 입은 남자가 내려선다. 잔뜩 어깨를 움츠린 채, 그는 건물 쪽으로 연결되는 육교에 오른다. 그의 손에는 붉은 글씨로 휘갈긴 커다란 시위용 푯말이 들려 있다. 초췌한 그의 얼굴 위에는 벼랑 끝에 몰린 자의 창백한 결심이 어려 있다. 시위용 푯말을 어깨 위에 눌러쓰며, 그는 피가 밴 입술을 씹는다.

신나서 앞장서 걷고 있는 환이를 따라, 나는 천천히 계단을 오른다. 지금 오르는 이 계단이 어디로 향하는지 나는 모른다. 내가 가야 할 곳은 알고 있지만, 이 계단의 끝에 나는 영원히 도착하지 못할 것이다. 아내는 휴대폰을 꺼내 여기저기 전화를 하고, 너무 크고 높은 유리문을 밀고 들어서자 누군가 내 어깨를 치며 건물을 빠져나간다. 황급히 지하철역 안으로 뛰어드는 그녀는, 구식이었지만 정장 블라우스에 치마를 입고 있다. 맨발인 채로 울면서, 그녀는 얼굴을 감싸쥐고 있었다. 육교 아래에 보이는 편의점 안에서, 모자를 잔뜩 눌러쓴 작은 키의 남자는 자신보다 더 커다란 가방 속에 커다란 생수 여러 병을 담고 있다. 그가 어깨에 멘 가방은 그의 몸뚱이가 담길 만큼 크고 깊다.

울먹이며 휴대폰 속에 한탄을 쏟아내고 있는 아내의 목소리가 귀를 찢는다. 나는 그녀의 손아귀를 잡아챈다. 그녀는 몸부림친다. 바닥에 구르는 휴대폰을 집어 들고서, 나는 거칠게 그녀를 끌고 간다. 건물 제일 구석에, 사람들이 보이지 않는 모퉁이 쪽으로 그녀를 잡아끈다. 영문을 모르는 환이가 손가락을 빨며 종종 따라온다.

화려한 옷들이 걸려 있는 매장 안 둥실 뜬 TV 모니터 속에, 대교 위에서 자살 소동을 벌이고 있는 남자에 관한 속보가 뜬다. 낡은 양복을 차려입은 그는 막 대교 난간을 넘어서고 있다. 그의 입 모양이 크게 클로즈업되었는데, 들리지 않는 그 말은 시간과 공간을 뛰어넘어 또렷이 들려온다. '희, 망, 은, 없, 어.'

화장실 앞에서, 초로의 남자가 파마머리 여자를 감싼 채 어깨를 토닥이고 있고, 죽고 싶다고 말하는 그녀의 목소리는 좁은 공간에 크게 울려 퍼진다. 그녀의 어깨를 토닥이는 남자의 손길은 부드러웠지만, 또 다른 그의 손엔 하얀 약병이 들려 있다.

저 멀리 인적이 드문 구석진 모퉁이에, 빨간 띠로 가로막힌 문이 보인다. 문이 열리더니, 부부로 보이는 젊은 남녀가 황급히 걸어 나온다. 무언가를 유기한 사람들처럼 선한 눈빛을 지닌 그들의 표정은 비장하다. 어떤 시간을 꿈꾸고 있는지, 그들의 눈빛은 더욱 선뜩하다.

내 손에 잡힌 아내의 몸부림은 더욱 거세진다. 나는 억지로 그녀를 이끌고, 좀 전에 그들이 빠져나온 빨간 띠로 가로막힌 문으로 성큼성큼 걸어 들어간다. 육중한 문이 천천히 닫히고 지애의 울부짖음이 사방의 벽에 튕길 때, 갑자기 천둥이 내리치는 것 같은 굉음이 귀를 때린다. 철컹, 철문이 잠긴다.

진흙 같은 암흑이 사방에 내려앉자, 순식간에 아내의 비명도 사라지고 없다. 엄마를 부르던 환이의 목소리도 지워지고 없다. 누가 던졌는지 휴대폰이 깨지며 바닥을 굴렀고, 그것이 떨어져 내린 계단 구석에 무언가 있다. 누군가 버린 물건처럼 쓸모없어 내던진 보따리처럼, 살아 있을 것이라고는 생각할 수 없는 덩어리 속에 주름진 얼굴이 고개를 든다. 가녀린 눈을 뜬 채, 힘없는 노인의 두 눈은 나를 올려다보고 있다.

칼을 든 나다. 피가 묻은 칼을 쥔 나다.

피를 흘리고 쓰러진 지애와 환이를 내려다보며,

물고기자리 태생인 나는,
물고기처럼 웃고 있다.

"으악!"

익사한 시체처럼 흠뻑 젖은 채로, 남수는 눈을 떴다. 무너져 막혀버린 벽의 작은 틈새로 윙윙 바람이 들이치고 있었다. 머리 위에서 푸른 등은 눈물 같은 불꽃을 떨구며 깜빡거렸다. 불이 밝혀지는 그 짧은 찰나, 무너진 구멍 앞에 시체처럼 쓰러진 사람들의 형체가 보였다.

"여보? 환이야?"

쓰러진 사람들 속에서, 대답이라도 하듯 검은 그림자가 몸을 일으켰다.

"여보?"

반가워 불렀지만, 검은 그림자는 또다시 암흑에 휩싸인 계단 으로 몸을 밀어 올리고 있었다. 거꾸로 굴러 오르는 보따리처럼 그건 네 발로 기고 있었다.

"어디… 가세요?"

노인이 뒤를 돌아봤다. 꿈속에서 자신을 보고 있던 그 눈빛과 똑같아, 남수는 머리칼이 쭈뼛 섰다. 대답도 없이, 노인은 또다 시 계단 위로 발을 올려놓고 있었다.

김 씨는 더 이상 올라가고 싶지 않다고 말했다. 틈새로 새어

드는 바람 앞에 앉으니, 여기가 천국인지도 모르겠다며 깨어난 사람들을 향해 어서들 올라가라고 손짓했다. "이렇게 바람을 맞으며, 내 삶을 즐기지도 못했어. 저 하늘이 허망하고 슬프기만 했지, 아름답다고 생각해본 적이 한 번도 없어." 그렇게 중얼거리며 그녀는 틈새의 작은 구멍으로 밖을 내다보고 있었다. 어느새 짙은 잿빛이기만 했던 바깥은 말간 하늘을 드러냈다. 점점이 흘러가는 구름이 그녀의 발밑으로 꿈틀거리며 다가오고 있었다.

그렇게 달을 보자, 그렇게 별을 보자, 그렇게 해가 뜨고 지는 것도 같이 보자, 허 씨는 소년처럼 웃으며 그녀 옆에 앉았다. 모든 것이 흐릿하기만 한 암흑 속인데도, 그녀는 용케 그의 팔짱을 꼈다.

목종은 다시 내려가야겠다고 말했다. 바깥에서는 찾지 못한 희망을, 여기에서 반드시 찾고 싶다고 말했다. 죽었든 살았든 또다시 그것을 놓쳐버린 시간을 살지 않겠다며, 그는 허리를 죽폈다.

쏟아져 내린 시멘트 더미 아래의 사람들을 일으키다가, 중토는 고개를 저었다. 그는 그것만으론 부족하다고 말했다. 우리가 놓친 것이 아니라, 빼앗긴 것이라고 했다. 그것을 다시 되찾아 와야 한다며, 그는 이를 악물었다.

"어떻게요?" 목종이 그렇게 물었을 때, 그는 쓰러진 사람들을 둘러보며 간결하게 대답했다. "싸워야죠." 계시도 아니었는데 몇 사람들이 더 몸을 일으켰고, 그들 중 하나가 자신이 들었다는 이 건물의 폭파 계획에 관해 말해주었다. 저 아래에서 문을 가로막은 사람들과의 전쟁을 모의하는 이들이 있었는데, 여차하면 문 밖의 사람들까지 빠져나가지 못하도록 건물의 한 층전체를 폭파시킬 계획이라며, 아까 들려온 폭발음은 아마도 그전쟁의 시작을 알리는 신호탄이었던 것 같다고 이야기했다.

두려움이 뒤엉킨 침묵이 슬그머니 그들의 머리 위에 드리워졌고, 중토는 또다시 이렇게 중얼거렸다. "싸워야죠. 이번에는 기필코 승리하는 싸움을 해야죠." 그리고 그는 벌떡 몸을 일으켜 계단 아래로 뛰기 시작했다. 키가 큰 남자들 몇이 그를 따라 아래로 뛰었고, 또 다른 몇몇 사람들이 그의 뒤를 이었다.

목종은 남수에게도 손을 내밀었다. 그러나 남수는 그의 손을 그저 멍하니 바라보고만 있었다. 그는 여전히 이 모든 것들을, 모든 말들을 믿을 수가 없었다.

그런 그를 알겠는지 목종은 한동안 굳어 있는 그의 눈빛을 물끄러미 보다가, 빈주먹을 쥐어 들어 보이고는 중토를 따라 아래로 뛰었다. 잃어버린 것을 찾아 뛰고 있는 그의 발걸음은 유난히 경쾌했다.

그들이 내려간 후, 노인이 올라간 위쪽 계단에서 인기척이 들려왔다. 반쯤 잘린 다리를 질질 끌며 또다시 파란 트레이닝복을 입은 남자가 도망치듯 내려왔고, 기다렸다는 듯 금이가 그를 따라 일어섰다. 아래로 내려간 사람들을 따라 뛰는 그를 향해 고함을 쳐놓고, 그녀는 얼굴을 감추었던 머리를 올려 묶었다. 이번에는 기필코 저놈을 갈기갈기 찢어주겠다고 다짐하며,

그녀 또한 계단 아래로 뛰었다. 부릅뜬 그녀의 눈가엔 어느새 주름이 내려앉았고, 감추었던 반쪽의 얼굴 위엔 이미 새살이 돋고 있었다.

시체처럼 쓰러졌던 사람들은 그렇게 저마다 다른 이유로, 위로 혹은 아래로 흩어졌다. 몇몇은 여전히 그 자리에 누웠고, 무너져서 이제는 너무 작아져버린 구멍 앞에 쪼그려 앉아 밖을 기웃거리기도 했다. 여전히 어떤 망설임과 결심 사이를 오고가는지, 말개진 허공을 보며 그들은 여러 번 한숨을 내쉬고 있었다.

지애는 남수에게, 이제 우린 어디로 가야 하는 거냐고 물었다. 남수는 대답하지 못했다. 그저 푸른빛의 눈물을 쏟고 있는 등불을 올려다보았다. "아빠, 우리 어디 가?" 그의 망설임을 알겠는지, 환이도 남수에게 물었다. 정작 그는 입을 떼지 못하고 있는데, 아이는 다시 이렇게 고쳐 물었다. "우리 산티아고 가?" 아이의 엉뚱한 질문에 김 씨와 나란히 앉았던 허 씨가 나지막이 대답했다. "그런 말은 어디서 들었누? 거긴 거리만도 800키로가 넘어. 엄청 멀어. 두 다리가 멀쩡한 사람도 걷기 쉽지 않은 길인걸?" 말도 안 되는 일이라는 듯 그는 휘휘 손을 저었다. 그런데 환이는 자꾸 기울어지는 고개를 일으켜 세우며, 이렇게 말했다. "거긴, 두 다리로 걷는 데 아니라고 그랬어요. 이거 준 형아가, 거긴 두 다리가 아니라 마음으로 걷는 데라고 그랬어요. 나 산티아고 갈 거예요. 그치, 엄마?"

허리에 맨 작은 가방을 가리키며, 환이는 활짝 웃었다. 남수와 지애가 망설이고 있는 사이, 아이는 어느새 지애의 품에서 빠져

나와 다시 계단을 오르고 있었다. 느리고 어눌했지만, 이토록 혼란스러운 시간을 모두 헤아리려는 듯 순례자처럼 차분하고 조용한 발걸음이었다.

20

계단 위의 순례자들

환이를 따라, 그들은 또다시 계단을 오르고 있다. 더 이상 이곳을 빠져나가야 한다는 간절함도 없으며, 삶이든 죽음이든 갈망하고 집착하는 결심도 이젠 그들에게 존재하지 않는다. 언제나 그랬듯 또다시 눈앞에 다가온 계단 위로 발을 올려놓을 뿐이다. 머리 위의 불빛은 당장이라도 꺼질 듯 파들거렸고 발밑을 뒤흔드는 진동은 더욱 심해졌으며 위협하듯 쏟아져 내리는 흙먼지는 숨통을 조여오는데, 이제 그들의 발걸음엔 흔들림이 없었다.

"어… 아빠, 이거 봐!"

사방으로 균열이 간 벽 위에 낙서를 하고 있던 환이가, 계단 끄트머리에 올라서서 무언가를 가리켰다. 아이를 따라 올라선 남수의 몸속에 또다시 낯선 심장이 뛰었고, 입을 벌린 채 지애는 아무 말도 하지 못했다.

다시, 그들의 앞에 빨간 띠가 있었다.

제자리로 돌아온 것만 같은 단단히 잠겨진 문 앞에, 빨간 띠
는 거대한 문을 가로막고 있었다. 오래도록 거기에서 그렇게 그
들을 기다리고 있었던 건지, 문 너머에 또 다른 세상을 보여주
려는 듯 두 개의 작은 기둥에서 뻗어나온 빨간 띠는 붉은 혀처
럼 그들의 앞에 길게 내밀어져 있었다.

"그때… 기억해?"

이제는 그에게 손목을 붙들리지 않은 채, 지애가 조용히 물었
다. 남수는 대답하지 않았다. 황급히 빨간 띠를 밀치며 문으로
들어서지도 않았고, 지애의 손을 잡아채 강제로 안으로 끌어들
이지도 않았다. 그들은 그저 나란히 서서, 다시 그들의 앞을 가
로막은 빨간 띠를 보고 있었다.

"응."

힘겹게, 그가 대답했다.

"저 문… 열릴까?"

그녀는 떨고 있었다. 공포에 질렸거나 불안에 짓눌린 것은 아
니었다. 오히려 잔뜩 흥분된 사람처럼 그녀의 목소리는 먼지 가
득한 허공을 부유하고 있었다.

"글쎄."

그의 대답은 여전히 모호했다.

"그럼… 저 문을 열고 나가면, 저기는 삶일까? 여기가… 여기가 죽음이라면 말이야."

울부짖거나 소리치지 않고 '삶'이라고 말하는 그녀를 남수는 조용히 바라보았다. 그녀의 말처럼 이곳이 죽음이라면 저 너머는 삶인지도 모른다. 반대로 여기가 삶이라면, 그 너머는 죽음일 테고. 그러나 언제나 의심하고 회의하던 그의 습성은, 너무도 자연스레 또 다른 질문을 던지고 있었다. '삶이든 삶이 아니든, 우리의 시간은 달라질까?'

남수는 조심스럽게 그녀에게 물었다.

"가고… 싶어? 저리로?"

그는 또다시 주머니 속의 칼을 만지작거리고 있었다.

"글쎄."

이번에는 그녀가 어물거렸다.

"잘… 모르겠어. 확실한 게, 아무것도 없어. 그저 모든 게 모호하고 흐릿하기만 해. 여기에서도, 그리고 저 너머에서도."

남수는 그녀의 눈을 들여다보았다. 우리들의 세계는 칠흑같은 암흑의 목전이었고, 온 사방의 벽은 당장이라도 무너져 내릴 듯 흙먼지를 토해내고 있는데, 이제 그녀의 두 눈엔 두려움 같은 건 보이지 않았다. 더 이상 그녀는 쓸데없는 망상 속에 빠져 울먹이거나, 구석에 몸을 웅크린 채 벌벌 떨고만 있지도 않았다.

"근데, 이거 하나만은 확실해."

남수가 고개를 들었다.

"궁금해졌어, 여기."

그녀가 고개를 돌려 그와 눈을 맞추었다.

"이 계단이 어디로 이어진 건지… 여기 이 끝에는 과연 무엇이 우리들을 기다리고 있는지, 알고 싶어졌어."

그러나 남수는 아득히 소용돌이치며 뻗어 있던 계단을 생각했다. 결국 아무도 그 끝에 도달한 사람은 없었다.

"아무것도… 없으면 어쩌려고?"

그러자 지애는 이렇게 대답했다.

"뭐, 그냥 그런가 보다 해야지. 나, 원래 무기력한 사람이잖아? 그러니 아무것도 없는 허망한 이 계단의 끝을 만나게 되면, 그냥 무기력하게 그 현실을 받아들이겠지. 언제나 그랬던 것처럼."

갑자기 달라진 그녀가 낯설게 느껴졌다. 그녀는 내가 알고 있는 그녀가 맞을까? 여기 이곳은 정말 사후세계인 걸까, 저 너머엔 우리가 그토록 간절히 바랐던 그런 삶이 있을까? 남수는 아무것도 확신할 수 없었다, 믿을 수 없었다. 언제나 그랬듯이, 그는 불신에 휩싸여 벌벌 떨고만 있었다. 왜 나는 달라지지 않았지? 모두가 달라졌는데, 왜 나는 이렇게 그대로인 거지? 비겁하고 초라한 망설임을 뚫고, 지애가 조용히 말했다.

"나를… 믿지 마."

그녀는 너무도 정확히, 그의 생각을 꿰뚫고 있었다.

"나도 당신을 믿지 않을 테니까."

믿지 않겠다고 말하는 그녀의 확신이 너무도 선뜩해, 남수는 흠칫 물러섰다.

"당신이 나를 믿지 않든, 우리를 죽였든……."

칼을 든 그녀 앞에 선 듯, 그는 숨을 쉴 수가 없었다. 그런데 그녀는 너무도 또렷한 목소리로 이렇게 말했다.

"지금 우린 당신이 필요해. 여기에서 우린… 누구라도 필요해. 누구라도."

입술을 씹는 그녀가 보였다. 눈물을 흘리지 않으려고, 피로한 그녀의 눈은 허공을 헤맸다. 그러나 남수는 아무 말도 할 수 없었다. 이토록 간절히 서로가 필요한 지금을 알겠는데, 그의 혀는 뻣뻣하게 굳어 침만 삼키고 있었다.

"필요…해. 다 필요…해. 상어가… 올 거야, 상어가."

지애의 손을 잡고 있던 환이가 작은 입을 앙다물며 중얼거렸다. 지애가 몸을 낮춰 아이와 눈을 맞추었다. 애써 웃는 그녀의 두 눈 속이 찰랑거렸다.

"금방… 밤이 올 거야. 아무것도 보이지 않고, 세상이 깜깜해지겠지. 그래도 우리 환이 무서워하지 마? 엄마랑 아빠가… 곁에 있으니까. 어디 안가고, 이번에는… 엄마랑 아빠랑 우리 환이 곁에 끝까지 꼭 같이 있을 거니까."

환이의 굽은 팔을 쓰다듬으며, 그녀는 더욱 환하게 웃어주었다. 아이는 기울어진 얼굴을 천천히 가로저었다.

"나… 안 무서. 깜깜… 해지면, 이번엔 밤 그리지 뭐."

허리춤에 맨 가방을 열어 아이는 다시 크레파스를 꺼내 들었다.

"아니…다, 밤 말고 우주를 그려야지. 별도… 그리고, 우주…선도 그리고."

그렇게 말해놓고 아이는 좋아서 입을 크게 벌렸다. 지애는 그런 환이를 꼭 껴안았다. 그리고 빨간 띠 앞에 선 남수의 손을 잡았다. 그들의 머릿속에서 또다시 서로 다른 결심이 엇갈리고 있었다. 여전히 그들을 둘러싼 세상은 위태로우며 당장이라도 큰 소리를 내면서 무너져내릴 듯 흙먼지를 토하고 있었지만, 빨간 띠가 가로막은 문을 등진 채 그들은 또다시 계단 위로 발을 내밀고 있었다.

남수는 끝없이 머리 위에 소용돌이치고 있는 계단을 올려보았다. 이제 벌레는 어디에도 보이지 않았다. 남수의 눈 속에도, 불꽃의 눈물을 쏟아내는 등불 속에도 더 이상 벌레는 없었다. 대신, 그들이 걷고 있는 끝을 알 수 없는 기다란 계단이 벌레처럼 꿈틀거리고 있었다. 새로운 세계를 불신하는 그의 경계심은 한껏 곤두섰다. 우리를 지키고 나를 지키겠다는 결심이었다. 모든 경계를 훌쩍 뛰어넘는, 또 다른 한 걸음이었다. 지애와 환이의 손을 끌고, 그는 그렇게 벌레 속으로 걸어 들어가고 있었다.

파팍, 머리 위에 파들거리던 푸른 등이 다급하게 흔들리더니 마침내 꺼져버렸다. 온 세상을 뒤흔드는 위태로운 진동의 굉음은 어둠 속에서 더욱 크게 울려 퍼졌다. 모든 것을 삼켜버린 끝을 알 수 없는 까마득한 암흑이 그들의 머리 위에 쏟아져 내렸다. 미처 꺼지지 않은 불빛의 파편이 별처럼 허공 위에 둥둥 떠다. 그러자 손을 잡고 있던 환이가 큰 소리로 이렇게 외쳤다.

"우주다!"

먼지 가득한 소용돌이가 휘몰아치는 시커먼 암흑 속에서, 또 다른 세계를 탄생시킬 우주의 한가운데를 그들은 이제 천천히 거닐고 있었다.

우리 앞에
닫혀버린 문이 있다

그날, 우리 앞에는 허름하게 열린 문이 있었다. 지상으로 나가기 위해 문 안으로 들어섰을 때, 벽을 타고 오르는 계단은 끝을 보여주지 않았다. 사람들을 따라 계단에 발을 올려놓으면서도 확신은 없었다. 그저 다른 사람들과 함께 있으니 상관없다고 믿어버렸다. 아무리 올라도 지상으로 향하는 출구가 보이지 않았을 때, 혼잣말처럼 여기가 어디일까, 중얼거렸다. 두리번거리며 그제야 벽 위에는 아무 숫자도 적혀 있지 않다는 사실을 깨닫고는 갑자기 두려워졌다. 올라왔다고 생각하는 것은 나의 믿음뿐, 나는 마치 계속해서 제자리를 돌고 있는 것만 같았다. 이미 여기까지 올라와버린 계단은 늪처럼 깊었고, 눈앞엔 여전히 벽을 타고 오르는 계단뿐이었다. 우린 이미 알 수 없는 공간 속에 들어와 있었으며, 머리 위의 등불은 희미했고 출구는 없었다.

잠깐이었지만, 그때 그 두려움은 이상하게도 지워지지 않았다. 그러고 보니 우리의 일상은 맴을 돌 듯 매일매일이 닮아 있었고, 타인이 만들어놓은 세계 속에서 나는 그들과 같은 방향으로 발을 옮기고 있었다. 얄팍한 희망의 말들로 위안을 삼고 있을 뿐, 내 두려움을 들키지 않기 위해 남몰래 숨을 골랐던 것도 여러 번이었다.

모두 어디로 가고 있는 걸까. 나의 불안과 두려움은 부끄러운 것일까. 희망을 꿈꾸지 못하는 내게 미래로 나아갈 자격은 없는 걸까. 이 이야기는 그런 비관에서 시작되었다. 그럼에도 결국 앞으로 발을 내딛는, 삶을 향해 꿈틀거리는 이상한 절망에 관한 이야기이다.

채 완성되지 않은 원고를 보고 선뜻 출간을 결정해주시고 한 권의 책으로 묶어주신 산지니 출판사 식구분들께 진심으로 감사드린다. 무명의 소설가에게 책 한 권의 탄생은 '기회' 이상의 감격적인 기쁨이다. 이 소중한 기쁨을 마음속에 새기며 열심히 쓰고 또 쓰겠다. 아울러 내 원고를 꼼꼼히 살펴준 편집자 문호영 씨에게도 감사의 말을 전한다. 사람의 인연이라는 것은 참 신기하고 고마운 것이란 사실을 새삼 깨닫게 된다. 그리고 언제나 곁에서 든든한 영업이사 노릇을 하고 있는 내 반쪽, 건형 씨에게도 마음 가득한 고마움을 전한다.

너무 많은 이들이 세상을 떠났다. 사무친 절망이 넘실댄다.
그럼에도 여기 이렇게 끝까지 함께 살아남아,
이 시간의 계단을 올라보자고 감히 손 내밀어본다.

2015년 가을 飛

붉은 등, 닫힌 문, 출구 없음

초판 1쇄 발행 2015년 10월 20일

지은이 김비
펴낸이 강수걸
편집장 권경옥
편집 문호영 양아름 정선재
디자인 권문경 박지민
펴낸곳 산지니
등록 2005년 2월 7일 제14-49호
주소 부산광역시 연제구 법원남로15번길 26 위너스빌딩 203호
전화 051-504-7070 | 팩스 051-507-7543
홈페이지 www.sanzinibook.com
전자우편 sanzini@sanzinibook.com
블로그 http://sanzinibook.tistory.com

ISBN 978-89-6545-319-2 03810